Verrat in Wolfsburg

Manuela Kuck, Jahrgang 1960, ist freie Autorin. Die gebürtige Wolfsburgerin hat Germanistik und Kunstgeschichte in Berlin studiert und als Fotosetzerin und im kaufmännischen Bereich gearbeitet. Sie lebt heute in der Hauptstadt und veröffentlicht Romane, Kurzgeschichten und Krimis.

Dieses Buch ist ein Roman. Handlungen und Personen sind frei erfunden. Ähnlichkeiten mit lebenden oder toten Personen sind nicht gewollt und rein zufällig.

MANUELA KUCK

Verrat in Wolfsburg

NIEDERSACHSEN KRIMI

emons:

Bibliografische Information der Deutschen Bibliothek
Die Deutsche Bibliothek verzeichnet diese Publikation
in der Deutschen Nationalbibliografie; detaillierte bibliografische
Daten sind im Internet über http://dnb.d-nb.de abrufbar.

© Hermann-Josef Emons Verlag
Alle Rechte vorbehalten
Umschlagmotiv: photocase.de/dereinfacheTim
Umschlaggestaltung: Tobias Doetsch
Gestaltung Innenteil: César Satz & Grafik GmbH, Köln
Druck und Bindung: CPI – Clausen & Bosse, Leck
Printed in Germany 2013
ISBN 978-3-95451-163-1
Niedersachsen Krimi
Originalausgabe

Unser Newsletter informiert Sie
regelmäßig über Neues von emons:
Kostenlos bestellen unter
www.emons-verlag.de

Für Suse

Prolog

Ihr Körper war seltsam verrenkt, aber Ruth spürte keinen Schmerz, nur eine Ahnung dessen, was sie erwartet hatte, als sie aus dem Nichts herausgestolpert war, das Gleichgewicht verloren hatte und durch die offene Kellertür kopfüber in die Tiefe gestürzt war. Als Emma noch ein Kind gewesen war, hatte sie ihr stets eingebläut, die Kellertür niemals offen stehen zu lassen; ein Verstoß gegen diese Regel hatte eine saftige Ohrfeige zur Folge gehabt. Emma war schon seit ewigen Zeiten kein Kind mehr, und sie wäre auch früher niemals die Stufen hinabgestürzt. Dazu war sie schon damals viel zu geschickt gewesen, zu wendig und aufmerksam. Um ehrlich zu sein, war es eher um die Einhaltung der Regel gegangen als um bloße mütterliche Fürsorge.

Ruth hätte gerne verwundert den Kopf geschüttelt über das Wirrwarr ihrer Gedanken, die um alles Mögliche kreisten, nur nicht um das eigentliche Problem, aber sie konnte sich nicht bewegen. Vielleicht liege ich hier schon seit vielen Stunden und erinnere mich nur nicht, wie die Zeit vergangen ist, dachte sie. Bewusstlos im Sinne des Wortes. Konnte man sich an Schmerz erinnern? Wenn sie den Worten ihrer Tochter Glauben schenken wollte – ja, auch noch nach Jahren. Sogar nach Jahrzehnten. So etwas Ähnliches hatte sie gesagt, als sie vorhin das Haus verließ. *Gesagt?* – Nein, geschrien hatte sie. Ruth auch. Was genau war eigentlich passiert?

Ein Geräusch ließ sie aufhorchen. Die Terrassentür knarrte. Jemand rief leise, fragend, aber sie konnte genauso wenig antworten, wie sie in der Lage war, auch nur einen Finger zu rühren, um auf sich aufmerksam zu machen. Für Momente schwanden ihr die Sinne.

Als sie das nächste Mal die Augen aufschlug, saß jemand direkt vor ihr und starrte sie an. Das Gesicht fräste sich Stück für Stück in ihr Bewusstsein. Ein bekanntes Gesicht, so viel konnte sie sagen.

»Was hast du getan?«

Ruth hörte, dass ihr Atem rasselte, als sie Luft holte. Sie schloss kurz die Augen. Ich bin gefallen, dachte sie, was sonst? Aber die Worte blieben lautlos. Vielleicht war es besser so.

»Ich will es wissen, hörst du? Ich muss es wissen.« Der Ton war energischer geworden. »Es ist wichtig, damit ich endlich meinen Frieden finde.«

Ruth ließ das Gesagte nachklingen. Es geht gar nicht um das, was mir passiert ist, dachte sie schließlich.

»Was hast du getan?«

Ein bitterer, verzweifelter Kummer streifte sie plötzlich, ohne jegliche Vorwarnung. Ruth war verwirrt. Sie konnte sich nicht entsinnen, jemals das Leid eines anderen Menschen in dieser Weise gespürt zu haben – so dicht und eindringlich. Vielleicht hing es damit zusammen, dass sie sich selbst kaum noch wahrnahm. Möglicherweise war sie auch nur ohnmächtig und gefangen in einem absurden Traum.

»Du weißt, wovon ich rede, nicht wahr?«

Nein, dachte Ruth, das weiß ich nicht. Worte reihten sich aneinander und flossen, in endlose Sätze gekettet, über sie hinweg – eine Welle nach der anderen. Plötzlich schälte sich ein Bild heraus, und die Erkenntnis durchbrach ihre Verwirrtheit mit scharfer Klinge. Sie öffnete den Mund, um einen Schwall von Flüchen loszuwerden, aber es kam lediglich ein Krächzen heraus.

»Ich muss es wissen!«

Das glaube ich nicht, dachte Ruth, und ihr Atem rasselte erneut. Ich verrecke hier im Keller und … Sie verzog das Gesicht und setzte ein höhnisches Lächeln auf. Es tat weh, aber zugleich fühlte es sich gut an, und es half. Mit ganzer Kraft riss sie erneut den Mund auf, und heraus quollen diesmal Worte, die wie wütende Raben in ihr kreisten, um dann zuzustoßen.

Die Schwärze traf sie mit eiserner Wucht.

EINS

Was bleibt, lässt sich in zwei Kartons verstauen, dachte Johanna. Vor diesem Moment hatte sie sich gefürchtet. Allein in der kühlen, fast leer geräumten Wohnung, in der ihre Schritte und jeder Atemzug laut widerhallten und immer noch der Mief von billigen Möbeln, starkem Kaffee und Waschpulver von Aldi hing und einen Erinnerungsstrom auslöste, dem sie sich nicht entziehen konnte. Johanna stellte sich ans Fenster und blickte hinaus in den blühenden Hinterhof. Wäsche flatterte auf der Leine, ein Kinderlachen erklang, dazwischen das Rufen einer Mutter, Fetzen eines Musikstücks, ein Fenster wurde zugeknallt.

Im Frühsommer war Oma Käthe gegangen – sie hatte sich aus dem Leben geschlichen, Stück für Stück, und war eines Morgens tot gewesen. Einfach so. Ende. Die Uhr war abgelaufen und mit sanftem, endlosem Innehalten stehen geblieben. Ein schönes Ende, fand Johanna, soweit sie das beurteilen konnte. Sie war davon überzeugt gewesen, dass Käthe es so und nicht anders gewollt hatte. Ein stilles Übereinkommen zwischen ihr und dem Tod oder dem ewigen Kreislauf. Johanna und Gertrud hatten Käthe gemeinsam im Friedwald begraben. Bei der Entscheidung für die letzte Ruhestätte mitten im Elm waren sich Mutter und Tochter bemerkenswert schnell einig geworden. Am Tag der Beerdigung war Gertrud ungewohnt still geblieben – kein Gezeter, keine alten Geschichten, keine Tränen, kein Zynismus. Sie hatten eine Weile schweigend unter Käthes Baum gestanden und anschließend in Königslutter Kaffee getrunken, bevor Johanna nach Berlin zurückgefahren war. Eine Krass weniger, hatte sie gedacht.

Nun war auch Gertrud tot – plötzlich von einem Schlaganfall niedergestreckt und nicht wieder aufgestanden. Sie hatte keine Lust mehr gehabt, sich erneut dem Leben zu stellen, davon war Johanna zutiefst überzeugt. Und so wurde, keine zwei Monate nach Käthes Beerdigung, auch Gertrud im Friedwald begraben – neben ihrer Mutter. Die beiden hatten einiges miteinander zu bereden.

Eine alberne Vorstellung, aber Johanna fand das Bild stimmig: Die beiden alten Krass-Frauen trafen im Wurzelwerk des Baumes aufeinander, um sich endlich mal so richtig die Meinung zu geigen – offen und verwundbar, ehrlich und schonungslos. Johanna atmete tief durch und schloss das Fenster. Ihre Hände zitterten.

Die Kinderfotos hatte sie vor einigen Tagen beim Aufräumen entdeckt, bevor die Entrümpler gekommen waren – Johanna als niedliches Kleinkind im VW-Bad, beim Fahrradfahren, mit Schultüte und im bunten Strickpullover mit schokoverschmiertem Gesicht unterm Weihnachtsbaum, auf Papas Schoß und neben einer jungen, lächelnden Gertrud mit sonst nie gekannten sanften Zügen. Dazwischen das Bild eines Säuglings im Kinderwagen und in der Badewanne. Peter – geboren 1963, gestorben 1963. Ohne Vorwarnung hielt Johanna plötzlich dieses Foto in den Händen, an das ein vergilbter Zeitungsausschnitt geheftet war.

Der Kinderwagen rollte auf die Fahrbahn, und das herannahende Fahrzeug konnte nicht mehr rechtzeitig bremsen. Der Säugling war sofort tot. Die Polizei stellte später fest, dass die dreijährige Schwester des sechs Monate alten Jungen den Wagen auf die Straße rollen ließ ...

Das erklärt alles, dachte Johanna – der Satz war inzwischen zum Mantra geworden, so oft stellte er sich ein. Immer hatte etwas zwischen Mutter und Tochter gestanden, etwas, über das Gertrud kein einziges Wort hatte verlieren können und auch sonst niemand in der Familie. Die Tragödie lag beinahe fünfzig Jahre zurück, und sie hatte die Beziehung zu ihrer Mutter entscheidend geprägt. Oder vernichtet? Ich habe danach nie wieder eine Chance gehabt, dachte sie, während sie die beiden Kartons übereinanderstapelte und die Wohnung zum letzten Mal verließ. Der Gedanke hatte etwas zugleich Tröstliches und Hoffnungsloses. Sie warf den Schlüssel in den Briefkasten der Wohnungsgesellschaft und setzte sich hinters

Steuer. Das Handy klingelte, als sie den Motor starten wollte. Sie blickte einen Moment verblüfft auf das Display, bevor sie das Gespräch annahm.

»Ich hoffe, ich störe nicht«, sagte Staatsanwältin Annegret Kuhl nach einer ebenso kurzen wie herzlichen Begrüßung. »Ihre Dienststelle hat mich informiert, dass Sie gerade in Wolfsburg sind, privat.«

Johanna lehnte sich in den Sitz zurück. »Nein, Sie stören nicht. Ich wollte gerade nach Berlin aufbrechen ...« Auch wenn ich nicht weiß, was ich da soll, dachte sie. Grimich ist froh, wenn ich ihr nicht in die Quere komme, und umgekehrt verhält es sich ganz ähnlich.

»Könnten Sie sich vorstellen, damit noch ein paar Tage zu warten?«, fragte Annegret Kuhl. »Ich habe mit einem Fall zu tun, der mir keine Ruhe lässt, und es würde mich sehr beruhigen, wenn Sie sich entschließen könnten, einen kritischen Blick darauf zu werfen.«

Eine Weile blieb es still in der Leitung. Staatsanwältin Kuhl konnte mit Gesprächspausen umgehen. Das schätzte Johanna an ihr – unter anderem. Ihr letzter gemeinsamer Fall lag ungefähr ein Jahr zurück und hatte sich als die zugleich größte, aufreibendste und folgenschwerste Ermittlung herausgestellt, mit der die Kommissarin je betraut worden war. Aufgrund ihrer Recherchen zu einer Reihe von angeblichen Polizistensuiziden in Niedersachsen und Berlin hatte – in Zusammenarbeit mit der Braunschweiger Staatsanwältin sowie Berliner Kollegen des BKA und LKA – eine verstörende Zusammenarbeit korrupter Beamter mit einer weitverzweigten antimuslimischen Terrorgruppe aufgedeckt werden können. Ihre Ermittlungsergebnisse hatten sogar den Staatsschutz auf den Plan gerufen. Und doch war die Kommissarin von dem Fall abgezogen worden, und das im entscheidenden Moment. So empfand sie es jedenfalls, und dabei ging es nicht um verletzte Eitelkeit oder ihr Ego, das sich nach Anerkennung sehnte.

Monatelang war Johanna nicht in der Lage gewesen, den Fall innerlich abzuschließen – nicht zuletzt deswegen, weil die vermeintlichen Suizide sich als Rachemorde an den Beamten herausgestellt hatten und die zweifelhafte Rolle eines Berliner Staatsanwaltes bei der weiteren juristischen Aufarbeitung völlig außen vor geblieben war. Johannas beruflicher Elan war fast vollständig zum Erliegen gekommen, und sie ließ seitdem keine einzige Gelegenheit mehr aus, mit ihrer Vorgesetzten Magdalena Grimich aneinanderzugeraten.

Manchmal wachte sie morgens auf und stellte sich die berühmte Frage nach dem Sinn ihres Tuns – ohne ihn mit letzter, eindringlicher und alles entscheidender Klarheit negieren zu können. Und bis dahin würde sie ihren Job noch machen.

»Diesmal geht es nicht um die große Politik«, fügte Kuhl hinzu, während Johanna die Straße hinaufblickte. »Soweit ich das im Moment überblicken kann.«

»Sondern?«

»Ich vermute eine Familientragödie. Ihre Vorgesetzte hat mich übrigens ermuntert, Sie direkt zu kontaktieren. Ich schließe daraus, dass sie nichts gegen Ihren Einsatz in Niedersachsen einzuwenden hätte.«

Natürlich nicht. Johanna unterdrückte ein Seufzen.

»Kommissarin?«

»Lassen Sie mir bitte fünf Minuten Bedenkzeit.«

»Natürlich. Auch zehn Minuten oder einen Tag.«

»Fünf Minuten dürften ausreichen.«

Johanna verabschiedete sich und legte das Handy beiseite. Vier Minuten später rief sie die Staatsanwältin zurück und kündigte ihren Besuch an.

Das vergangene Jahr hatte Annegret Kuhl nicht viel anhaben können – auf den ersten Blick. Die Staatsanwältin trug einen legeren Blazer zu italienischen Jeans sowie dezentes Make-up, und ihre Lesebrille stammte keinesfalls von jenem marktbeherrschenden Discounter mit dem ebenso einfachen wie selbstsicheren Werbeslogan, dem auch Johanna vertraute. Bei eingehender Betrachtung bemerkte die Kommissarin die Vertiefung einiger Linien in den Augenwinkeln, die sie im letzten Sommer noch nicht festgestellt oder aber in der Hektik ihrer Zusammenarbeit übersehen hatte. Annegret Kuhl dürfte inzwischen die vierzig erreicht haben, und der Stress begann auch ihr Gesicht zu zeichnen. Sie hatte Kaffee und Kekse bereitgestellt.

»Ich freue mich, Sie zu sehen«, begrüßte Kuhl Johanna mit aufrichtiger Herzlichkeit. »Sie haben Ihre Familie in Wolfsburg besucht?«

»Ja.« Johanna zögerte nur einen winzigen Augenblick. »Ich habe meine Mutter beerdigt – neben meiner Großmutter, die vor zwei Monaten gestorben ist. Da mein Vater schon lange nicht mehr lebt, bin ich jetzt die letzte Krass. Soweit ich weiß, jedenfalls.« Und es gibt keinen privaten Grund mehr, nach Wolfsburg zu fahren, resümierte sie lautlos und war verblüfft, dass ihr dieser Gedanken erst jetzt kam.

Annegret Kuhl starrte sie perplex an. »Das tut mir leid. Davon wusste ich nichts. Unter diesen Umständen ist es vielleicht ...«

»Alles in Ordnung«, winkte Johanna ab. »Berufliche Ablenkung dürfte nicht die schlechteste Idee sein, und in Berlin läuft es seit geraumer Zeit alles andere als rund. Ich erspare Ihnen die Einzelheiten.«

»Sind Sie sicher?«

»Sonst wäre ich nicht hier.«

»Gut.« Kuhl nickte und schenkte Kaffee ein, bevor sie die bereitliegende Akte zur Hand nahm. »Es geht um ein Tötungsdelikt, sehr wahrscheinlich im Affekt begangen«, begann sie zu berichten. »Nach den bislang vorliegenden Erkenntnissen kam es vor zwei Wochen zu einem Streit zwischen der siebenunddreißigjährigen Emma Arnold, geborene Griegor, mit ihrer sechzigjährigen Mutter Ruth Griegor, und zwar im Haus der Griegors in Wolfsburg-Nordsteimke.«

Johanna trank einen Schluck und lehnte sich zurück. In Nordsteimke war sie häufig mit Großmutter Käthe einkaufen gewesen – als es noch das »Plaza« gab, auf das Käthe geschworen hatte.

»Nachbarn bestätigten eine lautstarke Auseinandersetzung, deren Inhalt sie nicht nachvollziehen konnten, in deren Folge Emma das Haus ihrer Eltern auffallend eilig verließ«, fuhr die Staatsanwältin fort. »Als der Ehemann Konrad Griegor Stunden später von der Arbeit nach Hause kam, zeigte sich das ganze Ausmaß des Streits – Ruth Griegor lag schwer verletzt am Fuß der Kellertreppe, die sie offensichtlich hinabgestürzt war, sehr wahrscheinlich aufgrund eines gezielten Stoßes. Die Kopfverletzungen stammten nur teilweise vom Sturz, wie die Rechtsmedizin eindeutig festgestellt hat. Hauptsächlich waren sie die Folge von nachträglicher massiver Gewalteinwirkung und so umfangreich, dass Ruth Griegor wenig später im Krankenhaus ins Koma fiel und starb.«

Kuhl blickte Johanna an und griff nach ihrer Tasse. »Die Tochter Emma ist seitdem spurlos verschwunden. Es gibt nicht einmal den kleinsten Hinweis auf ihren Aufenthaltsort. Die Suche nach ihr wird dadurch erschwert, dass die Frau allein und zurückgezogen lebt – sie ist geschieden und führt keine Beziehung, zumindest keine, von der wir wissen. Keiner ihrer wenigen Freunde kann sich vorstellen, wo sie sich verborgen halten könnte – oder aber sie verweigern die Zusammenarbeit mit uns.«

»Ich verstehe«, bemerkte Johanna, was aber bei näherer Betrachtung nicht ganz den Tatsachen entsprach. Ging die Staatsanwältin allen Ernstes davon aus, dass sie sich höchstpersönlich auf die Socken machte, um nach der mutmaßlichen Täterin zu fahnden? »Und was genau erwarten Sie von mir?«

Annegret Kuhl lächelte. »Es gibt einen höchst interessanten Aspekt, der den Fall in meinen Augen ungewöhnlich macht – Emma hat wenige Tage nach ihrem Verschwinden von sich aus den Kontakt zur Staatsanwaltschaft Braunschweig gesucht.«

»Ach? In welcher Weise?«

»Sie ließ uns über eine Freundin eine Mail zukommen.« Kuhl zog eine Braue hoch. »Sie wählte diese Methode, um jeden Rückschluss auf ihren Aufenthaltsort zu verhindern ...«

»Wie darf ich mir das vorstellen?«

»Emma loggte sich in den Account der Freundin ein, deren Zugangsdaten sie telefonisch erfragt hatte, und hinterließ dort ein Schreiben im Entwurfsordner. Damit verhinderte sie jedwede Sendedaten.«

»Nicht blöd«, kommentierte Johanna.

»Ganz meine Meinung. Emma betont in zwei knappen Sätzen, dass ihre Mutter noch lebte, als sie das Haus verließ, und völlig unverletzt war. Es habe einen Streit gegeben, aber sie möchte nicht erörtern, worum es dabei ging. Sie sei geflüchtet, weil ihr klar sei, dass sie ein starkes Motiv habe.« Kuhl ließ die Akte sinken und sah Johanna nachdenklich an. »Merkwürdig, oder? Was bezweckt sie damit? Es gibt kaum einen Zweifel, dass sie es war. Dennoch macht sie sich die Mühe, eine, wenn auch kurze, Stellungnahme abzugeben, und die Art und Weise ihres Vorgehens spricht eindeutig dagegen, dass sie unter Schock steht.«

Johanna setzte sich gerade auf und nahm sich einen Keks. »Sie gibt zu, ein starkes Motiv zu haben«, resümierte sie. »Darum schweigt sie zum Inhalt ihrer lautstarken Auseinandersetzung ... Was hat es mit der Familie auf sich? Liegen Aussagen von Angehörigen und/oder Freunden oder andere Hinweise vor, die uns diesbezüglich weiterhelfen können?«

Annegret Kuhl zuckte mit den Achseln. »Darum haben wir uns natürlich gekümmert. Es lässt sich jedoch nur festhalten, dass das Mutter-Tochter-Verhältnis allgemein als angespannt und distanziert galt. Warum, weiß aber keiner so genau oder will sich nicht dazu äußern, und weder in Emmas Wohnung noch in den persönlichen Unterlagen des Opfers fanden sich sachdienliche Anhaltspunkte. Konrad Griegor erklärt, die eigenwillige Persönlichkeit von Emma habe ihrer Mutter immer zu schaffen gemacht. Generell sei seine Frau nicht unbedingt die geborene Mutter gewesen, und die Schwangerschaft war seinerzeit nicht geplant.«

»Das trifft auf eine durchaus ansehnliche Zahl von Schwangerschaften zu, wenn ich diesbezüglich richtig informiert bin«, bemerkte Johanna und räusperte sich. »Eigenwillig« war in der Regel eine Beschreibung, die für charakterstarke und gradlinige Menschen gewählt wurde, die sich nicht beeinflussen ließen, von wem auch immer. Wenn Eltern ihre Kinder derart charakterisierten, konnte man davon ausgehen, dass ihnen der starke Wille des Zöglings Probleme bereitete, unter Umständen auch seine Intelligenz oder eine Mischung aus beidem. Ungehorsam, trotzig, fuhr es Johanna durch den Kopf. So hatte Gertrud sie auch oft genug bezeichnet.

»Unbedingt«, stimmte Kuhl zu. »Ich schlage vor, Sie gucken sich Familie und auch Freunde noch einmal genauer an. Emma lebt in Braunschweig. Sie arbeitet als freiberufliche Spiele-Erfinderin und ist sehr erfolgreich damit. Was immer Ihnen aufstößt – haken Sie nach. Es interessiert mich wirklich brennend, was zu dieser Tragödie geführt hat.« Sie klappte den Ordner zu und reichte ihn Johanna. »In Wolfsburg können Sie sich an Hauptkommissar Arthur Köster wenden – er leitet die Ermittlungen und vertritt darüber hinaus Jürgen Reinders, der gerade im Urlaub ist.«

»Freut mich zu hören.«

Kuhl lächelte. »Dachte ich mir. Köster ist ein erfahrener und pragmatischer Kollege, den so schnell nichts aus der Ruhe bringt. Er wird Ihnen keine Steine in den Weg legen, ganz im Gegenteil: Er freut sich auf Ihre Unterstützung, denn ich muss kaum erwähnen, dass uns natürlich das Personal fehlt, um jeder denkbaren Spur bis ins letzte und womöglich spekulative Detail nachzugehen.«

»Das wird ja immer besser.« Johanna stand auf und verstaute die Akte in ihrem Lederrucksack, bevor sie sich verabschiedete. Die Klinke in der Hand drehte sie sich noch einmal zur Staatsanwältin um. »Was genau fesselt Sie an dem Fall?«

Kuhl überlegte nur kurz. »Ich habe meinen beiden Nichten vor einigen Monaten ein wunderbares Brettspiel geschenkt, das Emma Arnold entwickelte, wie ich im Nachhinein feststellte – es strotzt nur so vor Phantasie, Freude, Lust am Spiel und, ja, Warmherzigkeit.« Sie hob die Hände. »Es ist mir natürlich bewusst, dass jeder Mensch in der entsprechenden Situation zu einer Gewalttat fähig ist. In diesem Fall reizt es mich aber ganz besonders, mehr über die Hintergründe zu erfahren. Das Opfer ist die Treppe hinuntergestürzt und hat sich dabei massiv verletzt, anschließend wurde ihm der Schädel eingeschlagen. Was veranlasste Emma Arnold zu einer derart brutalen Vorgehensweise?«

»Wie so oft: unbändiger Hass«, entgegnete Johanna leise.

Annegret Kuhl sah sie einen Moment schweigend an. »Aber wie ist dieser Hass entstanden?«

Johanna verlängerte ihre Zimmerreservierung im »Alten Wolf« per Handy, während sie über die Autobahn nach Wolfsburg zurückfuhr, um anschließend ihrer Berliner Dienststelle in lakonischem Ton mitzuteilen, dass sie noch eine Weile in der VW-Stadt zu tun habe – dazu musste sie praktischerweise noch nicht einmal mit Grimich persönlich sprechen. Später setzte sie sich mit einem Eisbecher mit doppelter Portion Sahne auf den Balkon und studierte die erfreulich umfangreiche Akte. Sie beinhaltete sowohl Fotos vom Tatort als auch Aufnahmen von Emmas Wohnung sowie der Tatverdächtigen selbst und dem Opfer. Die Protokolle der einzelnen Befragungen wurden durch das rechtsmedizinische Gutachten sowie Einzelheiten der KTU und die zusammenfassenden Anmerkungen des leitenden Ermittlers Arthur Köster ergänzt. Am zeitlichen Ablauf des Geschehens – Streit, Handgreiflichkeiten, Sturz und Totschlag mittels eines schweren Gegenstandes – gab es keinerlei Zweifel. Die Tatwaffe, sehr wahrscheinlich ein Hammer oder ein Spaten, war nicht auffindbar. Auch das sprach für einen überlegten Rückzug der Tatverdächtigen.

Johanna nahm sich zwei Stunden Zeit, um den Fall auf sich wirken zu lassen, bevor sie Köster anrief und sich mit ihm für den nächsten Tag verabredete. Seiner Stimme nach zu urteilen gehörte der Kommissar einem älteren Semester an, und seine zugleich freundliche wie erwartungsvolle Reaktion ließ darauf schließen, dass Annegret Kuhl mit ihrer positiven Charakterisierung des Kollegen nicht übertrieben hatte.

Johanna legte das Handy beiseite und nahm erneut die beiden Fotos von Mutter und Tochter zur Hand. Während die brünette Ruth Griegor mit kühlem Blick und dezent erhobenem Kinn in die Kamera starrte und durchaus als attraktiv hätte bezeichnet werden können, wenn der Mund weniger schmallippig streng gewesen wäre, lächelte Emma Arnold und neigte leicht den Kopf. Sie war eine zarte, ebenfalls dunkelhaarige Frau mit verschmitztem Gesichtsausdruck; das Foto war unter heller

Sonne vor blitzblauem Himmel entstanden. Auf Emmas Nase tummelten sich Sommersprossen. Im Hintergrund war die Tür zu einem Fischrestaurant sichtbar. Auf einer handgeschriebenen Tafel waren mehrere Gerichte mit Kreide notiert. Emma trug ein weites blau-weißes Ringelshirt, hatte die Hände in die Taschen ihrer Shorts gesteckt und wirkte wie Mitte zwanzig, dabei war das Foto erst gut zwei Jahre alt, wie Johanna einer Anmerkung auf der Rückseite entnehmen konnte: »Urlaub in Portugal, Frühsommer 2010«.

Ohne Vorwarnung liefen Johanna plötzlich die Tränen übers Gesicht, und sie wusste nicht, was sie mehr verwunderte – die zugleich ungewöhnliche wie abrupte Reaktion oder ihre heftige Sehnsucht nach Trost.

ZWEI

Hannes rief an, als sie gerade in ihrem Büro im Institut für Germanistik an der TU Braunschweig eingetroffen war und den PC hochgefahren hatte. Es würde später werden. – Natürlich, Liebling. Wie du meinst, Schatz. Lass dir Zeit, Bärchen. Ich hasse dich. Seit zwölf Jahren wasche ich deine Unterhosen – unter anderem –, besorge dir montags den »Spiegel« und donnerstags den »Stern«, bin nett zu deinem schon seit hundert Jahren debilen Vater, der mir ständig sabbernd auf den Busen schielt, bereite am Sonntagmorgen nach dem Sieben-Minuten-Fick (oder waren es acht?) – mein Gott, wie vulgär – das Vier-Minuten-Ei zu und beobachte, wie das Eigelb auf dein Kinn tropft, was ich schon nach zwei Ehejahren einfach nur ekelhaft fand, ohne es je zu sagen – selbst schuld –, und nachmittags esse ich Kuchen mit dir, obwohl der direkt auf meine Hüften wandert, dafür aber deinen immer noch bemerkenswert flachen Bauch verschont. Ich habe Skifahren gelernt, obwohl mir die Bretter unter den Füßen nie ganz geheuer waren, und gucke samstags die Sportschau, auch wenn es mich nicht die Bohne interessiert, welche Bundesligamannschaft warum an welcher Stelle steht und wessen Fußballerwade gerade zwickt. Manchmal schlüpfe ich in die violettfarbene Wäsche, weil dich das fürchterlich anmacht. Zumindest war das am Anfang so. Und nun vögelst du irgendein Flittchen, das deinen Liebesschwüren glaubt und du ihren, während ich immer fetter werde und meine Zukunft immer dünner.

Eva hatte Mühe, sich auf ihre Arbeit zu konzentrieren, zumal der fünfundneunzigste Literatureinführungskurs für Germanistikstudenten und -studentinnen, den sie vorzubereiten hatte, auch nicht gerade ein berufliches Highlight bedeutete. Gab es überhaupt noch Highlights in ihrem Leben? In irgendeiner Eso-Ratgeber-Zeitschrift, die sie letztens im Wartezimmer ihrer Frauenärztin durchgeblättert hatte, war sie auf eine fulminante Behauptung gestoßen: »Erfolg und Glück ist das, was du daraus machst.« Gleich muss ich kotzen! Mit so einem Geschwafel verdienten die auch noch Geld, und zwar höchstwahrscheinlich mehr als sie.

Sie schloss die Augen und atmete zweimal tief durch. Mein Gott, komm bloß wieder runter, beschwor sie sich selbst. Es gab Wichtigeres als ihren persönlichen Scherbenhaufen. Zum Beispiel den ihrer besten Freundin. Im Vergleich dazu ging es ihr verdammt gut, auch wenn hundert Träume und Sehnsüchte unerfüllt geblieben waren – zum Beispiel die nach einem Kind und einer dauerhaft erfüllenden Partnerschaft.

Eva öffnete die Augen wieder. Emma hätte glücklich sein können – sie hatte den Job, den sie immer wollte und der ihr genau das eigenständige und unabhängige Leben sicherte, von dem sie immer geträumt hatte. Sie verdiente gutes Geld mit ihren verrückten Ideen, sie entwickelte Geschichten und Spiele. Aber sie war bestenfalls zufrieden, so schätzte Eva es ein. Emma war zu umtriebig, zu hektisch, um ihr Glück finden zu können, selbst wenn alles nach Plan lief – nach ihrem Plan. Mit Tom Arnold hatte sie es gerade einmal zwei Jahre ausgehalten und dann die Scheidung eingereicht. Nicht nur Tom war aus allen Wolken gefallen. Eva würde nie verstehen, warum sie einen solchen Typen hatte sausen lassen. Der Mann war gut aussehend und charmant, machte Karriere als Wirtschaftsjurist bei VW und hatte Emma stets zu Füßen gelegen. Niemals wäre er auf den Gedanken gekommen, seine Frau zu betrügen. Davon war Eva überzeugt. Vielleicht war er zu perfekt gewesen, und ihr war langweilig geworden ... Das Tragische war, dass man Derartiges bei Emma nicht ausschließen konnte. Sie ertrug Langeweile genauso wenig wie Stillstand. Und nun stand sie unter dem dringenden Tatverdacht, ihre Mutter im Streit erschlagen zu haben, und wurde bundesweit von der Polizei gesucht.

Emma und ihre Mutter hatten einander nicht gemocht, so viel stand fest. »Wir haben uns nichts zu sagen«, hatte Emma mal beiläufig erklärt, als die Freundin nachgehakt hatte. »Sie wollte mich nie und auch kein anderes Kind.« Damit war das Thema für sie erledigt.

Eva hatte in der Sache inzwischen dreimal fast der Schlag

getroffen: zum ersten Mal, als die Polizei vor der Tür gestanden hatte, um sie zu Emma zu befragen, und ihr klar wurde, dass die Freundin des Mordes verdächtigt wurde; zum zweiten Mal, als Emma sie angerufen hatte, um die Zugangsdaten zu ihrem Account zu erfragen und sie um Hilfe zu bitten, eine Mail so unauffällig wie möglich weiterzuleiten; und zum vorerst letzten Mal, als sie daraufhin zur Vernehmung abgeholt worden war. Natürlich nahm die Polizei an, dass sie wusste, wo Emma sich versteckte. Aber das entsprach nicht den Tatsachen. Sie hatte keine Ahnung, und sie wollte es auch gar nicht wissen.

»Ich habe sie nicht umgebracht«, hatte Emma am Telefon geflüstert. »Aber niemand wird mir glauben.«

Da war was dran. »Und warum dann dieser ganze Aufwand mit der Mail?«

»Gute Frage. Ich glaube, ich kann das einfach nicht so stehen lassen.«

»Wenn du unschuldig bist, wird man das herausfinden ...«

»Mach dich nicht lächerlich – alles spricht gegen mich. Und wenn sie mich erst mal eingesperrt haben, besteht keinerlei Veranlassung, noch einmal genauer hinzusehen. Viel zu viel Aufwand.«

»Und nun willst du für den Rest deines Lebens weglaufen?«

»Immer noch besser, als jahrelang eingesperrt zu werden, oder?«

Auch da war was dran. Eine eingesperrte Emma war schwer vorstellbar – nein, sie würde es schlicht nicht ertragen. Solange sie sich kannten, hatte Emma stets die berühmten Hummeln im Hintern gehabt: Sie war eine agile, unruhige Frau, immer auf dem Sprung, immer mit Händen und Füßen redend, manchmal fröhlich, häufig nervös, hin und wieder völlig in sich gekehrt. Nachdem Eva Emmas kurze Stellungnahme an die Staatsanwaltschaft gelesen hatte, fragte sie sich immer wieder, was die Ursache für Emmas Unruhe war und ob da ein Zusammenhang mit der distanzierten Beziehung zu ihrer Mutter bestand. Von Emma durfte sie keine Antwort erwarten. Worüber streiten sich zwei Menschen, wenn sie sich nichts zu sagen haben? Vielleicht stand Emma unter Schock und erinnerte sich nicht daran, was sie getan hatte. Perfekte Verdrängung war die wahrscheinlichste aller möglichen Annahmen. Aber falls sie mit dem Tod ihrer Mutter tatsächlich nichts zu tun hatte, was war dann geschehen, nachdem sie das Haus verlassen hatte?

★★★

Arthur Köster durfte die sechzig überschritten haben; er sah aus wie Kojak und genoss den Vergleich, den alle anstellten, die sich noch an die amerikanische Krimiserie »Einsatz in Manhattan« mit Telly Savalas aus den siebziger Jahren erinnerten – an den Mann mit der Glatze, dem schwarzen Hut und der lächerlichen Angewohnheit, stets mit einem Lutscher im Mund herumzulaufen.

»Ich weiß, es fehlt nur noch der Lolly«, erklärte er augenzwinkernd zur Begrüßung, als Johanna ihm einen amüsierten Blick zuwarf. Der Mann war ihr auf Anhieb sympathisch. Das passierte auch nicht alle Tage.

Sie hatten sich am Parkplatz hinterm VW-Bad getroffen, um die Einzelheiten des Falles und die weitere Vorgehensweise bei einem Spaziergang im Hasselbachtal zu erörtern und anschließend nach Nordsteimke weiterzufahren, was quasi um die Ecke lag. Köster hielt sich weder mit langen Vorreden auf, noch schien er auch nur ansatzweise zu befürchten, dass Johannas Einsatz aufgrund einer fehlerhaften Ermittlungsarbeit seinerseits nötig geworden war.

»Was wollen Sie wissen, Kommissarin Krass?«, kam er zügig zur Sache. Ein weiterer Pluspunkt, den Johanna sehr zu schätzen wusste.

»Emma behauptet, dass sie es nicht war. Der Befragung mit Konrad Griegor nach erfuhr sie von ihrem Vater, was passiert war, sodass sie Zeit hatte, ihre Sachen zu packen und zu verschwinden«, meinte Johanna, während sie forsch neben Kojak ausschritt und die wohltuende Kühle des Waldes genoss. »Man könnte auch sagen, dass er sie gewarnt hat – bewusst oder unbewusst.«

Köster rieb sich mit einer Hand über seinen glänzenden

Schädel und schwieg, bis zwei Mountainbiker dicht an ihnen vorbeigeschossen waren. »Ihr Vater hat Kontakt zu ihr aufgenommen, kurz nachdem er den Rettungswagen angefordert hatte – das konnten wir anhand der Verbindungsdaten nachvollziehen. Als er sie zu Hause nicht erreichte, hat er sie auf dem Handy angerufen ...«

»Wo war sie?«

Köster lächelte kurz. »Er sagt, dass er nicht nachgefragt hat ... angesichts der Aufregung nachvollziehbar. Die beiden haben dann ein zweites Mal telefoniert, auch über Handy, als der Rettungsarzt die Polizei einschaltete, weil ihn die Verletzungen stutzig gemacht hatten. Griegor erklärt dazu, dass er sich mit seiner Tochter über das entsetzliche Geschehen habe austauschen müssen. Klingt schlüssig, finde ich.«

»Durchaus. Der Mann gibt an, nicht gewusst zu haben, dass Emma Stunden zuvor in ihrem Elternhaus war«, entgegnete Johanna. »Klingt das auch schlüssig?«

»Tja, das sagte er zumindest aus, und bislang haben wir nichts in Erfahrung gebracht, was diese Aussage in Frage stellt. Von dem Streit zwischen den beiden will er auch erst im Zuge der weiteren Ermittlungen erfahren haben, und worum es dabei ging, kann er nicht sagen und sich auch nicht vorstellen.«

»Glauben Sie ihm?«

Köster hielt kurz inne. »Ich weiß nicht, was ich glauben oder anzweifeln soll, um ehrlich zu sein. Fest steht, dass ich mir kein schlüssiges Bild von ihm machen kann. Der Mann arbeitet als Ingenieur bei VW, und zwar in der FE, Forschung und Entwicklung – das sieht man ihm aber nicht unbedingt an. Er wirkt auf mich eher wie ein, ja, Schrauber, ein Typ, der gerne im ölverschmierten Blaumann an seinem Wagen herumbastelt, dabei sein Bierchen zischt und beim Eberfest mal richtig die Sau rauslässt, wenn Sie mir das Wortspiel erlauben.«

»Das eine muss das andere ja nicht unbedingt ausschließen. Auch mir nimmt man nicht auf den ersten Blick die BKA-Beamtin ab, schon gar keine seriöse. Viele haben sogar auf den zweiten noch ihre Probleme.«

Köster schmunzelte. »Ich weiß, worauf Sie hinauswollen,

aber … Na ja, schlau werde ich nicht aus dem, denn völlig unabhängig davon, ob Emma ihrer Mutter den Schädel eingeschlagen hat oder nicht – den Streit gibt sie in der Mail zu, ohne auf den Hintergrund eingehen zu wollen, wahrscheinlich um sich selbst nicht weiter zu belasten. Aber ihr Vater hat nicht mal eine ungefähre Vorstellung von dem Konflikt der beiden.« Köster verzog den Mund. »Na ja …«

»Sie meinen, er könnte lügen, oder aber er ist verdammt einfältig, was wiederum nicht unbedingt zu einem Menschen passt, der immerhin ein Studium bewältigt hat und als Forschungsingenieur arbeitet?«

»Ja, so ungefähr.«

»Unter Umständen verschließt er die Augen vor einer Wahrheit, die er nicht erträgt«, wandte Johanna ein. »Und diese Reaktion hat wenig mit Bildung und beruflichen Fähigkeiten zu tun.«

»Die Wahrheit ist, dass seine Tochter auf der Flucht ist, nachdem sie mit großer Wahrscheinlichkeit seine Frau, ihre Mutter, getötet hat. Und mit diesen Tatsachen geht er, zumindest nach außen hin, vergleichsweise sachlich und gefasst um, wie Sie gleich selbst feststellen dürften.«

Johanna ließ Kösters Worte nachklingen und machte einer Gruppe Walkerinnen Platz, die ihnen mit eifrigem Stockgeklapper und fröhlich schwatzend entgegeneilten. »Sie haben unseren Besuch angekündigt?«

»Ja, natürlich. Er hat zurzeit Urlaub oder ist krankgeschrieben, auf jeden Fall ist er zu Hause.«

»Wie hat er reagiert?«

»Zurückhaltend.«

»Nun gut, das ist verständlich. Was ist eigentlich mit der Freundin, die die Mail weitergeleitet hat?«

»Eva Buchner. Sie ist Dozentin für Germanistik an der TU Braunschweig. Emma und sie haben sich während des Studiums dort kennengelernt und sind seitdem befreundet«, erörterte Köster.

»Emma hat Germanistik studiert?«, fragte Johanna verblüfft.

»Unter anderem. Sie hat alles Mögliche ausprobiert und

schließlich wieder hingeschmissen, um sich ganz dem Entwickeln von Spielen zu widmen. Inzwischen sitzt sie bei zwei Verlagen fest im Sattel.«

»Welchen persönlichen Eindruck haben Sie von der Buchner gewonnen? Verschweigt sie uns etwas?«

Köster schüttelte den Kopf. »Das glaube ich nicht. Die war ziemlich entsetzt, als wir vor der Tür standen. Ich schätze, sie hätte nicht die Nerven, uns an der Nase herumzuführen.«

Johanna bog an der nächsten Wegkreuzung Richtung Parkplatz ab. Obwohl das Wetter alles andere als hochsommerlich war, herrschte im VW-Bad buntes Treiben. Einen Moment lang hatte sie das eindringliche Déjà-vu, in einer Wolke aus Chlor auf dem Zehn-Meter-Turm zu stehen. Am Beckenrand warteten ihre Eltern, ihr Vater winkte, dann legte er die Hände um den Mund und trompetete ihren Namen: »Johanna, los: Spring!« Nach dem Pfiff des Bademeisters zögerte sie nur zwei Sekunden, bevor sie sich in die Tiefe stürzte. Am schärfsten erinnerte sie sich an ihre Furcht, an dem winzig kleinen Becken vorbeizuspringen, und an den Triumph, die Angst überwunden zu haben. Sogar Gertrud hatte gelächelt. Für einen Augenblick.

Die Griegors lebten in einer gepflegten Einfamilienhaussiedlung in der Nähe des Dolmengrabes. Die vorgeschichtliche Grabkammer stammte aus der Jungsteinzeit und war 1968 entdeckt worden, wie Johanna zu ihrer eigenen Verblüffung aus dem Geschichtsunterricht – der seinerzeit noch Heimatkunde hieß – in Erinnerung geblieben war. Einige Jahre später wurde das Grab in der Nähe der Nordsteimker Mehrzweckhalle neu aufgebaut.

Köster hatte recht gehabt. Konrad Griegor wirkte ganz und gar nicht wie ein studierter Mann mit hohem Posten – er war untersetzt, trug eine sichtlich in die Jahre gekommene Jeans und feste Arbeitsschuhe. Er schien zumindest in privatem Rahmen keinerlei Wert auf Status zu legen. Die Geschehnisse der letzten Zeit hatten ihre Spuren zwar in Form einer bleichen Gesichtsfarbe und tiefen Augenringen hinterlassen, doch ansonsten hätte Johanna den Mann weder als gramgebeugt noch als bis in die Grundfesten erschüttert bezeichnet. Vielleicht hat er sich einfach nur gut unter Kontrolle, überlegte sie. Es soll Menschen geben, die ihre Gefühle für sich behalten oder sich zumindest darum bemühen, und zwar grundsätzlich.

Griegor hatte die beiden Beamten durch ein geräumiges Wohnzimmer mit rustikaler Eichenschrankwand sowie der üblichen Unterteilung in Sofa- und Essecke auf die Terrasse geführt, wo er, dem Geschirr nach zu urteilen, einen Imbiss zu sich genommen und dabei Zeitung gelesen hatte. Der Garten war weitläufig, klar strukturiert und gepflegt. Es war ein Garten, wie ihn Johanna nicht mochte – wie mit dem Lineal gezogen und durch hohes Buschwerk von den Nachbarn abgeschirmt. Der Rasen war wohl erst kürzlich raspelkurz gemäht worden – der Mäher stand vor einem grauen Schuppen am Ende des Grundstücks, der Auffangkorb lehnte dagegen. Ein Windstoß wehte einige welke Grasbüschel in ein Gemüsebeet.

Griegor ließ den Blick schweifen und wandte sich schließlich Johanna zu. »Der Garten war das Refugium meiner Frau«, hob er an. »Sie hat die Arbeit gemocht ... eigentlich passte das gar nicht zu ihr.«

»Warum nicht?«, fragte Johanna sofort nach.

»In der Erde herumwühlen, sich die Hände schmutzig machen, zum Teil schwere körperliche Arbeit leisten ... Ruth war Übersetzerin in einer großen Versicherungsgesellschaft, wissen Sie, sie saß gerne am Schreibtisch, organisierte, delegierte. Sie hat ihren Beruf gemocht.« Griegor winkte plötzlich ab. »Ist ja auch egal. Manchmal täuscht der erste Eindruck.«

Das konnte Johanna nur bestätigen. »Wie Sie wissen, sind wir weiterhin auf der Suche nach Ihrer Tochter«, fügte sie hinzu, nachdem sie einen Moment abgewartet hatte, ob Griegor weitere Überlegungen zu seiner Frau anstellen würde.

»Ja, aber ich habe nach wie vor keine Ahnung, wo sie sein könnte«, erwiderte er. »Daran hat sich seit der letzten Befragung nichts geändert.« Er warf Köster einen Blick zu. »Sie hat sich auch in der Zwischenzeit nicht bei mir gemeldet, falls Sie darauf hinauswollen. Wir haben miteinander gesprochen, nachdem ich aus dem Werk nach Hause gekommen war und ihre Mutter im Keller gefunden hatte, und ein zweites Mal, als die Polizei eingetroffen war. Und sie klang nicht, als ob sie auf der Flucht wäre – das habe ich alles schon mehrfach ausgesagt.«

»Ja, ich weiß.« Johanna lehnte sich zurück und blinzelte in die Sonne. »Hat Ihre Tochter nach Ihrem ersten Anruf nach Wolfsburg aufbrechen wollen? Um Sie zu unterstützen?«

Griegor schüttelte den Kopf. »Nein ...«

»Nun, nach dem heftigen Streit mit ihrer Mutter dürfte ihr klar gewesen sein, dass man sie verdächtigen würde.«

»Über so was haben wir nicht gesprochen. Vielleicht hat sie sogar angeboten, sich auf den Weg zu machen, und ich habe das in der Aufregung nur nicht mitbekommen. Das ist gut möglich. Ich war völlig durcheinander.«

»Und wie äußerte sie sich in dem zweiten Telefonat?«

»Sie war erschrocken. Und dann musste ich auch schon die Fragen der Polizei beantworten und das Gespräch beenden.«

»Verstehe. Halten Sie Ihre Tochter für eine Mörderin?«

Griegor zuckte zusammen. »Natürlich nicht! Aber ...«

»Ja?«

»Ich halte es für möglich, dass die beiden aneinandergeraten sind und es dabei zu Handgreiflichkeiten kam«, fuhr er stockend fort. »Aber ein Mord ist etwas anderes. Das würde ja bedeuten, dass Emma ihre Mutter mit der Absicht aufgesucht hat, sie zu töten.«

»Stimmt. Das ist der feine Unterschied.« Johanna schlug ein Bein über das andere. »Dennoch – eine Handlung im Affekt halten Sie für vorstellbar. Warum?«

»Wie darf ich Ihre Frage verstehen?«

»Ich konnte der Akte entnehmen, dass Sie bei den bisherigen Befragungen stets aussagten, sich nicht vorstellen zu können, was die beiden derart in Rage versetzte. Dennoch ...«

»Ich weiß, worauf Sie hinauswollen«, unterbrach Griegor sie ungeduldig. »Aber das ist kein Widerspruch – die zwei haben sich noch nie gut verstanden, und Tatsache ist nun mal, dass die Nachbarn einen lauten Wortwechsel mitbekommen haben. Insofern muss ich realistischerweise davon ausgehen, dass die beiden sich gefetzt haben.«

»Aber niemand weiß, worum es dabei gegangen ist?«
»So ist es.«
»Wie war normalerweise der Umgangston zwischen den beiden? Gab es häufig Streit?«, fragte Johanna weiter. Sie wunderte sich nicht im Mindesten, dass Griegor inzwischen gereizt reagierte. Wahrscheinlich verzieh er es sich angesichts der Ereignisse selbst nicht, so wenig von dem gewusst zu haben, was zwischen Mutter und Tochter gestanden hatte. Und falls er nur den Unwissenden spielte, um die familiären Probleme nicht aktenkundig werden zu lassen, dürfte ihm Johannas Insistieren schlicht lästig sein.

Griegor nahm die Zeitung zur Hand und faltete sie umständlich zusammen. »Kühl war es zwischen den beiden, kühl und angespannt. Ruth war streng mit Emma, als sie noch ein Kind war, und mit der Teenagerin kam sie gar nicht mehr klar. Damals hat es häufig gescheppert. Emma ist mit achtzehn ausgezogen, seitdem war der Kontakt auf die üblichen familiären Termine beschränkt.«

»Und wie war Ihr Verhältnis zu Emma?«
»Gut«, entgegnete Griegor sofort. »Entspannt, freundschaftlich.« Er rieb sich übers Kinn. »Aber natürlich wollte ich nicht zwischen den beiden stehen, verstehen Sie?«
»Nein.«
Griegor hob die Brauen und starrte sie einen Moment perplex an. »Nun ... Also, ich hätte Emma gerne häufiger gesehen, aber ...«
»Sie wollten Ihrer Frau nicht auf die Füße treten?«
»Richtig. Manchmal haben Emma und ich uns in Braunschweig getroffen.«
»Und Ihre Frau wusste nichts davon«, stellte Johanna fest.
»Wahrscheinlich schon. Ich habe aber nicht großartig darüber gesprochen. Es war das Beste so.«

Johanna neigte grundsätzlich zu Misstrauen, wenn jemand von sich behauptete zu wissen, was das Beste war, für wen oder was auch immer. »Wie war eigentlich Ihre Ehe?«

Der Witwer runzelte die Stirn. »Warum wollen Sie das wissen?«

»Ich möchte mir ein Bild von Ihrer Familie machen, und dazu gehört auch Ihre Ehe«, erklärte Johanna geduldig. Eigentlich hatte sie das längst getan – Konrad Griegor stand als Pantoffelheld oder zumindest als defensiver Part am Rande des Porträts. Er überließ seiner Frau die Regie und sah tatenlos zu, wie die von der Mutter ungeliebte Tochter, die kein Blatt vor den Mund nahm, dem Elternhaus früh den Rücken kehrte, weil sie dort weder Wärme noch Schutz oder Anerkennung fand. Und eines Tages knallten sämtliche Sicherungen durch – Emma sagte ihrer Mutter die Meinung, stieß sie im Laufe einer hochemotionalen Auseinandersetzung die Treppe hinunter und schlug anschließend mehrfach zu. Jahrzehntealter Groll über die Missachtung und Kälte der Mutter hatte sich Bahn gebrochen. – War es so einfach? Manchmal schon. Was dagegensprach, war Emmas Hinweis auf einen besonderen Streitinhalt. Der besagte etwas anderes.

»Wir waren weder besonders glücklich noch besonders unglücklich«, antwortete Griegor plötzlich unerwartet offen. »Ich glaube, dass Ruth sich ein anderes Leben gewünscht hat, aber nicht in der Lage war, die Konsequenzen zu ziehen und einen Neuanfang zu wagen. Wissen Sie, wir mussten damals heiraten – unsere Eltern bestanden quasi darauf. In den Siebzigern war das mit einer ungewollten Schwangerschaft nicht ganz so einfach, noch dazu hier in der Provinz. Wir waren Anfang zwanzig, und ... Na ja, warum auch nicht? Ich war fast fertig mit meinem Studium, habe nebenbei in einer Kfz-Werkstatt gejobbt, meine beruflichen Aussichten waren gut, Ruth arbeitete bereits als Übersetzerin, ihre Eltern unterstützten uns anfänglich.« Er nahm die Zeitung wieder zur Hand und verscheuchte eine Wespe.

»Und Sie? Was für ein Leben haben Sie sich gewünscht?«

Die Frage verblüffte ihn. »Ich war eigentlich ganz zufrieden«, meinte er schließlich zögernd. »Und ich habe mir gewünscht, dass ... ja: dass Ruth doch mit mir, mit uns glücklich wird. Jahrelang. Jahrzehntelang, um genau zu sein. Wie die Zeit vergeht – auf einmal ist man sechzig, und die alten Träume haben sich immer noch nicht erfüllt ...« Er brach ab. Einen Moment lang wirkte er verlegen.

Köster rieb sich über den Schädel. Johanna atmete tief und lautlos aus. Irgendwas muss sie gehalten haben, überlegte sie und vergegenwärtigte sich das Foto von Ruth und die Beschreibungen der Familienangehörigen und Bekannten – an Selbstsicherheit, Zielstrebigkeit und Durchsetzungsvermögen dürfte es ihr nicht gemangelt haben, an Geld auch nicht. Status? Bequemlichkeit?

Griegor musterte sie forschend, als versuche er, in ihrem Gesicht ihre Gedanken zu lesen. Johanna gab den Blick gleichmütig zurück. »Hat Ihre Frau Briefe geschrieben oder sich persönliche Aufzeichnungen gemacht? Früher sagte man Tagebuch dazu.«

Der Witwer runzelte die Brauen. »Nein.«

»Sind Sie sicher?«

»Ja, bin ich. Die Beamten haben sich doch in ihrem Zimmer umgesehen – und nichts gefunden. Außerdem war sie nicht der Typ für so was.«

»Sie war auch kein Typ für Gartenarbeit.«

Griegor machte eine wegwerfende Handbewegung. »Wie dem auch sei, es gibt keine Tagebücher oder sonstigen Aufzeichnungen, und den Laptop haben Ihre Kollegen mitgenommen. Haben Sie noch weitere Fragen?«

»Im Moment nicht.« Johanna erhob sich langsam, Köster ließ sich ebenfalls Zeit mit dem Aufstehen. »Falls Ihnen noch etwas einfällt, kontaktieren Sie uns bitte.«

Griegor begleitete sie zur Haustür.

»Ich verstehe, was Sie vorhin meinten«, bemerkte Johanna, als sie wenig später im Auto saßen. »Der Mann hat durchaus etwas Widersprüchliches an sich. Wenn ich spekulieren dürfte, würde ich glatt behaupten, dass er sein Licht ganz gerne unter den Scheffel stellt und eine zumindest vage Ahnung davon hat, worüber die beiden Frauen gestritten haben. Unterschätzen sollten wir ihn auf keinen Fall.« Sie schnallte sich an und zog die Akte aus ihrem Rucksack, während Köster den Motor anließ und in Richtung City zurückfuhr.

»Soll ich Sie zu Ihrem Wagen bringen oder …«

»Ruth Griegors Bruder und seine Frau sind Inhaber eines Weingeschäftes in der Kaufhofpassage«, fiel Johanna ihm ins Wort. »Ich würde gerne noch heute mit ihm sprechen. Oder bringe ich damit Ihre Termine durcheinander?«

Köster lächelte. »Ganz und gar nicht.«

Die Gegend um den Kaufhof galt als Wolfsburger Kneipenmeile. Als Berlinerin hätte Johanna über die ein wenig großspurig klingende Beschreibung durchaus schmunzeln können, aber sie tat es nicht. Sie wohnte in Kreuzberg, weil sie dort seinerzeit eine schöne Wohnung ergattert hatte, und es gab kaum etwas, was sie weniger interessierte als das Kneipen- und Lokalangebot – in welcher Stadt auch immer.

DREI

In den ersten Jahren ihrer Ehe hätte er seine Seele verkauft, um ihre Aufmerksamkeit, ihre Zärtlichkeit, Liebe, Hingabe zu erringen. Er *hatte* seine Seele verkauft. Schon allein dafür, dass sie hin und wieder bereitwillig, erstaunlich bereitwillig, das Bett mit ihm teilte. Fatalerweise war er jedes Mal davon ausgegangen, dass die Momente der Lust, der lauten, feuchten Gier, mit der sie nach ihm griff, einen Wendepunkt bedeuten würden. Den Beginn einer liebevollen Partnerschaft. Illusionen, nichts als Illusionen, die es ihm nur noch schwerer machten.

Konrad hatte vor geraumer Zeit begriffen, dass es ihr egal war, ob er da war oder nicht. Für diese Erkenntnis hatte er viele Jahre gebraucht. Jahre, die ein beständiges Auf und Ab zwischen Hoffnung und Enttäuschung gewesen waren, ein Hadern und Suchen nach ihrer Anerkennung und schließlich nach heimlicher Bestätigung außerhalb dieser Ehe. Und ausgerechnet jetzt, da es endlich einfacher geworden war, weil die bohrende Verzweiflung in eine beinahe sanfte Gleichgültigkeit übergegangen war, geriet alles aus den Fugen.

Er hatte Ruth schon lange nicht mehr so aufgewühlt erlebt wie an jenem Morgen, als Emma angerufen hatte – am Sonntag, mehr als eine Woche vor ihrem Tod und zwei Tage nach der Feier im Weinlokal ihres Bruders. Ihr Mund war besonders hart gewesen, und bei aller Kälte schien sie gleichzeitig von tief innen heraus zu glühen. Es war viele Jahre her, dass sie etwas so berührt hatte. Wenn er es recht bedachte, hatte Ruth damals auf die Schwangerschaft ganz ähnlich reagiert, aber vielleicht kannte er sie gar nicht gut genug, um solche Parallelen zu ziehen. Auf seine Menschenkenntnis war ohnehin noch nie Verlass gewesen.

Konrad stellte das Geschirr aufs Tablett und ging ins Haus. Emma, seine zarte, zutiefst geliebte und bewunderte Tochter, die ihm doch nie nahegestanden hatte, war auf der Flucht, und niemand wusste, was in ihr vorging oder was sie von Ruth gewollt hatte, bevor der Streit eskaliert war. Er bezweifelte, dass es der Polizei gelingen würde, die genauen Umstände zu rekonstruieren – auch nicht dieser schrulligen Kommissarin aus Berlin mit den großen, aufdringlichen Augen. Woran er nicht einen Augenblick zweifelte, war Emmas Schuld. Natürlich hatte sie ihre Mutter die Treppe hinuntergestoßen. Warum sonst hätte sie die Flucht ergreifen sollen? Wegen eines Handgemenges, in dessen Folge Ruth gestürzt wäre, hätte sie sich nicht aus dem Staub gemacht. Da war er ganz sicher. Und auf diesen Blödsinn mit der Mail gab er ohnehin nichts. Immerhin war Emma eine Spielerin, und so, wie er ihr zutraute, ihm am Telefon Ahnungslosigkeit und sogar Bestürzung vorgespielt zu haben, hielt er sie auch für fähig, die Staatsanwaltschaft zu verwirren oder sogar zum Narren zu halten.

Konrad blieb kurz an der Kellertreppe stehen und blickte in die Tiefe, bevor er das Tablett in die Küche brachte. Die nachträglichen Schläge auf den Kopf waren das Einzige, was ihn nachdenklich stimmte, weil eine derartige Gewalttätigkeit nicht zu Emma passte. Aber erklärbar war auch sie, dessen war er sicher. Ruth hatte ein paar Stunden im Koma vor sich hin gedämmert und war dann gestorben. Die Ärzte hatten betont, dass es besser für sie war, denn gesund geworden wäre sie nie wieder.

Bei Emmas erstem Anruf an jenem Sonntag war es gerade mal kurz nach sieben Uhr gewesen, und Ruth hatte unter der Dusche gestanden. Konrad hatte das Gespräch angenommen und es mit keiner Silbe erwähnt – weder Ruth noch später der Polizei gegenüber. Da das Telefonat eine ganze Weile vor Ruths gewaltsamem Tod stattgefunden hatte, war es offensichtlich auch nicht in den Fokus der Ermittlungen geraten. Es war ihm so unwirklich vorgekommen, dass Emma in aller Herrgottsfrühe anrief, um mit ihrer Mutter zu sprechen. Ihre Stimme hatte gebebt und war leise und rau gewesen, aber Konrad hatte sich nicht getraut, darauf einzugehen und nachzufragen. Das bereute er zutiefst. Vielleicht hätte sie ja doch mit ihm gesprochen, wenigstens eine Andeutung gemacht. Er glaubte nicht wirklich daran, aber er würde sich niemals verzeihen, dass er nicht mal nachgefragt hatte. Sie rief ein zweites Mal nach dem Frühstück an, als Konrad mit der Zeitung auf dem Klo saß, und er bekam von dem Telefonat nicht mehr mit, als dass Ruth ihre Tochter abfertigte – mit wenigen wütenden Sätzen, die sie leise zischend ausstieß und an deren genauen Wortlaut er sich nicht erinnerte.

Vielleicht war es – jetzt, wo Ruth tot und Emma verschwunden war – für ihn an der Zeit, aufzuwachen und den Dingen um sich herum ein wenig mehr Aufmerksamkeit zu schenken. Vielleicht hatte seine Tochter genau das beabsichtigt. Konrad war erstaunt über diesen Gedanken. Er passte so gar nicht zu ihm. Zu seiner Trägheit und Duldsamkeit. Seiner Bereitwilligkeit, sich jederzeit fraglos anzupassen und unterzuordnen. Insbesondere Ruth.

Er ging ins Dachgeschoss. Ruths Zimmer war grundsätzlich verschlossen gewesen. Von Anfang an hatte sie sich regelmäßig in ihrem Zimmer verbarrikadiert und die Tür stets versperrt, ohne eine Begründung dafür zu liefern. Das war auch gar nicht nötig gewesen, denn schließlich war offenkundig, dass sie allein sein und nicht gestört werden wollte. Ihr persönlicher Bereich ging niemanden etwas an – weder Kind noch Ehemann, von Außenstehenden ganz zu schweigen.

Konrad wäre in den vergangenen vierzig Jahren nicht im Traum auf die Idee gekommen, diese Gewohnheit in Frage zu stellen oder sich gar zu überlegen, wie er klammheimlich einen neugierigen Blick hinter die Tür werfen könnte. Allein der Gedanke wäre Frevel gewesen und hätte ihm tagelang ein schlechtes Gewissen bereitet. Und als er schließlich begonnen hatte, seine eigenen Heimlichkeiten zu haben, sie nach außen hin abzuschotten – und das mit zunehmender Virtuosität –, hatte er plötzlich sogar Verständnis für Ruth entwickelt. Jeder Mensch brauchte einen Platz, zu dem niemand sonst Zutritt hatte – unabhängig davon, was er dort tat oder verbarg. Aber jetzt war einiges anders. Nein, alles war anders, und egal, was noch geschah: Es würde nie wieder so sein wie zuvor.

Als die Polizisten die Tatwaffe gesucht und sich umgesehen hatten, waren sie auch in Ruths Reich eingedrungen – in Ruths akkurat aufgeräumtes Zimmer mit den alphabetisch geordneten Büchern und einigen Aktenordnern in dem hohen Kiefernregal und dem kleinen Schreibtisch unter der Dachschräge, auf dem sich neben dem Laptop eine Schreibunterlage aus Leder, zwei Notizhefte und ein paar Stifte befanden. Den Laptop und einige Akten hatten sie mitgenommen – »reine Routine«. Sie hatten nichts Besonderes entdeckt. Weil sie nicht gewusst hatten, wonach sie wo suchen mussten, und weil sie meinten, ohnehin bereits alles gefunden zu haben.

Konrad öffnete die Tür. Als sein Blick über die Wolldecke mit dem bunten Karomuster glitt, die sorgsam zusammengefaltet über der Rückenlehne des Sofas lag, klopfte sein Herz plötzlich laut und schmerzhaft schnell. Als die Kommissare gegangen waren, hatte er geahnt, dass *er* etwas finden würde, wenn er sich die Mühe machte zu suchen, aber erst jetzt wurde ihm klar, dass er ihr Versteck längst kannte.

Vor mehreren Jahren hatte Ruth einige neue Möbelstücke für ihr Dachzimmer gekauft, unter anderem einen kleineren, eleganten Schreibtisch. Während des Umräumens hatte sie im Keller nach einem Schloss gesucht – einem robusten und einfachen Vorhängeschloss, wie man es zum Beispiel für Gartenschuppen verwendete. Später hatte sie Konrad einen oberflächlichen Blick in ihr neu eingerichtetes Reich erlaubt. Es sah schön aus, und sie wirkte stolz und zufrieden. Als das Telefon im Flur klingelte, war sie hinausgeeilt, und Konrad war für zwei, drei Minuten allein geblieben. Der Schreibtisch war seitlich unter die Schräge gerückt – bis dicht an den holzverschalten Kniestock heran. Konrad, von seltsamer Neugier getrieben, machte ein paar Schritte um den Tisch herum. An einer Stelle der Holzverkleidung war eine kleine Tür, eher eine Luke eingelassen, sodass der freie Platz unter den Dachbalken als Stauraum genutzt werden konnte: für Taschen und Kartons zum Beispiel oder Druckerpapier. Die Tür bestand aus dem gleichen Holz wie die Kniestockverkleidung und fiel kaum auf, wenn man nicht genau hinsah.

Konrad fragte sich, warum Ruth den Tisch, noch dazu mit der Schubladenseite, direkt vor die Tür gestellt hatte – so war es sehr mühsam, Sachen zu verstauen oder hervorzukramen, weil der Schreibtisch jedes Mal abgerückt werden musste. Er bückte sich, warf einen Blick in die winzige Lücke zwischen Schubladenseite und Wand und entdeckte das Schloss an der Holztür. Als er Ruths Schritte im Flur hörte, schreckte er wie ertappt hoch und wandte sich schnell um. Er vergaß das Schloss so schnell, wie er es zufällig entdeckt hatte. Ruth war eine Geheimniskrämerin, und das Zimmer war ohnehin immer abgesperrt. Ein Schloss mehr oder weniger sollte ihn nicht interessieren. Hatte es auch nicht – bis jetzt.

Der Schlüssel befand sich, zusammen mit einem zweiten, an einer Kette in einem Schmuckkästchen in der obersten Schublade des Schreibtisches. Konrad rückte ihn von der Wand und öffnete das Schloss. Hinter einigen Decken und leeren Kartons entdeckte er einen kleinen, stabilen Koffer, zu dem der zweite Schlüssel passte. Konrad wuchtete ihn hervor und öffnete den Deckel.

Hefte. Stapelweise dicke blaue Hefte. Einen Moment lang war er verdutzt. Dann nahm er zwei heraus und öffnete sie. Seine Augen weiteten sich – Tagebücher. Die Kommissarin hatte den richtigen Riecher gehabt: Ruth hatte Tagebuch geführt. Er nahm jedes einzelne Heft heraus und stellte staunend fest, dass Ruth seit Jahrzehnten über die Höhen und Tiefen ihres Lebens Buch geführt hatte. Jeder Band war mit zwei Datumsangaben, Beginn und Ende der Aufzeichnungen, und einer Nummer versehen, sodass die einzelnen Jahrgänge rasch gefunden werden konnten. Es gab Jahre, in denen sie wenig berichtet hatte, und solche, in denen sie sich offenbar viel von der Seele hatte schreiben müssen.

Konrad atmete tief durch. Niemals wäre er auf den Gedanken gekommen, dass seine Frau eine heimliche Schreiberin gewesen sein könnte. Und niemals hätte er es für möglich gehalten, dass er eine Rechtfertigung dafür finden würde, in ihren persönlichen Aufzeichnungen herumzuschnüffeln. Eine recht gute sogar.

★★★

Das Weingeschäft von Michael und Julia Beisner war klein, aber edel, wie Köster Johanna informierte. Der Laden verkaufte nicht nur gehobene Weine aus aller Welt, sondern bot inzwischen auch einen Cateringservice an – »für alle, die sich das leisten können«, wie Kojak hinzufügte. »Einige VW-Abteilungsleiter bestellen bei Beisner. Muss ich mehr sagen?«

Als Johanna die Ladentür öffnete, war im Hintergrund eine Frau mit zwei Kunden ins Gespräch vertieft, während ein groß gewachsener Mann in lässig geschnittenem Anzug auf sie zukam, der Köster augenscheinlich wiedererkannte. Michael Beisner, vermutete Johanna. Köster stellte seine Kollegin in zwei knappen Sätzen vor, während sie den Mann unauffällig musterte. Ein großer, kraftvoller Typ mit vollem braunem Haar, der jünger wirkte als Ende fünfzig. Beisner setzte ein warmes Lächeln auf, das sich höchstens um eine Nuance abkühlte, als der Wolfsburger Beamte Johannas Rolle in leisem Ton erläuterte. Die geschwisterliche Ähnlichkeit hielt sich in Grenzen, fand Johanna. Dann erinnerte sie sich daran, dass in der Akte von Halbgeschwistern die Rede gewesen war. Ruths Mutter hatte ein zweites Mal geheiratet, nachdem ihr Mann bei einem Unfall im VW-Werk ums Leben gekommen war.

»Dann gehen wir am besten nach hinten ins Büro«, schlug Beisner sofort vor und führte sie durch den geräumigen Laden, in dem dunkel gebeizte Weinfässer als Tische dienten und zwischen hohen Regalen zu einer Weinprobe einluden. Es duftete nach Holz und Früchten. Im Gegensatz zu dem atmosphärisch dichten Ambiente im Verkaufsraum wirkte das Büro sachlich und kühl – zwei einander gegenüberstehende Schreibtische, Computer, weiße Regale, ein überdimensionaler Terminkalender über einer Kommode, auf der Wasser und Kaffee bereitstanden, eine Sitzecke mit Chromstühlen.

»Setzen wir uns doch«, meinte Beisner und bot Getränke an. »Gibt es Neuigkeiten?«, fragte er und stellte zwei Gläser Wasser bereit sowie einen Kaffee für Johanna.

»Genau das wollte ich Sie auch gerade fragen«, ergriff die Kommissarin das Wort. Sie lächelte breit und trank einen Schluck.

Beisner setzte sich und schlug die Beine übereinander. »Wenn Sie wissen möchten, ob ich inzwischen weiß, wo Emma sich aufhält –«, er hob die Hände, »nein. Und sie hat sich auch nicht bei mir gemeldet. Im Übrigen glaube ich nicht, dass sie mich in Erwägung ziehen würde, falls sie Kontakt zur Familie sucht oder Hilfe braucht.«

»Nein? Warum nicht? Immerhin sind Sie ihr Onkel.«

Er nickte. »Ja, schon, aber unser Verhältnis ist nicht sonderlich intensiv, und Emma war schon immer eine Einzelgängerin ...« Er brach ab, als sich die Bürotür öffnete und die Frau eintrat, die noch wenige Augenblicke zuvor zwei Kunden beraten hatte. »Ach, Schatz, gut, dass du Zeit hast – die Polizei hat noch ein paar Fragen an uns«, erklärte er rasch.

Die schätzungsweise fünfzigjährige Julia Beisner war das, was Johanna eine toughe Geschäftsfrau nennen würde – sie punktete mit selbstsicherer Ausstrahlung und offenem Blick, war gut gekleidet und angemessen geschminkt. Sie wirkte kein Jahr älter als vierzig und legte sehr wahrscheinlich allergrößten Wert darauf, stets für jünger gehalten zu werden. Jede Wette, dass sie dreimal in der Woche im Fitnessstudio auf dem Laufband schwitzt und regelmäßig Obsttage einlegt, um die Hüften schmal und in Schwung zu halten, dachte Johanna und war nicht zum ersten Mal dankbar für ihre nicht existierende Eitelkeit, die ihr derlei Anstrengungen ersparte – mal abgesehen davon, dass sie eher dürr war und wenig darauf gab, wie ihre Jeans saßen.

Einen winzigen Augenblick lang runzelte Julia Beisner die Stirn, dann grüßte sie in die Runde, goss sich einen Kaffee ein und setzte sich neben ihren Mann.

»Das passt«, sagte sie. »Die nächsten Kunden mit einem festen Termin erwarten wir erst in zwanzig Minuten.«

Johanna lächelte zuvorkommend. »Wir halten Sie nicht lange auf – versprochen.«

Julia Beisner lächelte höflich zurück. Dass sie die Kommissarin scharf taxiert hatte, war Johanna nicht entgangen.

»Was können wir für Sie tun?«, fragte Frau Beisner schließlich. »Sie wissen sicherlich, dass wir bereits ausführlich von der

Polizei befragt worden sind.« Sie bedachte Köster mit einem flüchtigen Seitenblick.

»Natürlich. Die üblichen Routinefragen interessieren mich jedoch weniger. Abgesehen davon ist Emma nach wie vor spurlos verschwunden. Ihr Mann versicherte uns gerade, dass sie sich weder bei Ihnen gemeldet hat noch den Kontakt zu Ihnen suchen würde. Sind Sie auch dieser Meinung?«

Julia Beisner lehnte sich in ihrem Stuhl zurück. »Selbstverständlich. Warum sollte sie sich bei uns melden?«

»Hilfe könnte sie nicht erwarten?«

»Natürlich nicht. Sie hat ihre Mutter getötet.«

»Vielleicht hat sie einen guten Grund gehabt.«

Julia Beisner atmete scharf ein, während ihr Mann sich räusperte. Die Eheleute wechselten einen schnellen Blick.

»Es war schon immer schwierig mit den beiden«, ergriff er schließlich das Wort. »Die haben sich noch nie gut verstanden und sind sich häufig monatelang aus dem Weg gegangen. Das habe ich bereits ausgesagt. Ich – wir können uns vorstellen, dass die beiden sich gestritten haben und Emma die Nerven verlor.«

»Selbstverständlich ist uns die angespannte Mutter-Tochter-Beziehung bekannt«, erwiderte Johanna. »Mich interessiert der Hintergrund, der Auslöser für einen Streit, der derart eskalieren konnte.«

»Wenn Sie nach dem konkreten Anlass suchen, kann ich Ihnen nicht weiterhelfen«, sagte Michael Beisner.

»Und es fällt Ihnen nicht mal ein Stichwort ein? Ein Thema? Einzelne Wortfetzen eines Gesprächs zwischen den beiden, die jetzt bedeutsam scheinen?«

»Nein.«

Julia verzog kurz den Mund, als Johanna sie fragend ansah. »Tut mir leid, nein. Ich war weder mit der Mutter noch mit der Tochter je sonderlich vertraut, und ich darf hinzufügen, dass ich nichts vermisst habe.« Sie untermalte ihre Bemerkung mit einem kühlen Lächeln.

Ich schätze, ihr beide konntet euch nicht ausstehen, und es ist dir scheißegal, was passiert ist, schoss es Johanna durch den Kopf. »Und Sie?«, wandte sie sich an Michael.

»Was genau meinen Sie?«

»Mich interessiert Ihre Beziehung zu Ihrer Schwester und deren Tochter«, präzisierte Johanna ihre Frage. »Wie würden Sie die beschreiben?«

»Wir sind keine besonders harmonische Familie, die alle zwei Wochen beim Sonntagskaffee zusammenkommt, wenn Sie das meinen. Man sieht sich ab und zu anlässlich irgendwelcher Feste, aber das war es dann auch schon.«

»Sie sprechen demnach von einem distanzierten, oberflächlichen Verhältnis sowohl zu Ihrer Schwester als auch zu Ihrer Nichte?«

»Ja, so kann man es ausdrücken.« Michael nickte.

»Und das war schon immer so?«

Er zog die Schultern hoch. »Mehr oder weniger, ja.«

Köster hob plötzlich die Hand. »Tatsächlich? Bei einer der ersten Befragungen äußerte Ihr Schwager beiläufig in einem Nebensatz, dass Emma und Sie ein Herz und eine Seele gewesen seien, als sie noch ein Kind war. Seinerzeit waren Sie übrigens häufiger Gast im Hause Griegor.«

Beisner blies die Wangen auf und verschränkte die Arme vor der Brust. »Meine Güte, das ist eine Ewigkeit her. Sie war ein süßes Kind, und ich mag Kinder. Ich fand, dass Ruth sehr streng mit ihr war, aber sie meinte, ich hätte keine Ahnung von Kindererziehung. Das kann sein.« Sein Lächeln wirkte etwas angestrengt. »Als Teenager war sie jedenfalls ziemlich schwierig.«

Zeig mir den Teenager, der nicht schwierig ist, forderte ihn Johanna in Gedanken auf. Selbst ich bin über die Stränge geschlagen und habe meine Mutter mit meiner großen Klappe zur Weißglut getrieben. Allerdings war es nicht sonderlich schwer, Gertrud zur Weißglut zu treiben – die berühmte Fliege an der Wand hatte das geschafft, von einer aufmüpfigen Erwiderung ganz zu schweigen. »Wann haben Sie Emma eigentlich zum letzten Mal gesehen?«, fragte Johanna nun.

»Vor einigen Wochen war sie hier im Weinladen. Wir haben das zehnjährige Bestehen unseres Geschäfts gefeiert und zugleich unseren Hochzeitstag«, sagte Michael Beisner und schenkte seiner Frau ein herzliches Lächeln. »Einige Freunde, Geschäftspartner und die Familie waren eingeladen.«

»Und welchen Eindruck hatten Sie von ihr?«

Beisner zuckte die Achseln. »Mir ist nichts Besonderes aufgefallen. Sie hat mit uns angestoßen und ist schätzungsweise nach einer Stunde wieder gegangen ... Soweit ich mich erinnere. Es war ja eine Menge los an dem Abend. Da kann man nicht auf jeden Einzelnen achten.«

»Ich verstehe. Ihre Schwester war auch hier?«

»Ja, gemeinsam mit Konrad.«

Julia stand abrupt auf und goss Kaffee nach, obwohl ihre Tasse kaum zur Hälfte geleert war.

Johanna suchte ihren Blick und hielt ihn fest. »Sie mögen Emma nicht, oder?«, rutschte es ihr heraus. Sie war fast genauso überrascht von ihrer Frage wie Julia. Die brauchte kaum zwei Sekunden, um ihre Gesichtszüge wieder zu glätten. »Ehrliche Antwort?«

»Selbstverständlich.«

»Wir haben uns respektiert – nicht mehr und nicht weniger«, gab Julia Beisner zu und sah kurz an Johanna vorbei, als suchte sie sorgsam nach den richtigen Worten. »Wir sind typmäßig zu verschieden, um großartige Sympathien füreinander zu entwickeln.«

»Könnten Sie das erläutern?«

»Emma erfindet Spiele, ich leite mit meinem Mann zusammen ein Geschäft.«

»Und?«

Julia runzelte die Stirn. »Ich denke, sie verplempert ihre Zeit mit Kindereien, aber das ist natürlich ihre Sache.«

»Spiele zu erfinden ist ein Beruf, und Emma ist sehr erfolgreich«, gab Johanna zu bedenken. »Warum werten Sie das ab?« Was um Gottes willen ist daran besser, Wein zu verkaufen, fügte sie stumm hinzu.

»Sie wollten meine ungeschönte Meinung hören, wenn ich Sie richtig verstanden habe.«

»Stimmt. Und wie standen Sie zu Ihrer Schwägerin?«

»Das habe ich bereits angedeutet – reserviert ...«

Das Telefon klingelte. Julia stand rasch auf und hob ab, um sich mit klarer und freundlicher Stimme zu melden. Sie verließ das Büro durch eine zweite Tür, und ein Lachen wehte durch den Raum. Offenbar hatte sie einen wichtigen Geschäftspartner an der Strippe.

Michael Beisner blickte von Köster zu Johanna. »Wenn Sie keine dringenden Fragen mehr haben, würde ich jetzt gerne in den Laden zurückgehen.«

»Nein, im Moment nicht«, entgegnete Johanna. »Aber es kann durchaus sein, dass ich Sie noch einmal belästigen muss.«

Beisner ließ das so stehen, und zwei Minuten später verließen Johanna und Köster den vornehmen Weinladen.

»Haben Sie die Alibis der beiden eigentlich überprüft?«, fragte Johanna, als sie im dichten Feierabendverkehr auf die Siemensstraße abbogen.

Köster warf ihr einen schnellen, fragenden Seitenblick zu. »Ja, natürlich, routinemäßig. Aber da gibt es nichts zu rütteln. Die waren beide zur fraglichen Zeit in ihrem Geschäft und haben ein Weinseminar mit zehn Leuten abgehalten.«

»Wie aufregend«, murmelte Johanna.

»Ich glaube, ich weiß, worauf Sie hinauswollen«, meinte Köster und grinste.

Davon war Johanna überzeugt. Aber da war noch etwas anderes. »Julia Beisner möchte man nicht zur Feindin haben, oder?«

Köster spitzte die Lippen. »Bisschen kühl, die Lady.«

Dominant, kühl, heftige Antipathien gegen Emma, und Ruth mochte sie auch nicht, obwohl die beiden Frauen durchaus charakterliche Ähnlichkeiten aufwiesen – oder gerade darum. Kein Platz für Empathie.

»Sie macht sich nicht mal die Mühe, auch nur ein wenig Betroffenheit zu heucheln, und sie hat ihren Mann ziemlich gut im Griff.« Johanna schüttelte den Kopf. »Eventuell lohnt es doch, die Alibis noch einmal unter die Lupe zu nehmen.«

»Ernsthaft?«

»Ja. Vielleicht ist einer von beiden zwischenzeitlich mal ein Stündchen unterwegs gewesen.«

»Glaub ich nicht dran, aber ich überprüfe die Aussagen dahin gehend noch einmal.«

»Danke.«

Köster hielt direkt neben Johannas Wagen. »Wie sehen Ihre Pläne für morgen aus, Kommissarin?«

»Ich möchte mit den Nachbarn und einigen Arbeitskollegen von Ruth sprechen und mir Emmas Wohnung ansehen. Bei der Gelegenheit werde ich auch gleich die Freundin und den Exmann aufsuchen.«

»Ich werde ein paar Stunden im Büro bleiben und unter anderem auch Reinders Telefon hüten – lassen Sie uns morgen die Termine abgleichen.«

»Gerne.« Johanna reichte Köster die Hand. »Danke. Es ist sehr angenehm, mit Ihnen zu arbeiten.«

»Wollte ich auch gerade sagen.«

Wenig später fuhr sie über die Berliner Brücke Richtung Alt-Wolfsburg. Es ist wie immer, dachte sie. Ich lasse mich in das undurchsichtige Netz eines Falles sinken, und je mehr ich mich mit den einzelnen Schnüren und Knoten befasse, umso tiefer tauche ich in die Leben wildfremder Menschen ein – ob ich will oder nicht. Ich empfinde Sympathie und Abneigung, obwohl ich emotional sachlich und objektiv bleiben müsste. Schwachsinn! Schließlich bin ich kein buddhistischer Mönch, der stets den Ausgleich sucht und ihn in der Mitte findet. Ich weiß nicht mal, wo meine ist … doch, dort, wo der Magen gerade knurrt, dürfte sie sich in etwa befinden. Johanna lächelte und freute sich auf ein Abendessen im »Alten Wolf«.

VIER

Konrad hatte sich wahllos ein Heft aus dem Stapel herausgegriffen, Jahrgang 1974. Damals waren Ruth und er ein Paar geworden. Vielleicht war die Entscheidung für ausgerechnet diesen Tagebuchband doch nicht so zufällig, wie er sich vormachen wollte. Sein Herz schlug plötzlich unregelmäßig und schnell. Konrad atmete tief durch, dann öffnete er es. Ruths akkurate Schrift stach ihm ins Auge:

Ich habe lange Zeit nichts aufgeschrieben. Zu viel ist geschehen in den letzten Monaten. Atemlos ist die Zeit davongehetzt. Innerhalb weniger Augenblicke ist mein ganzes bisheriges Leben auf den Kopf gestellt worden, ohne dass ich auch nur den Hauch einer Chance sehe, mich dagegen zu wehren. Ein Student! Ein linkischer, grobschlächtiger Student, der nebenbei als Aushilfsschrauber Geld verdient und mich anhimmelt, seitdem ich meinen Käfer zur Inspektion in die Werkstatt bringe, hat Micha und mich in einem dieser zärtlich-verträumten Momente beobachtet, die nur uns gehören. Die Augen fielen ihm fast aus dem Kopf, und es blieb mir nichts anderes übrig, als ihm einen Gefallen anzubieten, mit dem ich mir sein Schweigen zu erkaufen hoffte. Und nun bin ich schwanger und muss diesen Kerl heiraten! Ich kann es kaum glauben, noch während ich das aufschreibe, macht sich Fassungslosigkeit in mir breit. Aber etwas anderes kommt nicht in Frage – das haben meine Eltern deutlich zum Ausdruck gebracht. Klare Verhältnisse, ihr Lieblingsspruch! Gerade jetzt, wo es in meiner Abteilung von Tag zu Tag besser läuft und ich eine sehr gute Position in Aussicht habe. Immerhin: Er spricht nicht über das, was er beobachtet hat, und er spielt nicht mit seinem Wissen.
Micha freut sich. Er mag Konrad, so wie die Eltern auch. Und er hat eine Freundin. Nun meint er, mir aus dem Weg gehen zu können. Oder zu müssen, je nachdem. Ich werde ihm klarmachen, dass ich mit dieser Ehe und der Schwangerschaft

den Preis für unser beider Tun zahle und dafür seine liebevolle Aufmerksamkeit verdient habe. Mindestens.

Er las den Abschnitt drei Mal, bevor er den Blick hob und minutenlang wie versteinert vor sich hin starrte, bis er das ganze Ausmaß zu begreifen begann. Zärtlich-verträumte Momente? Entgeistert dachte er an die Situation damals in der Werkstatt zurück, die für Ruth und letztlich auch für alle anderen Beteiligten so ungeahnte Folgen nach sich gezogen hatte: Er kannte die Geschwister, seitdem Ruth einen eigenen Wagen besaß und ihn regelmäßig zur Inspektion oder Reparatur in die Autowerkstatt gebracht hatte, in der er damals jobbte. Häufig saß ihr Bruder auf dem Beifahrersitz. Manchmal plauderten sie miteinander. Michael war ein netter, fröhlicher Junge, und die elegante Ruth betete er an. Konrad konnte sich noch gut an den Tag erinnern. Es war sehr viel zu tun gewesen und schon spät, und er musste sich zunächst noch um ein anderes Fahrzeug kümmern. Ruth war ungeduldig gewesen, hatte sich aber schließlich bereit erklärt zu warten und parkte den Wagen hinter der Werkstatt. Die Geschwister blieben im Auto und machten es sich schließlich auf dem Rücksitz bequem, wie Konrad von Weitem mitbekam. Als er später zum Seitenfenster hineingeblickt hatte, waren sie seiner Überzeugung nach eng aneinandergekuschelt Arm in Arm eingeschlummert. Die Szene hatte verträumt und zärtlich gewirkt. Nicht mehr, aber auch nicht weniger. Er hatte ihr keinerlei tiefere Bedeutung beigemessen.

Konrad schlug sich vor die Stirn. Ruth würde nie erfahren, dass er sich der Intimitäten, deretwegen sie sich ihm an den Hals geworfen hatte, überhaupt nicht bewusst gewesen war! Geschwisterliche Zärtlichkeit: ja. Ungewöhnlich liebevoll: ja. Doch Erotik? Sex? Konrad wäre im Leben nicht darauf gekommen, dass Ruth und Michael auf dem Rücksitz miteinander schmusten und ein Liebespaar waren. Die stille, einvernehmliche Zweisamkeit der Geschwister hatte ihn fasziniert, aber er hatte keine Hintergedanken gehegt, und als Ruth einige Tage später erneut bei der Werkstatt vorfuhr und ihn völlig unerwartet zu einer Spritztour einlud, hatte er vor Aufregung und Freude kaum gewusst, wie ihm geschah. Später drängte sie sich an ihn, und er war hin und weg gewesen vor Lust, Erregung, Verliebtheit. Zu diesem Zeitpunkt hätte er Mühe gehabt, das Wort Inzest korrekt zu schreiben, und nun würde er den Rest seines Lebens in dem Wissen verbringen, dass seine Ehe auf Ruths irrtümlicher Annahme beruhte, er hätte die Geschwister bei verbotenen erotischen Handlungen beobachtet oder zumindest entsprechende Rückschlüsse aus ihrer innigen Umarmung gezogen. Und Emma war die unmittelbare Folge dieses Irrtums. Noch ungeliebter als er.

Seine Hände zitterten, schließlich ballte er sie zu Fäusten, senkte den Blick und las weiter. Einzelne Abschnitte überflog er nur flüchtig, um den Aufzeichnungen an anderen Stellen wieder Satz für Satz zu folgen – besser gesagt: folgen zu müssen.

Ich hasse meinen runden, harten Bauch und die unkontrollierbaren Bewegungen, denen er ausgesetzt ist. Ich bin schwer und kurzatmig und muss ständig pinkeln. Meine Brüste tun weh. Hoffentlich ist es wenigstens ein Junge! Konrad ist förmlich närrisch vor Glück – er merkt nichts, rein gar nichts. Naiv und dumm wie ein Baby. Denkt er nicht manchmal darüber nach, was uns so plötzlich zusammengeführt hat? Oder ist ihm das alles egal – Hauptsache, er hat mich an seiner Seite? Vielleicht gibt er sich auch nur so harmlos und würde im Fall der Fälle sein Wissen über mich und Micha rücksichtslos ausnutzen. Stille Wasser sind tief.

Zwei Monate später:

Das Kind ist da. Nach acht grässlichen Stunden habe ich ein Mädchen aus mir herausgepresst. Emma. Alle sagen, sie sei schön. Mir sagt sie gar nichts. Ich habe keine mütterlichen Gefühle. Vielleicht kommen die noch. Ich hoffe, bald wieder auf den Beinen zu sein, um an meinen Arbeitsplatz zurückkehren zu können. Ich weiß, dass viele Leute darüber die Nase rümpfen. Eine verheiratete Frau und Mutter sollte zu

Hause bleiben, zumindest in den ersten Jahren, um Kind und Mann zu versorgen. Allein der Gedanke lässt mich frösteln. Ich muss darüber nachdenken, wie es weitergehen soll mit meinem Leben. Sonst entgleitet es mir. Ich lebe nicht das, was ich wünsche und wonach ich mich sehne – oder nur in einem lächerlich winzigen Ausschnitt. Es ist ein Provisorium, aus dem ich irgendwann einen Ausweg finden muss, sonst drehe ich durch.
Konrad gibt sich große Mühe, aber er ist und bleibt ein Mann, den ich nicht ernst nehmen kann. Daran ändert das Häuschen nichts, das er uns mit Hilfe der Eltern in Nordsteimke kaufen will, und auch nicht sein verlegenes Lächeln, mit dem er mich so oft begrüßt, oder seine Fürsorglichkeit. Was mir allerdings gefällt, ist seine Schwäche, seine Art, nichts in Frage zu stellen, sein Weggucken. Ich werde hin und wieder mit ihm schlafen. Es ist langweilig, aber meine tief mit mir verwachsene Gier macht es leichter. Ich nehme ihn mir. Wahrscheinlich hält er das für Liebe.
Micha kommt häufig nur noch, um Emma zu sehen. Er ist hingerissen von ihr, schaukelt sie auf seinen Knien, gurrt ihr ins Ohr und hält sie für das Klügste und Schönste, was ihm je begegnet sei. Ich bin erstaunt, dass ein junger Bursche sich für ein Baby begeistern kann, und ich spüre einen spitzen Stachel, der sich tief in mein Herz bohrt.
Er hat mich zurückgewiesen. Freundlich, aber bestimmt. Plötzlich wächst in mir der heiße Wunsch, ihm eine Schlinge um den Hals zu legen und nach meinem Gutdünken zu lockern oder zu straffen.

Konrad hatte das Gefühl, vergiftet zu werden. Mit jeder Seite, die er las, fühlte er sich kränker, innerlich wie aufgeraut, verzweifelt, angewidert, erschöpft. Und doch sah er keine Möglichkeit, die Prozedur vorzeitig zu beenden oder ihr zu entfliehen, denn je mehr er Ruth und ihre ureigensten Gefühle und Bedürfnisse über ihre Tagebücher kennenlernte, umso wichtiger schien es ihm, ihre Motive, ihr Handeln einschätzen zu können und darüber hinaus herauszufinden, ob er irgendetwas für seine Tochter tun konnte. Wenigstens jetzt. Das erste Mal in seinem Leben.

Emma schreit viel und gebieterisch laut. Sie hat früh laufen gelernt und erfasst ihre Umgebung mit hungrigen Augen und aufmüpfigem Blick. Sie ist respektlos. Ich muss sie häufig bestrafen. Konrad und Micha sehen das nicht gerne, und so tue ich es kaum in ihrer Anwesenheit. Nicht weil ich befürchte, mich nicht durchsetzen zu können, oder konfliktscheu bin, sondern weil Emma dann eine Aufmerksamkeit erfährt, die ihr nicht zusteht. Sie soll früh lernen, dass ein hübsches Köpfchen und ein freches Mundwerk ihr keinerlei Sonderrechte einbringen.
Ich habe mir die Antibabypille verschreiben lassen. Eine wunderbare Erfindung, die uns Frauen den Rücken stärken wird. Hätte ich sie schon mit Anfang zwanzig gehabt, wäre ich weder verheiratet noch Mutter. Der neue Kollege ist ein interessanter Mann. Ich halte ihn für verführbar.
Dieses kleine Biest treibt mich noch zur Weißglut! Wie könnte ich heute dastehen ohne sie! Micha ist immer sehr erstaunt, wenn ich ihm solche Sätze hinschmettere. Er meint, ich müsste Konrad doch wenigstens ein bisschen lieben, wo er doch ein so netter Kerl sei und der Vater meiner wunderbaren Tochter. Wie viel ist ein bisschen? Ich habe mich an ihn gewöhnt, an seinen Geruch und seine devote Art. Das Häuschen gefällt mir und die Bequemlichkeit, die wir uns leisten können. Für Konrad ist es selbstverständlich, dass ich ein eigenes Zimmer habe, das niemand betreten darf. Aber ich habe gierige Träume, in denen es weder Konrad noch Emma gibt, und ich bin davon überzeugt, dass ich auf beide, ohne mit der Wimper zu zucken, von einem Tag auf den anderen verzichten könnte und ihnen keine Träne nachweinen würde.
Nur auf Micha nicht.
Warum muss ich ausgerechnet ihn auf diese machtvolle, selbstvergessene Art lieben? Krankhaft, behauptet Micha und erwidert dabei sogar meinen Blick. Er scheint geheilt. Vorerst.

Als die Abenddämmerung einsetzte, ging Konrad nach unten in die Küche. Er brauchte dringend eine Pause. Sein Kopf schien bersten zu wollen. Er kochte sich eine Kanne Tee und aß zwei Schinkenstullen, obwohl er kaum Hunger spürte. Die Macht der Gewohnheit.

Die Frage, ob ihm all das wirklich ganz und gar verborgen geblieben war oder ob er aus Lethargie und Feigheit die Augen so fest verschlossen hatte, dass kaum etwas zu ihm durchgedrungen war, tat weh und würde ihn nie wieder loslassen. Wahrscheinlich hatte er es Ruth ziemlich leicht gemacht, ihr Leben lang alles vor ihm zu verstecken – ihre Begierden, ihre kranke Liebe zu Michael, Hass und Verachtung.

Sie hatte ihn benutzt, um ein behagliches Leben zu führen und das Kind ihre ganze Geringschätzung und Kälte spüren zu lassen, während er kaum einmal Anstalten gemacht hatte, genauer hinzusehen und aufzubegehren.

Den Rest des Abends saß er auf der Terrasse und stellte sich vor, dass sie noch lebte. Er würde sie zur Rede stellen und ihr mit einem siegesgewissen Lächeln alle Lügen und Missetaten vorhalten. Ihr hochmütiges, abweisendes Lächeln würde gefrieren, je selbstbewusster und klarer er ihr seine Erkenntnisse vortrüge – zum ersten Mal in ihrer Ehe –, und am Schluss würde sie grau werden und in sich zusammensinken wie ein Häufchen Elend.

Konrad schwelgte in seinen Phantasien, und je sicherer er den berauschenden Wachtraum in allen Nuancen beherrschte, desto mehr forderte die Geschichte einen zusätzlichen Akt, in dem Ruth zunächst aufbegehrte, ihn beschimpfte und auslachte, bevor er schließlich vor sie hintrat und sie mit aller Kraft ohrfeigte. Zu Boden schmiss und zuschlug, bis sie still war. Und dann um Verzeihung bat. Immer wieder.

Um zwei Uhr nachts ging er zu Bett. Um halb fünf stand er wieder auf. Er kochte Kaffee und setzte sich an Ruths Schreibtisch, um weiterzulesen. Emma war inzwischen ein Schulkind und entwickelte sich prächtig. So hatte jedenfalls Konrad ihren Werdegang in Erinnerung.

*Sie ist gut in der Schule. Bemerkenswert gut, sagen die
Lehrer. Allerdings nur in den Fächern, die ihr Spaß machen.
Dort fällt ihr alles zu. Sie hat Phantasie, Sprachgefühl, kann
ohne Mühe auch komplizierte Zusammenhänge erkennen.
Sie hat etwas sehr Jungenhaftes, Wildes und trachtet ständig
danach, sich durchzusetzen.
Sie ist mir fremd und wird mir immer fremd bleiben. Ein
Dorn im Auge. Sie zeigt mir, wie sehr es mir an Liebe und
Wärme mangelt, so sehr, dass ich verächtlich lachen möchte.
Manchmal schlage ich sie, um ihr Demut und Bescheidenheit
einzubläuen, aber es scheint nichts zu nützen. Dabei darf
ich keine Spuren hinterlassen. Micha wacht mit Argusaugen
über sie. Ich erkläre ihm immer wieder, dass Emma unbedingt
eine strenge Hand braucht, die nur ich ihr geben kann. Dann
lächelt er mit hochgezogener Augenbraue.
Er besucht uns oft. Und wechselt ständig die Frauen. Die
Jahre haben ihn schöner gemacht. Ich träume oft von ihm.
Wenn ich Konrad heranlasse, schließe ich die Augen. Sein
angestrengtes Stoßen und Grunzen verwandelt sich dann in
zärtliche Leidenschaft. Wenn er doch nicht ständig Liebe von
mir erwarten würde!*

...

*Emma beginnt sehr früh, sich zu verändern. Das Jungenhafte
verliert sich. Sie scheint kein Problem mit ihrem Körper und
den Wandlungen zu haben, denen er unterliegt, was mich
zutiefst verblüfft. Aber ihr Aufbegehren mir gegenüber wird
von Tag zu Tag deutlicher. Wenn sie jünger wäre, würde ich
sie grün und blau prügeln. Sie genießt ihre Sonderstellung bei
Micha. Immer wieder kuschelt sie sich an ihn und lächelt mir
dann triumphierend zu – mein hasserfüllter Blick scheint an
ihr abzuprallen.
Es ist so schwer, die Balance zu halten zwischen dem, was in
mir schlummert und brodelt, und dem, was das tägliche Leben
von mir fordert.
Ließe ich die Katze aus dem Sack, würde mich kaum jemand
wiedererkennen.*

...

Sie ist sechzehn, ein junges Mädchen, und keine Jungfrau mehr. Die kleine Schlampe hat es mit ihrem Sportlehrer getrieben! Und erfahren habe ich es gestern von Micha, den sie vor lauter Glückseligkeit ins Vertrauen gezogen hat.
Ich war so erbost, dass ich sie abends zur Rede stellte. Die Auseinandersetzung ist mir in lebhafter Erinnerung geblieben – jedes einzelne Wort.
Sie hatte geduscht und lag mit nassen Haaren ausgestreckt auf ihrem Bett. Als ich eintrat, legte sie das Buch beiseite und sah mich an, als würde sie nur mit Mühe die Störung ertragen. Sie stützte den Kopf lässig in eine Hand und machte keine Anstalten, sich aufzusetzen.
»Ich will es kurz machen«, erklärte ich. »Ich habe aus sicherer Quelle erfahren, dass du inzwischen, drücken wir es mal vorsichtig aus, sexuell aktiv bist.«
Sie konnte ein leises Erschrecken nicht verhindern, gab sich aber viel Mühe, den Eindruck zu erwecken, über den Dingen zu stehen.
»Stimmt. Aber das ist meine Sache.«
»Nicht ganz, Schätzchen. Du bist gerade mal sechzehn.«
»Und seit Langem aufgeklärt. Ich weiß, was ich tue.«
»Tatsächlich? Und dein Sportlehrer auch? Oder soll ich da lieber mal nachfragen? Die Schule wäre bestimmt begeistert über die sexuelle Beziehung eines Lehrers zu einer minderjährigen Schülerin. Kannst du dir ungefähr vorstellen, was dem blüht?«
Das gab ihr zu denken. Sie setzte sich langsam auf. Ihre Lippen waren bleich geworden und ließen ihre schwarzen Haare noch dunkler erscheinen.
»Wie du siehst, bin ich bestens informiert«, fuhr ich fort. »Ich gebe dir also den guten Rat, dich nicht schwängern zu lassen. Es wäre auch vorteilhaft, wenn sich nirgendwo herumspräche, mit wem du es treibst. Und noch was: Lass deinen Onkel aus dem Spiel.«
»Unsere Vertrautheit schmeckt dir wohl nicht.«
Ich ging langsam auf sie zu. Sie hatte Angst, aber sie war immerhin so sehr meine Tochter, dass sie mit keiner Wimper

zuckte, als ich meinen Blick in ihren bohrte und ihr mit dem Handrücken ins Gesicht schlug. Ihr Kopf flog zurück.
Sie wischte sich über die Wange und sagte mit leiser Stimme: »Besser, du machst das in Zukunft nicht mehr. Ich werde mir das nicht länger gefallen lassen.«
»Ich bebe vor Angst. Besser, du zügelst dein loses Mundwerk. Und vergiss nicht: Micha hat zwar eine Schwäche für dich, aber er ist letztlich immer auf meiner Seite. Und deinen Vater kannst du vergessen. Er würde sich eher eine Hand abhacken lassen, als sich gegen mich zu stellen, und das weißt du sehr genau.«
Damit verließ ich das Zimmer, und ich denke, sie hat mich verstanden. Einen Machtkampf zwischen uns beiden kann sie nicht gewinnen, denn ich würde ihn mit aller Härte und Wut führen.

Ein entsetzliches Gefühl der Leere, Einsamkeit und Scham hatte längst Besitz von Konrad ergriffen. Mehr als lahme Sympathie hatte Ruth zu keinem Zeitpunkt für ihn empfunden. Meistens verachtete sie ihn und duldete ihn nur deshalb in ihrem Leben, weil er bequem und schwach war.

Doch warum war Ruth bei ihnen geblieben? Die Zeiten hatten sich damals zunehmend geändert, gerade für Frauen. Der gute Ruf war für Geschiedene nicht mehr automatisch dahin, schon gar nicht in der Stadt. Und sie hatte doch längst mitbekommen, dass er nie über die Situation in der Werkstatt sprach und die Beziehung zu ihrem Bruder nicht hinterfragte. Je mehr Zeit verging, desto unwahrscheinlicher hätte es in ihren Augen werden müssen, dass er die Szene je thematisieren würde. Was also hatte sie gehalten?

Gewohnheit, Bequemlichkeit, finanzielle Absicherung, ein Status, hinter dem sie alles Mögliche verbergen konnte? Ja, so ähnlich hatte sie sich ausgedrückt. Ein Tölpel als Ehemann ist leicht zu handhaben. Aber das war nicht alles. Kontrolle. Insbesondere über Michael und seine Zuneigung zu Emma, denn ihre Tochter war immer älter und selbstständiger geworden und hätte sich bei einer Trennung sicherlich für den

Vater entschieden. Sie wäre Ruth entglitten und hätte Zeit mit Michael verbracht, ohne sich von ihrer Mutter einengen oder bevormunden zu lassen.

Aber was war später? Als Emma ihr eigenes Leben zu führen begonnen hatte, musste Ruth noch etwas anderes daran gehindert haben, diese Farce zu beenden. Vielleicht war er, Konrad, inzwischen so unwichtig geworden, dass er nicht einmal den Aufwand einer Trennung gelohnt hätte. Ob er da war oder nicht, spielte keine Rolle. Ein altes Möbelstück, das unbeachtet in einer Ecke stand. Nicht schön, aber ganz praktisch, solange nichts anderes in Aussicht war.

Konrad brauchte einen Moment, um das Gefühl, das ihn immer massiver auszufüllen begann, benennen zu können. Hasserfüllter Zorn.

FÜNF

Unabhängig davon, mit wem Johanna sprach – im Kern kamen immer die gleichen Aussagen: Entweder die Befragten wussten nichts zum Verhältnis zwischen Mutter und Tochter zu sagen, oder sie beschrieben es als angespannt, distanziert, gefühllos. Eine Kollegin von Ruth Griegor äußerte sich trotz der tragischen Ereignisse erfrischend offen und erklärte unverblümt, dass sie der Frau keine Träne nachweine – die hätte sicherlich nicht nur als Mutter versagt, konkrete Details wollte sie aber nicht auf den Tisch legen; eine kürzlich umgezogene Nachbarin deutete Ähnliches an, ließ sich jedoch bedauerlicherweise ebenfalls keine Hintergründe entlocken. Eines stand fest – beliebt war Ruth Griegor nicht gewesen. Und was Emma anbetraf, so zeichneten die wenigen Menschen aus ihrem beruflichen Umfeld, die häufiger mit ihr zu tun gehabt hatten, das Bild einer sympathischen, zur Nervosität neigenden, begabten, aber introvertierten Frau, die nicht gerne über sich sprach. Angesichts des emotionalen Umfeldes, in dem sie aufgewachsen war, durfte ihr Werdegang als Erfolg gewertet werden – davon war Johanna überzeugt.

Am späten Vormittag hatte sie die wesentlichen Kontaktdaten, die der Akte beigelegt waren, abgearbeitet und war froh, sich angesichts der stets gleich klingenden Aussagen in der Mehrzahl für die bequemere Telefonvariante entschieden zu haben, statt jeden mutmaßlichen Zeugen, soweit er in der näheren Umgebung erreichbar war, einzeln abzuklappern. Dennoch brummte inzwischen ihr Schädel, und sie hatte die Nase voll.

Als Köster sie informierte, dass ein aktueller Fall seinen Einsatz in Wolfsburg erforderte, er aber nicht vergessen würde, die Alibis der Beisners zu überprüfen, machte sie sich allein auf den Weg nach Braunschweig, um zunächst mit Eva Buchner und später mit Tom Arnold persönlich zu sprechen und Emmas Wohnung in Augenschein zu nehmen. Sie hielt kurz Rücksprache mit Staatsanwältin Kuhl, die versprach, den Hausmeister umgehend zu instruieren.

»Ihr erster Eindruck?«, schob sie nach.

»Eine unangenehme Familie, insbesondere was die Frauen angeht. Lediglich die Tatverdächtige kommt gut weg. Ansonsten weiß niemand etwas Genaues, was das konkrete Streitmotiv angeht, aber keiner scheint das Opfer großartig zu vermissen, auch der Ehemann nicht – meine ganz persönliche Einschätzung. Und die Aussage, dass Mutter und Tochter schon immer im Clinch gelegen hätten und Ruth Griegor lieblos und herrisch war, kommt mir langsam zu den Ohren heraus.«

»Das macht die Geschichte nicht einfacher.«

»Sie sagen es. Wenn jede Tochter ihre kaltherzige Mutter irgendwann erschlagen würde, hätten wir viel zu tun ...« Sie hielt kurz inne, doch Annegret Kuhl nahm die Bemerkung klaglos hin. »Ich melde mich, sobald ich Näheres in Erfahrung gebracht habe.«

»Tun Sie das.«

Johanna fuhr über die A 2 und die A 39 zur TU nach Braunschweig und benötigte für die Strecke eine gute halbe Stunde. Eva Buchner empfing sie in einem engen, aber gemütlichen Büro im Germanistischen Institut am Bienroder Weg. Das Fenster stand weit auf, eine prall gefüllte Kuchentüte lag auf dem Sims, und es duftete nach Kaffee. Die Frau lächelte einladend und begrüßte Johanna mit festem Händedruck. Sie trug einen weit geschnittenen Blazer, der ihre Rundungen perfekt überspielte, und war nervös, schon wieder mit der Polizei zu tun zu haben, wie sie in lebhaftem Ton versicherte, während sie ihren Laptop zuklappte und Johanna einen Korbsessel am Fenster anbot. Sie selbst nahm auf einem Klappstuhl Platz. Nach kurzem Zögern erhob sie sich noch einmal, um nach der Kuchentüte zu angeln. »Haben Sie auch Lust auf dreitausend überflüssige Kalorien?«

Johanna griente. »Immer.«

»Kaffee?«

»Unbedingt. Stark und schwarz, bitte.«

Der Kuchen – Bienenstich und Obstkuchen mit Streuseldecke – war frisch und verströmte ein köstliches Aroma. Eva Buchner seufzte leise. »Ich weiß, ich sollte lieber Obst essen oder besser noch gar nichts, aber bei Kuchen werde ich schwach!«

»Dafür habe ich vollstes Verständnis, ich komme an keiner Kekspackung vorbei.«

»Na ja«, Buchner warf ihr einen neidischen Blick zu, »bei Ihrer Figur würde ich mir darüber nun wirklich keine Gedanken machen, wenn die Anmerkung erlaubt ist.«

Johanna lachte. »Ist sie, aber glauben Sie mir bitte – worüber wir hier sprechen, ist keine Figur, sondern ein Zustand! Und ich würde nicht anders futtern, wenn ich zwanzig Kilo mehr hätte.«

Buchner schien ihr die Behauptung abzunehmen, und eine Weile genossen sie die Kohlenhydrat-Orgie. Eva Buchner erzählte von ihrer Tätigkeit als Dozentin und schenkte ungefragt Kaffee nach. »Glauben Sie eigentlich, dass ich weiß, wo Emma sich versteckt?«, kam sie plötzlich zum Thema.

»Nein, das glaube ich nicht. Fest steht jedoch, dass sie Ihnen vertraut.«

»Damit dürften Sie richtigliegen. Wir kennen uns seit achtzehn Jahren, waren zusammen an der Uni und sind seitdem befreundet – mal mehr, mal weniger intensiv. Aber wenn Sie daraus ableiten, dass ich Ihnen mehr zur Familie und der konkreten Ursache des Streits erzählen kann ...« Buchner hob die Hände. »Das kann ich nicht, wie ich der Polizei bereits mehrfach versichert habe. Ruth wirkte immer eigentümlich kühl, hart, unnahbar auf mich, war aber auch höflich, beherrscht und redegewandt. Sie war sicherlich eine intelligente Frau. Die wenigen Male, die ich im Hause Griegor zu Gast war, habe ich mich immer gefragt, was da los ist – ohne je eine Antwort zu finden oder gar von Emma zu erhalten. Die hat nur abgewinkt. ›Meine Mutter ist ein Eisklotz‹, hat sie gesagt. ›Gib dir keine Mühe, das verstehen zu wollen. Es gibt solche Menschen.‹«

Johanna seufzte unterdrückt.

»Nur ihr Bruder konnte ihr manchmal so was Ähnliches wie Herzlichkeit entlocken«, fuhr Eva Buchner fort.

»Sie sprechen von Michael Beisner?«

»Ja.«

»Zu dem hatte Emma als Kind eine innige Beziehung – heißt es vonseiten des Vaters«, sagte Johanna.

»Mag sein. Aber auch dazu kann ich Ihnen nichts sagen.« Eine Weile blieb es still.

»Ich möchte versuchen, Kontakt zu Emma aufzunehmen«, erklärte Johanna schließlich. »Und zwar auf dem gleichen Weg, den sie gewählt hat – über Ihren Mailaccount, Frau Buchner. Ich gehe davon aus, dass Emma sich hin und wieder dort einloggt und vielleicht den einen oder anderen Gruß hinterlässt. Richtig?«

Treffer, dachte Johanna, denn Eva Buchner machte erst große Augen, dann nickte sie. »Das stimmt. Sie schreibt meist ein, zwei Sätze, sodass ich weiß, wie es ihr geht, aber sie vermeidet jeglichen Hinweis auf ihren Aufenthaltsort – das dürfen Sie mir glauben.«

»Tue ich. Ich will Emma davon überzeugen, über ihr Motiv zu sprechen«, fuhr Johanna fort.

»Darauf wird sie nicht eingehen. Was immer da vorgefallen oder zur Sprache gekommen ist – wenn Emma sich entschieden hat, nicht darüber zu reden, wird niemand sie umstimmen. Sie kann sehr dickköpfig sein.«

»Ich auch. Ich möchte versuchen, ihr klarzumachen, dass ein starkes Motiv mehrere Seiten hat – immer. Es belastet sie nicht nur, sondern kann in einem Verfahren auch zur Berücksichtigung von mildernden Umständen führen.«

»Das wird ihr nicht reichen«, wandte Eva Buchner ein.

»Schade. Eventuell überzeugt sie dieses Argument: Wenn Emma die Wahrheit sagt und tatsächlich nicht handgreiflich geworden ist, muss der Mörder noch frei herumlaufen, oder?«

»Glauben Sie das?«

Johanna schabte die letzten Kuchenkrümel zusammen. »Nun ja, eine statistische Möglichkeit können wir nicht ausschließen.«

Eva Buchner seufzte. »Ich finde es sehr bemerkenswert, in welcher Weise Sie sich einsetzen, aber ich glaube nicht, dass Emma darauf eingehen wird. Sie ist keine Frau, die man einsperren kann. Sie würde durchdrehen. Lieber läuft sie für den Rest ihres Lebens davon, als dass sie Jahre in einer Gefängniszelle zubringt. Selbst Monate hielte sie nicht aus. Außerdem ... nun, sie ist sehr geschickt, und ich halte es durchaus für möglich, dass sie der Polizei immer wieder ein Schnippchen schlägt.«

Johanna lehnte sich zurück. »Ich auch. Dennoch sind die leitende Staatsanwältin und ich uns darin einig, dass wir nichts unversucht lassen möchten, um die Hintergründe des Geschehens zu beleuchten. Würden Sie ein Schreiben von mir in Ihrem Entwurfsordner speichern und Ihre Freundin ermuntern, sich damit zu befassen? Den Text würde ich Ihnen heute Abend mailen.«

Emmas Freundin überlegte nur kurz, dann überreichte sie Johanna eine Visitenkarte.

»Danke. Können Sie mir eigentlich etwas zu Tom Arnold sagen?«, fragte die Kommissarin. »Ich habe später noch einen Termin mit ihm, und es wäre schön, mit einigen Vorabinformationen zu Emmas Ex gerüstet zu sein.«

Eva Buchner seufzte. »Gerne – das ist ein toller Mann. Niemand weiß, warum sie die Ehe beendet hat, er auch nicht.«

»Ach?«

»Tom ist aus allen Wolken gefallen, als sie sich von ihm trennte – ich übrigens auch. Ihre Begründung lautete, sie hätten sich auseinandergelebt. Tom hat gekämpft wie ein Irrer, aber Emma war nicht mehr umzustimmen und ist bis heute nicht bereit, über ihre Entscheidung zu sprechen. Ich habe das Scheitern dieser Beziehung sehr bedauert – die beiden waren ein schönes und, wie ich immer fand, harmonisches Paar. Emma hätte meiner Ansicht nach nichts Besseres passieren können als dieser Mann. Aber sie war anderer Meinung. Das werde ich wohl nie verstehen.«

Interessant, dachte Johanna.

Eine Viertelstunde später machte sich Johanna auf den Weg in Emmas Wohnung, die sich in der Nähe des Maschplatzes befand. Sie brauchte kaum zehn Minuten von der Uni und ergatterte einen Parkplatz direkt vor der Tür. Der Hausmeister ließ sich ihren Dienstausweis zeigen und händigte ihr wortlos die Schlüssel aus.

Die großzügig geschnittene Dachgeschosswohnung hätte ihr auch gefallen – viel Holz, Parkett und bunte Teppiche, eine ebenso gemütliche wie praktische Wohnküche sowie eine Terrasse, die auch als Wintergarten genutzt werden konnte. Emmas Arbeitszimmer war ein großer Raum mit hervorragender Beleuchtung, in dessen Mitte ein rechteckiger Tisch platziert war, auf dem Bastelzubehör, Papier, Pappe sowie Bunt- und Filzstifte jeder denkbaren Farbe und Güte, Stoffe und Klebematerial, Ablagekörbe und Aufbewahrungsboxen geordnet waren. An den Wänden hingen mehrere Auszeichnungen und großformatige Fotos. Emma liebte offenbar das Meer. Johanna kam das Foto des Portugal-Urlaubs in den Sinn. Die ganze Wohnung wirkte genauso aufgeräumt, wie es bereits die Fotos in der Akte nahegelegt hatten, kein kreatives Chaos. Auch auf dem Schreibtisch und in den Regalen herrschte eine gradlinige und durchdachte Ordnung. Natürlich fehlten der Laptop und sämtliches Computerzubehör sowie Kalender, Bankunterlagen und persönliche Notiz- und Adressbücher, sollte sie so etwas überhaupt benutzen.

Sie hat sich Zeit genommen, jedwede Hinweise zu verstecken oder aber einzupacken und mitzunehmen, überlegte Johanna. Vielleicht war sie vorbereitet gewesen, weil die Tat geplant war. Andererseits hätte sie dann wohl kaum einen lautstarken Streit angezettelt, den die halbe Nachbarschaft mitbekommen hatte. Vielleicht sah es hier immer so oder so ähnlich aus – dann dürfte sie kaum eine Viertelstunde benötigt haben, um nach dem Telefonat mit ihrem Vater ihre Flucht zu organisieren. Oder aber sie war längst unterwegs gewesen, als er sie anrief, was einem Schuldeingeständnis gleichkäme. Wie auch immer – wahrscheinlich hatte sie genügend Bargeld zu Hause, um erst einmal über die Runden zu kommen, oder jemand hatte ihr geholfen.

Johanna nahm sich Zeit. Sie studierte Zeichnungen und Notizzettel, las Spielebeschreibungen und Verträge mit Verlagen, sie schlenderte von einem Raum zum nächsten und atmete die Atmosphäre ein. Das Schlafzimmer war der kleinste und unauffälligste Raum – Bett, Schrank, Kommode, eine Garderobe, an der Joggingklamotten hingen. Kein Hinweis auf einen Liebhaber, auch im Bad nicht, dafür schien Emma häufig unter Kopfschmerzen zu leiden. Im Abfall stieß Johanna auf drei leere Schachteln eines starken Medikaments, eines davon war ein verschreibungspflichtiges Migränemittel.

Als Johanna die Wohnung wieder verließ, waren fast zwei Stunden vergangen, und sie musste sich beeilen, um nicht zu spät zu ihrem Termin mit Tom Arnold zu kommen. Sie waren im Gewandhaus am Altstadtmarkt verabredet. Nach dem Kuchengelage mit Eva Buchner hatte sie Appetit auf ein anständiges Stück Fleisch.

★★★

»Was hat sie eigentlich von dir gewollt – an jenem Wochenende nach unserer Feier im Geschäft?«

Die Frage war ihr herausgerutscht und völlig aus dem Zusammenhang gerissen. Sie bereiteten gemeinsam die Geschäftsräume für eine Weinprobe mit ausgewählten Kunden vor, die in ungefähr einer Stunde allmählich eintrudeln würden, und Julia war sich darüber im Klaren, dass der Zeitpunkt für ein derartiges Gespräch schlecht gewählt war. Aber sie nahm die Worte nicht zurück, sondern beobachtete, wie ihr Mann zunächst zusammenzuckte und dann den Kopf schüttelte. »Wen meinst du?«

Seine Ahnungslosigkeit wirkte alles andere als überzeugend. Ein flatteriger Blick streifte sie.

»Ich meine Ruth«, erwiderte Julia dennoch geduldig.

Michael rückte zwei Gläser zurecht. »Ach?«

»Sie hat am Sonntag angerufen, um die Vormittagszeit herum«, ergänzte sie.

»Mag sein. Und? Wie kommst du ausgerechnet jetzt darauf?«

»Nach allem, was geschehen ist, frage ich mich, ob ihr Anruf etwas mit den nachfolgenden Ereignissen zu tun haben könnte«, erläuterte Julia. Sie hörte selbst, dass sich eine Spur Gereiztheit in ihre Stimme geschlichen hatte. Stell dich doch nicht so dämlich und ahnungslos, dachte sie. »Also, was wollte sie?«

Michael runzelte die Stirn. »Keine Ahnung – nichts Wichtiges jedenfalls.«

»Deine Schwester hat üblicherweise noch nie angerufen, um irgendwelche Belanglosigkeiten auszutauschen. Sie war keine Plaudertasche«, entgegnete Julia. »Versuch dich doch mal zu erinnern – vielleicht war es wichtig.«

»War es nicht. Sie wollte sich noch mal für den gelungenen Abend bedanken«, wehrte Michael ab. »Sie fand das Fest sehr schön und hat sich gut unterhalten.«

Du lügst, dachte Julia, während er ihrem Blick auswich. Als das Telefon klingelte, eilte er ins Büro, ganz offensichtlich erleichtert über die willkommene Möglichkeit, das Gespräch zu beenden. Die Frage war nur – warum? Die wenigen Worte, die sie an jenem Sonntag mitbekommen hatte, bevor ihr Mann mit dem Handy am Ohr in seinem Zimmer verschwunden war, hatten nach allem Möglichen geklungen – nur nicht nach einem lockeren Austausch zwischen Geschwistern nach einem schönen Abend. Bislang hatte sie dazu geschwiegen – es schien in der Tat völlig unwichtig –, aber die neuerlichen Ermittlungen lösten Unruhe und Fragen in ihr aus. Irgendetwas hatte Ruth und Michael in Aufruhr versetzt, und sie hätte zu gerne gewusst, worum es dabei gegangen war.

Es war ein offenes Geheimnis, dass Ruth und sie einander vom ersten Kennenlernen an nicht hatten ausstehen können, und es hatte die stillschweigende Übereinkunft bestanden, dass Michael sich hin und wieder allein mit ihr traf, sofern er außerhalb der seltenen Familientreffen Zeit mit seiner Schwester verbringen wollte. Seltsamerweise hatte Julia über die Jahre hinweg häufig das Gefühl gehabt, dass Michael gar keine Lust verspürte, seine Schwester zu sehen. Als sie ihn mal danach fragte, hatte er nur mit den Achseln gezuckt, und sie ließ das Thema ruhen. Immerhin konnte sie nicht ausschließen, dass ihre Antipathie ihr einen Streich spielte und sie in die Irre führte.

Was ihr inzwischen zu denken gab, war Michaels Reaktion auf den gewaltsamen Tod seiner Schwester. Tiefe Trauer zeigte er nicht, auch keine Fassungslosigkeit – sie kannte ihn gut genug, um das einschätzen zu können. Er wirkte häufig abwesend und unsicher, nervlich angespannt, doch die Tatsache, dass seine Nichte Ruth getötet hatte, brachte ihn emotional weniger aus dem Gleichgewicht, als Julia vermutet und auch für eine angemessene Reaktion gehalten hätte – egal, wie die einzelnen Familienangehörigen zueinander gestanden hatten.

Vor einiger Zeit hatte sie in einem Karton im Keller zufällig Fotos aus Emmas Kinder- und Jugendtagen gefunden. Michael und sie schienen ein Herz und eine Seele gewesen zu sein. Eine Aufnahme fesselte Julias Aufmerksamkeit ganz besonders. Sie zeigte Emma als Heranwachsende im Haus der Griegors – ein schlankes, hübsches Mädchen, vielleicht siebzehn Jahre alt. Das Wohnzimmer war mit Luftballons und Girlanden geschmückt, Leute standen in Gruppen zusammen oder tanzten. Emma lachte übers ganze Gesicht, während sie ausgelassen mit einem jungen Mann tanzte. Auf der Rückseite war etwas notiert: »Emma auf dem vierzigsten Geburtstag deiner Schwester. Steiler Zahn, die Kleine! Leider ein bisschen zu jung für mich. Dirk« Im Hintergrund war eine junge Ruth zu erkennen, die mit strenger Miene das Geschehen zu verfolgen schien. Wenige Meter neben ihr lehnte Michael am Türrahmen, ein Glas Wein in der Hand. Sein Gesicht war ernst.

Dirk schien ein Freund von Michael gewesen zu sein, doch als Julia ihn mal beiläufig auf den Namen ansprach, reagierte er fast abweisend, und an die Fete anlässlich von Ruths rundem Geburtstag wollte er sich kaum noch erinnern.

Es gab Momente, in denen Julia es zutiefst bereute, in diese Familie eingeheiratet zu haben. Immer wieder hatte sie das Gefühl, sich auf dünnem Eis zu bewegen. Nichts schien so zu sein, wie es sich auf den ersten Blick darstellte. Selbst Konrad, der sich von Ruth gängeln ließ wie ein dummer Junge, schien ein zweites Gesicht zu haben. Vor einigen Jahren hatten sie Geld für den Ladenumbau und die Erweiterung ihres Geschäfts benötigt; ein Kredit war zu kostenintensiv, sodass Michael sich entschloss, mit seinem Schwager zu reden. Der hatte ihnen wenige Wochen später ohne Umschweife einen hohen fünfstelligen Betrag als langfristiges, zinsgünstiges Darlehen zur Verfügung gestellt – verbunden lediglich mit der Aufforderung, mit niemandem darüber zu sprechen, schon gar nicht mit Ruth. Sein Ton war ungewöhnlich energisch gewesen oder besser ausgedrückt: Eine derart selbstbewusste Haltung und Körpersprache hatte sie bei Konrad in diesem Moment zum ersten Mal erlebt.

Aber auch aus einem anderen Grund war Julia völlig perplex gewesen: Als Ingenieur verdiente Konrad ziemlich gut, und Ruths Gehalt konnte sich bestimmt auch sehen lassen, doch wie gelang es ihm, eine derart hohe Summe an seiner Frau vorbeizumogeln? Noch dazu an einer Frau wie Ruth, die stets alle Fäden in den Händen hielt. Nun, diesen offensichtlich nicht. Michael sprach später augenzwinkernd die Vermutung aus, dass Konrad vielleicht einem lukrativen Zweitjob nachginge.

Was als Spaß gemeint war, beschäftigte Julia dennoch: Womit konnte sich ein Ingenieur, der in der Forschungsabteilung von VW arbeitete, einen einträglichen Nebenverdienst verschaffen, von dem niemand etwas wissen durfte?

SECHS

Tom Arnold war ein bemerkenswert attraktiver Mann. Sein dunkles Haar war raspelkurz geschnitten, der dezente Bartschatten betonte ein kantiges Gesicht, in dem braune Augen und ein kräftiges Kinn vorherrschten. Er trug schwarze Jeans zu kurzärmligem Hemd und luftigem Sakko, und sein Lächeln wankte nicht einen Moment, als Johanna an den Tisch trat und sich als BKA-Beamtin vorstellte. Der Mann war es gewohnt, mit Menschen unterschiedlichster Art umzugehen. Seine Höflichkeit wirkte gut dosiert und spiegelte Selbstsicherheit und Wärme.

»Ich bin in tiefer Sorge um Emma«, sagte er, nachdem Johanna sich für seine Gesprächsbereitschaft bedankt und die Hintergründe ihrer Ermittlungen erläutert hatte. »Und wenn ich etwas zur Aufklärung der Umstände beitragen kann, dürfen Sie auf mich zählen ...« Er brach ab, als der Kellner an ihrem Tisch stehen blieb und nach ihren Wünschen fragte.

»Es spricht eine Menge dafür, dass Emma die Täterin ist«, fuhr er fort, nachdem sie bestellt hatten. »Jedenfalls soweit ich informiert bin.« Er fasste Johanna ins Auge. »Oder hat sich daran inzwischen etwas geändert?«

Die Kommissarin schüttelte den Kopf. »Wie haben Sie von den Geschehnissen erfahren?«

»Durch die polizeilichen Ermittlungen, in deren Zuge ich auch befragt wurde, sowie ein kurzes Gespräch mit Konrad, das ich daraufhin führte. Und dennoch ...« Er runzelte die Brauen. »Das passt einfach nicht zu ihr.«

»Warum nicht?«

»Sie hätte sich gestellt, wenn sie es gewesen wäre.«

»Ihre Freundin Eva Buchner gibt zu bedenken, dass Emma sich niemals einsperren lassen würde – weil sie es nicht ertragen könnte.«

Arnold sah einen Augenblick nachdenklich drein. »Nun, eine Emma im Gefängnis kann ich mir auch nur schwer vorstellen, aber das Weglaufen passt auch nicht zu ihr, jedenfalls nicht zu der Emma, die ich kenne oder gekannt habe.«

»Wann haben Sie sich eigentlich getrennt?«, fragte Johanna rundheraus, und Arnold sah sie verblüfft an. »Ich werde immer so persönlich, wenn ich mir davon Hinweise für einen Fall erhoffe«, fügte sie entschuldigend hinzu. Immerhin war der Mann Jurist.

Er nickte. »Ich verstehe ... Vor gut drei Jahren.« Er lächelte traurig. »Ich weiß bis heute nicht, warum sie uns keine Chance mehr gegeben hat, und es schmerzt mich immer noch.«

»Emma hat aus heiterem Himmel die Beziehung beendet?«

»So schien es mir, aber natürlich wird es für sie schwerwiegende Gründe gegeben haben. Gründe, die ich nicht nachvollziehen konnte. Nach meinem Empfinden lief es gut zwischen uns – die üblichen Höhen und Tiefen mal außen vor gelassen ...« Arnold verstummte, als der Kellner das Essen servierte, Wildlachs für ihn, Steak für Johanna. Einige Minuten aßen sie schweigend.

»Sie sind sicher, dass es keinen anderen Mann gab?«, hob Johanna wieder an.

»Hundertprozentig«, erwiderte er prompt. »Und diese Überzeugung ist nicht das Ergebnis meiner männlichen Eitelkeit, unter der ich garantiert leide. Emma war immer offen und ehrlich. ›Ich will nicht mehr‹, hat sie gesagt. ›Es gibt keinen anderen. Ich will wieder alleine sein.‹ Wir waren uns sehr nah, das können Sie mir glauben. Ich war völlig geschockt, und ich wollte es nicht wahrhaben.«

Das Fleisch war zart, die Backkartoffel ein Gedicht und der Salat knackig. Johanna genoss ihr Essen, während Arnolds Appetit gelitten zu haben schien. Aber vielleicht aß er immer langsam. Das war ohnehin gesünder, hatte sie mal irgendwo gelesen. »Hatten Sie nach Ihrer Trennung noch Kontakt zu Emma?«

Er schüttelte den Kopf. »Nein. Das wollte sie nicht.«

Wenn sie vor seiner Tür gestanden hätte, hätte er ihr geholfen, dachte Johanna, und zwar sofort. Darauf würde sie jede Wette halten, aber sie ließ seine Antwort unkommentiert stehen und behielt den Gedanken für sich. »Können Sie sich einen Streitgrund vorstellen, der über das übliche Gezeter zwischen Mutter und Tochter hinausging?«

Arnold lächelte milde. »Ich hatte keinen Kontakt zu Emma, wie ich eben versichert habe. Wie soll ich über aktuelle Streitthemen informiert gewesen sein?«

»Ich könnte mir sehr gut vorstellen, dass es um kein aktuelles Thema ging«, bemerkte Johanna.

»Wie kommen Sie darauf?«

»Keine Ahnung – das ist ein vages Gefühl, das ich hier spontan in Worte kleide. Kann es nicht sein, dass Emma etwas mit sich herumtrug, womöglich schon sehr lange?«

»Sie spekulieren, Frau Kommissarin«, meinte Arnold zögernd.

»Durchaus, ich habe sogar eine Schwäche dafür – dennoch: Emma und ihre Mutter haben sich noch nie gut verstanden und sind sich seit fast zwanzig Jahren schlicht aus dem Weg gegangen. Mehr als sporadische Begegnungen zu den üblichen Anlässen gab es nicht. Alle, mit denen ich bislang sprach, betonen die Distanziertheit. Verraten Sie mir mal, wie dabei ein aktueller Streit entstehen soll, noch dazu mit derart heftigen Folgen?«

Emmas Ex runzelte die Stirn. »Nun, ich gebe zu, dass der Gedanke durchaus seine Berechtigung hat.«

»Sie stand mittags ohne Vorankündigung vor ihrem Elternhaus, und kurz darauf kommt es zu einer Auseinandersetzung, die dann völlig eskaliert.« Johanna hob die Hände. »Für mich klingt das eher nach einer üblen Geschichte, die sich Bahn gebrochen hat, wodurch auch immer.«

Arnold wirkte nachdenklich. »Ich verstehe Ihren Ansatz, aber eine Idee habe ich trotzdem nicht.«

»Sie hat immer wenig über sich erzählt?«

»Kann man so sagen.«

»Emma gilt als gradlinig, ehrlich, kreativ, aber auch als introvertiert und versessen auf ihre Eigenständigkeit. Hatten Sie das Gefühl, von ihr geliebt zu werden?«

»Ja.«

»War sie glücklich?«

Arnold hielt kurz die Luft an. »Wie —«

»Ihre Exfrau leidet unter Migräneattacken, ihre Wohnung zeugt von penibler Ordnung«, fiel Johanna ihm ins Wort. »Sie ist zugleich hervorragend durchorganisiert und voller Einfallsreichtum, und sie will den Verdacht gegen sich nicht unkommentiert stehen lassen. Sie schreibt eine Mail, mit der sie uns zwingt, ihre Täterschaft in Frage zu stellen und, obgleich alles gegen sie spricht, die Geschehnisse zu durchleuchten. Das bedeutet nichts anderes, als diese Familie sehr genau in Augenschein zu nehmen. Würden Sie mir so weit zustimmen?«

Arnold schob seinen Teller beiseite. »Ja, durchaus. Ein Schachzug, wenn man so will.«

Johanna nickte. »Sie liebt das Meer, nicht wahr? Portugal zum Beispiel.«

»Oh ja, wir waren mehrmals zusammen in Portugal. Später hat sie dann Rügen für sich entdeckt …« Er räusperte sich und winkte dem vorübereilenden Kellner. »Mögen Sie auch einen Espresso?«

»Gerne.« Rügen, dachte Johanna. Ein Spiel, mit dem Emma einen Preis errungen hatte, hieß »Bernsteinsuche«, erinnerte sie sich. Das Cover zeigte die berühmten Kreidefelsen.

»Wie kamen Sie eigentlich mit Ruth klar?«, wechselte sie das Thema.

»Ich habe sie genommen, wie sie war – angesichts der seltenen Zusammentreffen schien mir das sinnvoll. Außerdem hatte sie nichts gegen mich und hielt sich in meiner Gegenwart auffallend zurück. Emma meinte, dass sie mich respektierte und mochte, und das klang, als sei sie überrascht …« Arnold hielt abrupt inne und starrte einen Moment in die Ferne. Blässe überzog auf einmal sein Gesicht.

»Herr Arnold?«

»Einige Tage bevor Emma sich von mir trennte, sprachen wir über Kinder«, sagte er leise. »Sie wollte keine Kinder. Niemals, meinte sie. Ich habe das nicht verstanden. Ich verstehe es immer noch nicht. Warum will eine Frau, die sich wunderbare Spiele ausdenkt, in der Regel für Kinder und Jugendliche, auf keinen Fall Mutter werden und betont das derart vehement?«

Gute Frage, dachte Johanna.

Als sie sich eine gute halbe Stunde später von Arnold verabschiedete, war sie davon überzeugt, dass der Mann so offen und ehrlich mit ihr gesprochen hatte, wie es ihm möglich gewesen war, aber dass er in einem Punkt log. Irgendeinen Kontakt hatte es zu Emma gegeben, unter Umständen hatte er selbst ihre Nähe gesucht, um ihr zu helfen. Dieser vage Verdacht, eher ein unbestimmtes Bauchgefühl, reichte bei Weitem nicht aus, um eine offizielle Überprüfung zu rechtfertigen, ganz zu schweigen davon, dass Johanna verdammt unwohl dabei wäre. Dennoch ... Während der Rückfahrt nach Wolfsburg telefonierte sie mit ihrer Berliner Kollegin Tony Gerlach – zuständig für alle Recherchen, die sich von einem Büro aus erledigen ließen.

»Ich brauche alles zu Tom Arnold, was du kriegen kannst«, sagte sie nach kurzer Einleitung. »Insbesondere die Querverbindungen interessieren mich.«

»Was immer du mit Querverbindungen meinst«, brummte Tony.

Da Tony meistens unwillig auf Sonderaufgaben reagierte, gab Johanna nichts auf die Bemerkung. »Guck mal, ob du was zu seiner Reisetätigkeit findest – Stichworte: Portugal und Rügen.«

»Hm. Warum können die Wolfsburger Kollegen das eigentlich nicht selbst erledigen? Oder die Braunschweiger Staatsanwaltschaft, mit der du so prima klarkommst?«

»Du bist in manchen Bereichen deutlich schneller und effizienter und weißt bestimmte Hürden beim Datenzugriff eleganter, sprich unauffälliger zu nehmen. Darüber hinaus sind wir beide ein eingespieltes Team«, erwiderte Johanna prompt. »Und das meine ich ernst. Ich bin nicht gerade als Schleimerin verschrien, wie dir bekannt sein dürfte.« Das war schlicht die Wahrheit.

»Aha. Noch was?« Das klang schon versöhnlicher.

»Check mal Konrad Griegor und auch das Ehepaar Julia und Michael Beisner«, schob Johanna nach.

Tony stöhnte. »Wonach suchst du eigentlich?«

»Ich suche nach Emma und ihrer Geschichte. Eine Geschichte, die sie noch niemandem erzählt hat.«

»Klingt verheißungsvoll.«

»Da wäre ich nicht so sicher.«

Sie nahm ein Glas Rotwein mit auf ihr Zimmer und fuhr den Laptop hoch. Eine geschlagene Stunde verbrachte sie damit, eine Nachricht für Emma zu entwerfen, um sie dann jeweils nach zweimaligem Durchlesen kopfschüttelnd und zunehmend entnervt wieder zu löschen. Ihre Worte klangen in ihren eigenen Ohren entweder hohl und aufgesetzt oder viel zu dramatisch und besserwisserisch, unpersönlich und aufdringlich zugleich. Sie war davon überzeugt, dass Emma über diesen Versuch, einen Kontakt zu ihr herzustellen, nur lachen würde.

Johanna bestellte sich ein zweites Glas Wein. Das Wesen meiner Mutter und unserer seltsam kühlen Beziehung hat sich mir erst erschlossen, als sie gestorben war, überlegte sie. Die Worte taten weh. Sie ließ sie verklingen. Dann schrieb sie sie nieder.

»*Ich habe vor wenigen Tagen erfahren, dass ich einen Bruder hatte, der als Säugling bei einem Unfall ums Leben kam, der fast fünfzig Jahre zurückliegt, und ich diejenige war, die das Unglück verursachte«*, fuhr sie fort, ohne länger als einen Augenblick darüber nachzudenken. »*Als Kind von drei Jahren. Was ich Ihnen damit sagen will? Es gibt Verstrickungen im Leben, von denen man nie etwas erfährt, und solche, die sich von einem Moment auf den anderen auflösen und alles in Frage stellen, wovon man überzeugt war, woran man je geglaubt und wonach man gelebt hat. Ich bin sicher, dass etwas geschehen ist, dass Sie zutiefst erschüttert oder eine uralte Verletzung zum Vorschein gebracht hat. Ich möchte mit Ihnen reden.*

Hochachtungsvoll, Johanna Krass, Kommissarin des BKA«

Sie hob die Hände von der Tastatur und hielt inne – verblüfft und seltsam still. Warum nicht?, dachte sie dann. Ja, warum eigentlich nicht? Eine Frau wie Emma würde ihre Offenheit und Ehrlichkeit vielleicht zu schätzen wissen. Sie trank ihr Glas aus und verschickte die Mail an Eva Buchner. Anschließend unternahm sie einen langen Spaziergang durch den Schlosspark und atmete die spätsommerliche Nachtluft in tiefen Zügen.

★★★

Er hatte nach einem kargen Frühstück ein paar Stunden auf dem Sofa geschlafen und war mit dem schalen Nachgeschmack eines bitteren Alptraums mittags wieder hochgeschreckt. Den Rest des Tages schwankte er zwischen bodenloser Verzweiflung, erschöpfender Wut und einer nie gekannten Hilflosigkeit. Ich spare mir den Rest der Lektüre – schlimmer kann es ohnehin nicht mehr kommen – und verbrenne alle Hefte, hatte er noch beim Frühstück überlegt, um sich sogleich selbst als feigen Narren zu beschimpfen. Ich stelle Michael zur Rede und informiere die Polizei, nahm er sich später vor.

Konrad war felsenfest davon überzeugt, dass die Ursache des Streits zwischen Ruth und Emma in der inzestuösen Geschwisterbeziehung lag. Vielleicht hatte Emma etwas aufgeschnappt, etwas zutiefst Verstörendes mitbekommen und ihre Mutter zur Rede gestellt. Das würde auch zu ihrem Anruf gut eine Woche zuvor passen. Ruth hatte das Gespräch abgewehrt, und Emma war einfach Tage später zu ihr gefahren, weil ihr die Sache keine Ruhe gelassen hatte. Diesmal hatte sie sich nicht abweisen lassen, sondern ihrer Mutter die Wahrheit ins Gesicht geschleudert oder sie mit Fragen in die Enge getrieben und ihr klargemacht, wie sie dastehen würde, wenn Emma ihr Wissen oder auch nur ihre Vermutungen laut aussprechen würde. Es war zu Handgreiflichkeiten gekommen, bei denen Ruth den Kürzeren gezogen hatte. Sie war gestürzt, und Emma – die stets ungeliebte Tochter – hatte kurzen Prozess gemacht.

Das passt, dachte Konrad – Emmas Motiv war schwerwiegend, und zugleich könnte es strafmildernd wirken.

Sein Zittern ließ etwas nach, bis er anfing, sich mit der Frage zu beschäftigen, wie eigentlich er als Ruths Ehemann dastünde, wenn die Geschwisterliebe offen vor Gericht diskutiert würde.

Michael und Julia würden ihren Laden dichtmachen können, und auf ihn, Konrad, würde man mit dem Finger zeigen. Spielte das eine Rolle? Ehrlich gesagt – ja. Blieb auch noch die Möglichkeit, dass Michael alles abstritt. Wenn Konrad es recht bedachte, blieb ihm gar kein anderer Weg, um auch vor Julia bestehen zu können. Wie viel wogen die Tagebuchaufzeichnungen einer Toten, einer Totgeschlagenen, die zum Teil Jahrzehnte alt waren?

Als es Abend wurde, hatte er immer noch keine Entscheidung getroffen. Nichts übers Knie brechen, beschwichtigte er sich. Ich schlafe ein, zwei Nächte darüber, und dann sehen wir weiter. Er legte die Hefte in ihr ursprüngliches Versteck zurück, ohne noch eine einzige weitere Zeile gelesen zu haben. Schlimmere Nachrichten waren nicht mehr zu erwarten, und weitere Details würde er nicht verkraften.

SIEBEN

Sie war verblüfft. Mit allem hatte sie gerechnet, nur nicht damit, dass sich eine Kommissarin die Mühe machen würde, Evas Account zu nutzen. Die Freundin beschrieb die Ermittlerin als Beamtin, die ernsthaft an den Hintergründen interessiert war. Nun, Papier war geduldig, wie es so schön hieß, Bits und Bytes auch ... Aber ihr Einstieg war in der Tat nicht schlecht, wie Emma zugeben musste. Ihre Schilderungen klangen ehrlich und ließen den Schluss zu, dass sie dabei war, sich einzufühlen. Das hätte Emma einer deutschen Beamtin gar nicht zugetraut.

Es war fünf Uhr morgens. Sie trank ihren zweiten Kaffee und las die Mail zum dritten Mal. Zweieinhalb Wochen waren seit ihrer Flucht inzwischen vergangen. Sie hatte sich in dem kleinen Häuschen eingelebt und verhielt sich so unauffällig wie möglich. Spaziergänge und Joggingrunden nur in aller Frühe oder spät am Abend, Einkäufe erledigte sie um die Mittagszeit, wenn es besonders voll in den Geschäften war. Dabei deckte sie sich stets für viele Tage ein und benutzte nie ihren Wagen, sondern das zum Haus gehörende Fahrrad mit dem Lastenanhänger.

Das Versteckspielen war anstrengend, und nach den ersten Tagen entbehrte es jeglichem spielerischen Reiz, den sie sich anfänglich einzureden versucht hatte, um ihr Entsetzen zu kaschieren und mit ihm das Gefühl, aus dem Leben zu fallen und nie wieder zurückfinden zu können. Die Einsamkeit, noch dazu an diesem schönen Ort, machte ihr nichts aus, ganz im Gegenteil – sie entsprach ihren Bedürfnissen. In kreativen Phasen war sie notwendige Voraussetzung für ihre Arbeit, in Zeiten, in denen Emma von dunklen Ängsten oder auch nur kribbliger Unruhe heimgesucht wurde, ertrug sie niemanden in ihrer unmittelbaren Nähe. Das hatte Tom nie verstanden. Fairerweise musste sie hinzufügen, dass sie ihm auch nie eine Chance gelassen hatte, sie besser zu verstehen. Er war ihr bereits gefährlich nahegekommen – mit seiner bedingungslosen Liebe, der sie nicht hatte standhalten können, ohne zu verzweifeln.

Sie sprach nicht über ihre Furcht. Sie laut zu benennen bedeutete, ihr noch mehr Raum zu geben und damit die gesamte Macht. Sie zu verschweigen und Maßnahmen zu ergreifen, mit denen sie in Schach gehalten werden konnte, hieß, als Siegerin vom Platz zu gehen. So einfach war das. Seit zwanzig Jahren spielte Emma dieses Spiel, aber nun war es wohl an der Zeit, die Karten auf den Tisch zu legen. Der Tod veränderte alles, erst recht so ein Tod. Ihre Mutter war nicht mehr da. Wer immer sie getötet hatte, war sicher gewesen, dass sie genau dieses Ende verdient hatte. Der Mörder musste seine eigenen schwerwiegenden Gründe gehabt haben.

In den ersten Tagen nach ihrer Flucht hatte Emma befürchtet, dass sie eines Morgens oder auch mitten in der Nacht hochschrecken und sich mit aller Schärfe darüber klar werden würde, dass sie die Mörderin war und sich aus Verzweiflung und unter Schock bisher der Wahrheit verweigert hatte. Aber das geschah nicht. Natürlich nicht. Weil es nicht den Tatsachen entsprach. Ruth hätte einen Grund gehabt, ihre Tochter zu töten, während Emma nichts anderes gewollt hatte, als die Wahrheit auszusprechen, sie in den Raum zu stellen und von allen Seiten zu beleuchten, sodass jeder sie sehen konnte. Das wäre Emmas Rache gewesen. Nun war Ruth tot, und alle, außer ihr, mussten sich mit dem Scherbenhaufen befassen. Das nannte Emma ein grandioses Beispiel für schreiende Ungerechtigkeit.

Sie blickte auf die Uhr – halb sechs – und schlüpfte in ihre Joggingsachen. Eine halbe Stunde folgte sie einem zu dieser Zeit einsamen Waldweg, lief dann ein Stück am Wasser entlang und zurück. Eine rasche Dusche, ein eiliges Frühstück mit Banane, Haferflocken, Milch und Käsebrot, dann saß sie wieder am Laptop. Na schön, Kommissarin, dachte sie. Vielleicht bist du tatsächlich die Richtige. Du hast nach fünfzig Jahren mitbekommen, dass du einen Bruder hattest, der tragischerweise durch deine Hand starb. Wie auch immer das passiert sein mag – deine Mutter hat es dir nie verziehen. Ich habe nach zwanzig Jahren erfahren, dass ein Halbbruder mehr zählt als die eigene Tochter – egal, wessen er sich schuldig gemacht, und unabhängig davon, wem er warum Leid zugefügt hatte. Aber ihr Hass ist noch viel älter. Er hätte mich beinahe zerstört. Und ich werde ihn nie verstehen.

»*Gleich noch einmal vorneweg*«, leitete Emma ihre Antwort an die Kommissarin schließlich ein, »*ich habe sie nicht getötet. Durch den Tod erfährt sie eine Gnade, die sie nicht verdient hat. Wir haben uns gestritten, und ich bin gegangen. Sie war munter und voller Hass gegen mich, als die Tür hinter mir zufiel. Falls Sie wissen wollen, worum es ging, fragen Sie Michael. Wenn er Ihnen ausweicht, und das wird er garantiert versuchen, bleiben Sie beharrlich und erinnern ihn an den vierzigsten Geburtstag seiner Halbschwester, den wir groß gefeiert haben. Er hat damals seinen Freund Dirk mitgebracht. Und noch was – sprechen Sie mit ihm alleine. Er sollte sich nicht hinter Julia verstecken können, und sie sollte keine Gelegenheit erhalten, sich einzumischen.*«

Emma hielt einen Moment inne, als sie spürte, wie ihre Hände zu zittern anfingen. »*Zwei Stichworte gebe ich Ihnen noch mit: der graue Gartenschuppen und ein alter Kartoffelsack über meinem Kopf.*«

Emma war damals siebzehn gewesen und froh, dass ihre Mutter sich entschieden hatte, eine Party zu veranstalten und auf den sonst üblichen und stets öden Kaffeeklatsch zu verzichten. Micha brachte Dirk mit, und Emma und er mochten einander auf Anhieb. Sie flirteten und tanzten, und Emma war sich bewusst, dass ihre Mutter mal wieder der Meinung war, sie sollte sich etwas zurückhalten. Doch an diesem Abend ließ sie sich nicht von ihren warnenden Blicken aus der Ruhe bringen, sondern amüsierte sich gemeinsam mit Dirk und Micha darüber.

»Fürchtet sie um deine Jungfräulichkeit?«, fragte Dirk während eines Tanzes.

»Wohl kaum – die existiert schon lange nicht mehr«, entgegnete Emma keck und fühlte sich sehr erwachsen, als er sie anerkennend musterte und seine Arme noch fester um sie schlang.

Später fiel Emma auf, dass Micha sie beobachtete, und sie

nahm an, dass Ruth ihn mit der ehrenvollen Aufgabe betraut hatte, ein Auge auf sie zu haben, weil sie fürchtete, dass ihre Tochter der Familie mit ihrem sittenlosen Benehmen Schande machen könnte.

Irgendwann schlüpften Emma und Dirk in einem unbeobachteten Moment durch die Seitentür in den Garten und versteckten sich im Schuppen. Dirk streichelte ihre Brüste, bis Emma das Gefühl hatte, dass sie verglühten. Sie küssten sich, und Emma spürte, dass er genauso erregt war wie sie. Doch genau in dem Moment, als er den Reißverschluss seiner Hose herunterzog, hörten sie beide ein Geräusch – das Knacken eines Zweiges oder Ähnliches. Emma hielt inne, Dirk legte den Zeigefinger auf seinen Mund und strich ihr übers Haar.

»Besser, wir hören auf«, flüsterte er. »Nicht dass deine Mutter plötzlich mit dem Nudelholz in der Tür steht.«

Emma kicherte. Er küsste sie noch einmal, aber das große Feuer war erloschen. »Sei nicht böse, ich fahre jetzt besser nach Hause. Du bist eine ganz Süße, und wir sollten keine Dummheiten machen. Ich bin ohnehin einige Jahre zu alt für dich«, sagte er, und Emmas erhitzte Wangen kühlten langsam wieder ab. Sie bedauerte seinen Rückzug, aber sie konnte nachvollziehen, dass er keinen Ärger wollte. Immerhin war er so alt wie Micha, siebenunddreißig, auch wenn er deutlich jünger aussah.

»Warte einfach noch ein paar Minuten und geh dann wieder rein«, meinte er. »Das fällt nicht so auf, hoffe ich zumindest. Und grüß Micha.«

Er öffnete die Tür, lauschte einen Moment in die Stille und schlüpfte aus dem Schuppen, um mit eiligen Schritten durch den Garten zu huschen und das Grundstück unbemerkt zu verlassen. Emma setzte sich auf einen alten Schemel und hörte leises Stimmengewirr und Musik, die von Haus und Terrasse herüberschwappten. Als die Schuppentür auf einmal leise quietschte, schrak sie hoch. Dann lächelte sie. Dirk hat es sich doch anders überlegt, fuhr es ihr durch den Kopf. Der Altersunterschied war ja nun kein allzu schlagkräftiges Argument. In der Dunkelheit erkannte Emma einen hochgewachsenen Mann mit einer Strumpfmaske über dem Kopf. Sie lachte leise.

»Meinst du, in dieser Verkleidung wird sich meine Mutter nicht an dich herantrauen? Oder hast du das Nudelholz in Sicherheit gebracht?«, fragte sie glucksend.

Er kam auf sie zu und nahm einen Kartoffelsack, der in der Ecke lag. Mit zwei Griffen hatte er ihn ihr über den Kopf gestülpt. Heiseres Lachen. Die enge Schwüle unter dem kratzigen Sack gefiel ihr nicht.

»Was ist denn das für ein blödes Spielchen?«, versuchte Emma, ihn abzuwehren. »Lass das. Du tust mir weh!«

Er umfasste sie von hinten, verdrehte ihre Arme und hielt sie mit einer Hand fest. Mit der anderen knetete er ihre Brüste.

»Idiot!«, schimpfte Emma. Der alte Sack roch faulig, und sie vermisste die spielerische Zärtlichkeit und den liebevollen Charme.

Dann griff er ihr zwischen die Beine, Panik stieg in Emma hoch, und sie begann, nach ihm zu treten. »Mistkerl, hör sofort auf oder ich schreie! Michael bringt dich um, wenn ich ihm erzähle –«

Er hielt ihr den Mund zu, riss ihre Hose herunter und drückte ihren Oberkörper über den alten Gartentisch. Ihre Beine wurden plötzlich gefühllos. Spätestens in diesem Augenblick wurde Emma klar, dass sie keine Kontrolle mehr über die Situation hatte und dieser Mann nicht Dirk sein konnte. Sie wurde steif vor Entsetzen. Und ganz still. Sie atmete den erdigen Geruch ein, spürte den rauen Stoff zwischen den Zähnen und klinkte sich aus, während er leise stöhnte.

Als es vorbei war, lehnte er kurz den Kopf an ihre Schulter, bevor er seine Hose hochzog und aus dem Schuppen flüchtete.

Sie wusste nicht mehr, wie sie ins Haus gekommen war. Ihre Erinnerung setzte wieder ein, als ihre Mutter ihr ein Bad einließ. Das hatte sie schon ewig nicht mehr getan. Sie hatte ihr sofort angesehen, was geschehen war. »Niemand wird dir glauben«, sagte sie, noch bevor Emma ihr irgendetwas erklären konnte. – Also vergessen, schnell vergessen? Wie soll das gehen?, fuhr es ihr durch den Kopf. Vielleicht sprach sie die

Worte auch aus. »Sei still, Emma, ich will nichts hören! Du aufreizende Närrin bist selbst schuld. Wenn du dich wie eine Hure benimmst, wirst du auch so behandelt.«

Tief in ihrem Innern war die Scham hochgestiegen. Und die Angst, jemand würde erfahren, wohin Emma diesen Mann getrieben hatte, wer immer er gewesen war – vielleicht doch Dirk, aber das spielte keine Rolle mehr. Die Befürchtung, dass Ruth recht haben könnte mit ihrem Hass und der Verachtung, die sie für ihre Tochter empfand, hallte immer eindringlicher in ihr wider und sollte sie für Monate beherrschen. Sie war froh, dass Michael längst nach Hause gegangen war. Sie hätte es nicht fertiggebracht, ihm in die Augen zu sehen.

Später, viel später, war ihr klar geworden, dass sie keinerlei Schuld traf, aber da hatten Angst und Verdrängungssehnsucht längst Einzug gehalten und ihr weiteres Leben geprägt.

Hochgekocht war die ganze Geschichte vor mittlerweile einem Monat, als sie während der Feier im Weingeschäft ein Gespräch zwischen Ruth und Michael mitbekommen hatte.

★★★

Johanna beendete gerade ihr Frühstück, als ihr Handy den Eingang einer SMS signalisierte. »Emma hat geantwortet. Mail habe ich Ihnen weitergeleitet. LG Eva Buchner«

Selbst bei größtem Optimismus hätte Johanna nicht damit gerechnet, dass Emma so schnell reagieren würde. Sie goss Kaffee nach und eilte auf ihr Zimmer zurück. Fünf Minuten später leitete sie die Nachricht an die Staatsanwaltschaft weiter, eine Viertelstunde darauf klingelte ihr Handy, und Annegret Kuhl begrüßte sie.

»Wonach klingt das für Sie, Frau Staatsanwältin?«, kam Johanna ohne Eingangsgeplänkel zur Sache.

»Es lässt eine schwere und vertuschte Gewalttat vermuten, die ein Trauma ausgelöst hat.«

»Ich gehe noch ein bisschen weiter und behaupte unter Einbeziehung meiner bisherigen Gespräche, Beobachtungen und Schlussfolgerungen, dass Emma mit siebzehn Jahren vergewaltigt wurde, wobei ihre Mutter eine unrühmliche Rolle spielte.«

»In welche Richtung gehen Ihre Vermutungen?«

»Eine Vertuschungsaktion – bloß kein Aufsehen erregen und so weiter. Auf gut Deutsch: Sie ließ ihre Tochter im Stich. Warum sonst gönnt Emma ihr nicht einmal den Tod? Als Täter oder Mitwisser kommen Michael und Dirk in Frage, vielleicht waren sogar beide beteiligt.«

»Und Emma hat kürzlich irgendwie davon erfahren?«

»Ja, das vermute ich. Der berühmte dumme Zufall, und plötzlich steht das Geschehen wieder vor ihr, als wäre es gestern passiert. Plötzlich wird auch klar, was all die Jahre ihre ohnehin von Beginn an dürftige Mutter-Tochter-Beziehung zusätzlich belastete. Und Emma entscheidet sich, ihre Mutter zur Rede zu stellen. Sie will es genau wissen.«

»Möglich«, erwiderte Kuhl. »Das wäre allerdings ein sehr starkes Motiv.«

»Ich werde mir zunächst Beisner vorknöpfen«, sagte Johanna leise. Mir ist schlecht, dachte sie. Wut stieg in ihr auf. »Die Verjährungsfrist liegt bei zwanzig Jahren ...«

»Geben Sie ein Jahr drauf«, fiel Kuhl ihr ins Wort. »Die Frist beginnt bei Minderjährigen erst mit der Volljährigkeit zu laufen.«

»Gut zu wissen.«

»Er wird alles abstreiten – die Beweisführung wird schwierig. Vergessen Sie das bitte nicht.«

»Keine Sorge, tue ich nicht.«

»Wie ist es Ihnen eigentlich gelungen, Emma aus der Reserve zu locken?«, setzte Kuhl nach.

»Ich habe ihr von meiner Mutter erzählt«, entgegnete Johanna prompt.

Dazu sagte die Staatsanwältin nichts, was Johanna ihr hoch anrechnete, und wenig später beendeten sie das Telefonat. Sie versuchte Arthur Köster zu erreichen, aber der ermittelte in einem Fall von schwerer Körperverletzung und versprach, sich zu melden, sobald er Zeit hatte.

Durch den Tod erfährt sie eine Gnade, die sie nicht verdient hat. –

Was für eine Aussage über die eigene Mutter, dachte Johanna. Blieb die Frage, was Ruth Griegor veranlasst hatte, ihre Tochter derart zu hassen und schmählich im Stich zu lassen – sofern diese Einschätzung der Hintergründe zutraf –, aber das war im Augenblick nicht die vordringliche Überlegung. Johanna schickte die Mail auf ihr Handy und machte sich auf den Weg in die Kaufhofpassage.

Die Kommissarin hatte nicht den blassesten Schimmer, wie sie vorgehen sollte, ihr war lediglich klar, dass sie ihre hochgekochten Emotionen unter Kontrolle bekommen musste, bevor sie Emmas Onkel gegenübertrat. Nichts kühlte das Gemüt derart zuverlässig ab wie eine öde Observation. Bei einem flüchtigen Blick durchs Schaufenster des Weinladens erkannte sie das Ehepaar gemeinsam bei der Arbeit. Sie setzte sich in das Eiscafé gegenüber und beschloss zu warten, bis einer von beiden das Geschäft verließ. Nach dem zweiten Milchkaffee begann sie sich zu langweilen und ging zurück zu ihrem Wagen, um ungestört zu telefonieren. Sie wählte Konrad Griegors Nummer.

Der Witwer meldete sich erst nach dem vierten Klingeln. »Ja?« Seine Stimme klang dumpf.

»Ich habe noch eine Frage, Herr Griegor«, hob Johanna nach kurzer Begrüßung an. »Erinnern Sie sich an einen Freund Ihres Schwagers mit dem Vornamen Dirk?«

Schweigen.

»Herr Griegor?«

»Ja, so einen Freund gab es … Wie kommen Sie denn auf den?«

»Wir überprüfen alles Mögliche, und ich bin zufällig auf diesen Namen gestoßen.«

»Zufällig?«

Johanna atmete tief durch. Sie bereute es plötzlich, dem Mann nicht gegenüberzustehen und sein Gesicht beobachten zu können. Was missfiel ihm an einer derart beiläufigen Frage?

»Ja. Zufällig«, betonte sie forsch und entschied sich, die Geburtstagsfeier genauso wenig zu erwähnen wie Emmas zweite Nachricht – jedenfalls nicht am Telefon. »Erinnern Sie sich an ihn, und kennen Sie zufälligerweise seinen Nachnamen?«

»Nein, das heißt, ich entsinne mich noch vage an den Mann, aber nicht an seinen Nachnamen – das ist doch eine Ewigkeit her. Mehr als zwanzig Jahre, schätze ich. Warum fragen Sie Michael nicht persönlich?«

»Der ist gerade nicht zu erreichen, und ich dachte, Sie könnten mir unkompliziert Auskunft geben«, entgegnete sie prompt. »Was hat der Mann seinerzeit beruflich gemacht?«

»Irgendwas mit Sport ... Ja, der hat in einem Fitnessstudio gearbeitet, und Michael erwähnte mal, dass er einen eigenen Laden aufmachen wollte.«

»In Wolfsburg?«

»Möglich.«

Johanna seufzte. »Gut, ich danke Ihnen erst mal.« Sie unterbrach die Verbindung und schickte Tony eine Mitteilung mit der Bitte, sich auf der Grundlage der wenigen Rahmendaten, über die sie verfügte, auf die Suche nach Dirk zu machen. Sie zweifelte nicht daran, dass Tony sich in Kürze melden würde. Dann begab sie sich wieder auf ihren Beobachtungsposten.

Sie hatte gerade zur Abwechslung ein Glas Wasser bestellt, als Julia Beisner mit einer Aktentasche unter dem Arm das Geschäft verließ. Michael hielt ihr die Tür auf, verabschiedete sich mit einem Kuss und winkte, bevor er wieder im Ladeninneren verschwand. Als Johanna die Nummer des Weinlokals wählte, nahm eine junge Frau das Gespräch entgegen – wahrscheinlich eine Bürohilfe, Sekretärin, was auch immer – und versicherte ihr in zuckersüßem Ton, dass die Chefin einen Auswärtstermin wahrnehme und erst in zwei Stunden zurückerwartet wurde. Wie schön.

Michael Beisner runzelte die Stirn, als Johanna das Geschäft wenige Augenblicke später mit schwungvollen Schritten betrat. Dann glättete er seine Züge. »Ach, Frau Kommissarin, gibt es Neuigkeiten?«

Johanna nickte. »Wir haben einige Hinweise erhalten, denen ich nachgehe. Können wir uns einen Moment ungestört unterhalten?«

Er zögerte. »Nun, ich erwarte demnächst Kundschaft und ...«

»Ihre Mitarbeiterin könnte doch so lange hier vorne im Geschäft bleiben, während wir uns ins Büro zurückziehen, oder?«

»Ähm ... Ja, gut, kommen Sie.«

Johanna setzte sich auf den gleichen Platz wie vor knapp zwei Tagen, während die junge Frau nach einem fragenden Blick auf ihren Chef die Tür hinter sich schloss. Beisner gefiel die Situation nicht, aber das musste noch gar nichts heißen. Viele Menschen fühlen sich unbehaglich, wenn sie allein mit mir in einem Raum sind, fuhr es Johanna durch den Kopf. Sie gönnte sich ein süffisantes Lächeln.

»Sie sprachen von neuen Hinweisen«, ergriff Beisner das Wort und verschränkte die Finger ineinander.

»Vielleicht müsste ich eher sagen, dass es sich um alte Hinweise handelt, die jedoch erst jetzt ans Tageslicht gekommen sind«, erklärte Johanna.

»Sie sprechen in Rätseln.« Er setzte ein unverbindliches Lächeln auf und warf einen unmissverständlichen Blick auf seine Uhr. »Worum geht es?«

»Vor ungefähr zwanzig Jahren hat ihre Schwester ihren vierzigsten Geburtstag gefeiert«, erläuterte Johanna und ließ den Mann nicht eine Sekunde aus den Augen.

Sein Lächeln erstarb. Er sah sie einen Moment perplex an. »Das stimmt. Und?«

»Wir gehen davon aus, dass während der Feier etwas sehr Unschönes passiert ist, Herr Beisner.«

»Ich verstehe nicht.«

»Sie können sich nicht entsinnen?«

»Nein. Ich weiß nicht, worauf Sie hinauswollen. Wir haben in vergleichsweise großer Runde Ruths Geburtstag gefeiert, und die Stimmung war bestens«, betonte er und hob kurz die Hände. »Daran erinnere ich mich und an sonst nichts.«

Du lügst, dachte Johanna und rief sich sofort innerlich zur Ordnung. »Seinerzeit ist etwas geschehen, das maßgeblich mit dem Streit zwischen Ruth und Emma zu tun hatte, in dessen Folge Ihre Schwester erschlagen wurde. Insofern können Sie vielleicht mein Interesse an den Hintergründen nachvollziehen.«

Beisner hielt kurz die Luft an. Blässe flog über sein Gesicht. »Ach du liebe Güte. Sie sehen mich ratlos.«

»Vielleicht weiß Ihr Freund Dirk mehr.«

»Dirk?«

»Sie waren damals eng befreundet. Ein sportlicher junger Mann, im gleichen Alter wie Sie.«

Beisner zuckte mit den Achseln. »Ja, mag sein. Das liegt alles so lange zurück. Ich bitte Sie, Frau Kommissarin, erinnern Sie sich an jeden Jugendfreund? Oder an jede Feier …«

Er brach ab, als Johanna beide Hände auf den Tisch legte und ihn scharf musterte. »Sie waren damals Mitte oder auch Ende dreißig – unter einem Jugendfreund verstehe ich etwas anderes –, aber Ihre Nichte war noch ein junges Mädchen von gerade mal siebzehn Jahren.« Ihr Ton war schärfer geworden.

»Rechnen kann ich alleine. Worauf wollen Sie hinaus?«

»Es ist in einem Schuppen im Garten passiert«, überging sie die pampige Bemerkung. »Man hat ihr einen Sack über den Kopf gezogen, einen alten Kartoffelsack.«

Er schluckte heftig. »Ich habe keine Ahnung, wovon Sie reden. Woher haben Sie eigentlich Ihre sogenannten Hinweise?«

»Ich stelle hier die Fragen.«

»Und ich muss Ihnen auf gar nichts antworten.«

»Nein, müssen Sie nicht, aber ich sage Ihnen was, Herr Beisner – wenn sich herausstellt, dass Ruth Griegors Tod mit einer sehr alten und sehr hässlichen Geschichte zusammenhängt, an der neben Ruth Sie maßgeblichen Anteil hatten …«

»Das müssen Sie beweisen, Frau Kommissarin.«

Sie setzte ihr Wolfslächeln auf. »Genau darauf wollte ich hinaus, denn dann werden wir genau das beweisen. Ich jedenfalls werde eine ganze Menge daransetzen, Licht ins Dunkel zu bringen. Darauf können Sie sich gerne verlassen.«

Beisner stand auf. Seine Unterlippe zitterte. »Ihre Anschuldigungen sind absurd, und ich möchte Sie bitten zu gehen.«

Johanna ließ sich Zeit mit dem Aufstehen. Es war ihr klar, dass sie sich sehr weit aus dem Fenster gelehnt hatte. Zu weit vielleicht, in diesem Moment jedenfalls. Sie war provokant gewesen und hatte Partei ergriffen, statt objektiv zu bleiben – und alles aufgrund ihrer Spekulationen zu einer Mail der einzigen Tatverdächtigen, die sich noch dazu auf der Flucht befand und ein ähnlich ungeliebtes Kind gewesen war wie Johanna. Dennoch, sie würde kein einziges Wort zurücknehmen, selbst wenn sie die einmalige Chance dazu hätte und Grimich sie anschließend freudestrahlend in die Arme schließen würde.

Johanna wandte sich um und verließ das Büro. Bevor sie die Ladentür aufzog, drehte sie sich noch einmal zu Beisner um, der mitten im Geschäft stehen geblieben war und ihrem Abgang mit schmalen Augen folgte. »Ich bin gespannt, wie Ihre Frau auf diese Geschichte reagiert.«

ACHT

Es existierten zwei Männer mit dem Vornamen Dirk, die in Wolfsburg in der Sport- und Fitnessbranche unterwegs waren und zugleich Beisners Altersgruppe angehörten, wie Tony Johanna informierte, als sie gerade in Richtung Nordsteimke aufbrechen wollte.

Einer hieß Pohl und wirkte auf dem Foto, das die Kollegin ihr aufs Handy geschickt hatte, wie ein biederer Geschäftsmann, dem man alles Mögliche zutraute – nur keine Freude an sportlicher Bewegung. Er leitete ein schniekes Studio in der Innenstadt und warb etwas einfallslos mit »spitzenmäßig ausgebildeten Trainern« und »Rund-um-die-Uhr-Öffnungszeiten«. Der Familienname des anderen Dirks lautete Collberg. Die Aufnahme zeigte einen graubärtigen, strahlenden Seebär-Typen mit wasserblauen Augen, zahlreichen Lachfältchen und spitzbübisch verzogenem Mund. »Der Typ ist der Chef des Hochseilgartens im Allerpark«, erläuterte Tony.

Nett, dachte Johanna. Sie hoffte, dass Collberg der Dirk war, den sie suchte. »Danke, Tony – großartige Arbeit.«

»Hm.«

»Ich meine es ernst.«

»Jaja – und bevor du fragst, was mit den anderen Recherchen ist – ich bin noch nicht fertig und melde mich, sobald es etwas zu berichten gibt. Also, fang gar nicht erst an, mich zu drängen!«

»Hatte ich gar nicht vor – ich wollte dir lediglich noch einen schönen Tag wünschen.«

»Natürlich – wie konnte ich bloß deinen stadtbekannten Charme vergessen.« Tonys Stimme troff vor Ironie. Dann legte sie auf.

Johanna entschied sich, Collberg ohne telefonische Ankündigung zu besuchen, und fuhr über die Dieselstraße zum Allersee, wo sie hinter dem Gelände des Hochseilgartens parkte. Am Kassenhäuschen herrschte lebhafter Andrang, Kindergeschrei lag in der Luft – in Niedersachsen waren noch Sommerferien, erinnerte sich Johanna. Auf dem Allersee waren Boote unterwegs, und sie ließ die heitere Sommeratmosphäre ein paar Minuten auf sich wirken, bevor sie sich auf den Weg zum Verwaltungsgebäude machte.

Als sie nach einmaligem Klopfen das Büro betrat, stand sie unvermittelt Collberg gegenüber, der gerade dabei war, seinen Durst zu löschen. Er ließ sich nicht im Geringsten aus der Ruhe bringen, sondern setzte die Wasserflasche erst ab, als sie leer war. Dann lächelte er sie mit offenem Blick an und wischte sich den Schweiß von der Stirn. »Entschuldigung, aber das musste jetzt sein! Ich war gerade drei Stunden mit einer Gruppe Halbwüchsiger auf dem Hochseil. Können Sie sich vorstellen, wie ich geschwitzt habe?«

»Das möchte ich mir erst gar nicht ausmalen«, erwiderte Johanna belustigt. Naturburschen in knackigen Outdoorhosen waren ihr hundertmal lieber als Geschäftstypen in Schlips und Anzug – verschwitzt oder nicht.

Er lächelte. »Was kann ich für Sie tun? Möchten Sie ein Firmenevent buchen – Stichwort: Teamtraining? Einen Geburtstag im Hochseilgarten verbringen? Gutscheine verschenken? Wir finden bestimmt das Passende für Sie.«

Sie lächelte zurück. »Nichts von alldem. Mein Name ist Johanna Krass, ich bin Kommissarin beim BKA und hoffe, dass Sie ein paar Minuten Zeit für mich haben, um mir einige Fragen zu beantworten.«

Collberg zeigte sich beeindruckt, aber nicht im Mindesten verunsichert. »Wow – BKA. Das klingt wichtig.« Er sparte sich den an dieser Stelle häufig zitierten Spruch, dass er hoffentlich nicht falsch geparkt habe, oder ähnlich Witziges. »Natürlich, wenn ich helfen kann.«

Er wies auf eine Sitzecke an der rückwärtigen Wand. »Setzen wir uns? Möchten Sie einen Kaffee oder etwas anderes?«

Johanna befürchtete einen Koffeinflash, wenn sie noch einen weiteren Kaffee trank, und bat um ein Wasser. Collberg brachte ihr ein Glas und setzte sich Johanna gegenüber. Seine Miene spiegelte Neugier.

»Gehe ich recht in der Annahme, dass Sie vor einigen Jahren mit Michael Beisner befreundet waren?«

»Ja, das stimmt – ist aber verdammt lange her«, erwiderte er perplex. »Nun bin ich aber wirklich sehr gespannt. Worum geht es denn genau?«

Johanna trank einen Schluck Wasser. »Anfang des Monats gab es in Nordsteimke ein Tötungsdelikt«, erläuterte sie schließlich. »Darüber müsste eigentlich etwas in der Zeitung gestanden haben.«

»Da hatte ich Urlaub«, meinte Collberg. »Ich bin erst vor einigen Tagen wieder zurückgekommen ... Nordsteimke, sagen Sie?«

»Michael Beisners Schwester Ruth Griegor ist erschlagen worden.«

»Ach du Schreck!«, entfuhr es ihm. Er blickte sie entsetzt an. »Nein, davon habe ich nichts mitbekommen – Micha und ich, das ist hundert Jahre her ... Und in diesem Fall ermittelt das BKA?«

»Ich helfe ein bisschen aus, so könnte man es formulieren, da die Hintergründe der Tat ungewöhnlich sind und die Staatsanwaltschaft eine zusätzliche Ermittlerin gut gebrauchen kann. Außerdem bin ich gebürtige Wolfsburgerin, aber das nur nebenbei.«

»Haben Sie denn bereits eine Spur?«

Johanna zögerte nur einen Moment. »Die einzige Tatverdächtige befindet sich auf der Flucht. Dabei handelt es sich übrigens um Emma Arnold, Ruth Griegors Tochter.«

Collberg fuhr zusammen. »Wie bitte? Emma? Das ist doch nicht Ihr Ernst!«

»Die Beweislage scheint eindeutig, dennoch möchten wir einige Aspekte eingehender beleuchten – so viel kann ich Ihnen im Moment sagen. Im Zusammenhang mit weiter gehenden Recherchen zu Emmas Motiv und den Hintergründen müssen wir uns die Familie genauer ansehen.«

Collberg atmete tief ein. »Was für eine furchtbare Geschichte.« Seine Fassungslosigkeit wirkte echt. »Aber was erhoffen Sie sich von mir? Ich habe Micha vor vielen Jahren das letzte Mal gesehen. Über aktuelle Entwicklungen bezüglich seiner Familie bin ich absolut nicht im Bilde.«

»Mich interessiert im Moment auch eher die Vergangenheit. Erinnern Sie sich zufälligerweise an den vierzigsten Geburtstag von Ruth Griegor?«

Dirk Collberg stutzte. Er stand langsam auf und holte eine weitere Wasserflasche, goss Johanna unaufgefordert nach und trank dann selbst aus der Flasche. Seine Miene war nachdenklich geworden.

»Sie sind gemeinsam mit Michael auf der Fete gewesen«, half Johanna nach.

Collberg nickte langsam. »Sie haben recht. Ich erinnere mich, aber das ist —«

»Zwanzig Jahre her, um genau zu sein.«

»Wenn Sie es sagen. Und was hat das mit dem Mord —«

»Damals ist etwas Scheußliches passiert, das in engem Zusammenhang mit der Tat steht – davon gehen wir zumindest nach neuesten Erkenntnissen aus.«

Collberg strich sich übers Kinn und sah Johanna unverwandt an. »Und was ist damals passiert?«, wollte er wissen. »Solange ich auf der Feier war, ist nichts Ungewöhnliches geschehen. Daran würde ich mich erinnern.«

»Wir gehen mit großer Wahrscheinlichkeit davon aus, dass Emma das Opfer einer Gewalttat, genauer gesagt einer Vergewaltigung wurde. Jemand fiel in dem Gartenschuppen, der sich auf dem Grundstück der Griegors befindet, über sie her«, entgegnete Johanna in ruhigem Ton. »Der Täter zog ihr einen Kartoffelsack über den Kopf und konnte anschließend – so meine Deutung der bislang vorliegenden Anhaltspunkte, über deren Herkunft ich Ihnen nichts sagen darf – unerkannt flüchten.«

Collberg hielt die Luft an und stieß sie mit einem Ruck aus. »Ach du Scheiße! Und wieso ... Oh Gott, verdächtigen Sie etwa mich?«

Johanna deutete ein Kopfschütteln an, obwohl sie diese Möglichkeit selbstverständlich berücksichtigte beziehungsweise berücksichtigen musste. Allerdings widersprach Collbergs Reaktion bislang der Annahme, er könnte etwas mit dem Geschehen zu tun gehabt haben. Im Moment zumindest, fügte sie hinzu und hoffte sehr, dass es dabei blieb. Professionelle Distanziertheit sah anders aus. Immerhin war ihr das bewusst.

»Ich möchte lediglich, dass Sie mir von dem Abend erzählen. Vielleicht ist Ihnen etwas Ungewöhnliches aufgefallen, vielleicht hat jemand später etwas erzählt, was Ihnen jetzt zu denken gibt«, wiegelte sie ab.

Er hielt ihren Blick fest. »Frau Kommissarin – noch einmal: Verdächtigen Sie mich?«

»Ich gehe Hinweisen nach. Ich werde auch andere Gäste befragen, sofern das nach all den Jahren möglich ist«, beharrte Johanna. »Sie sind ein Zeuge, nicht mehr, aber auch nicht weniger.«

Collberg lehnte sich zurück und verschränkte die Hände im Nacken. Sein T-Shirt wies große Schweißflecken auf, aber das störte ihn offensichtlich nicht. »Gut, ich erzähle Ihnen von dem Abend – wenn es der Aufklärung dient. Emma und ich hatten Spaß miteinander. Wir haben getanzt, ein bisschen geflirtet, noch mehr geflirtet und sind schließlich in den Garten gegangen, um ungestört zu sein.« Er beugte sich wieder vor. »Hat Ihnen jemand davon erzählt? Sind Sie deswegen hier?«

»Fahren Sie einfach fort, Herr Collberg.«

»Na schön. Emma war siebzehn, ich mehr als doppelt so alt, und darum hätte ich die Finger von ihr lassen sollen, das war mir schon klar. Außerdem war ich in festen Händen, aber … na ja, sie war verdammt sexy, es war ein schöner Abend, und Emma war an mir genauso interessiert wie ich an ihr.«

Aha, dachte Johanna und runzelte die Stirn, aber sie unterbrach ihn nicht. Das müsste er mir nicht erzählen, überlegte sie, es sei denn …

»Wir haben uns in dem Gartenschuppen versteckt und ein bisschen herumgeschmust«, fuhr er fort. »Aber plötzlich hörten wir ein Geräusch …«

»Was für ein Geräusch?«

»Keine Ahnung. Für uns klang es, als ob da jemand war. Mehr kann ich nicht sagen. Auf jeden Fall hielten wir beide inne. Wissen Sie, ich wollte auf keinen Fall, dass man uns erwischte – Ruths Mutter hat uns schon den ganzen Abend so feindselig angestarrt –, und so haben wir das Ganze abgebrochen.«

»Und weiter?«

»Ich habe mich verabschiedet und bin direkt danach gegangen, ohne noch einmal ins Haus zurückzukehren.«

»Und ist Ihnen dabei jemand aufgefallen, der beispielsweise im Garten herumschlich?«

»Nein«, entgegnete Collberg. »Es standen natürlich ein paar Leute auf der Terrasse, aber eine einzelne Person ist mir nicht aufgefallen, schon gar nicht schleichenderweise.«

»Und was hat Emma gemacht?«

»Sie wollte noch ein paar Minuten im Schuppen warten und sich dann wieder unter die Gäste mischen ...« Er brach ab.

»Kurz darauf muss sie überfallen worden sein«, ergänzte Johanna. »So stellt es sich jedenfalls heute für uns dar.«

Collberg nickte langsam. »Ich verstehe, worauf sie hinauswollen, aber ich habe ihr nichts getan«, betonte er dann noch einmal mit fester Stimme. »Auch wenn meine Geschichte Sie nicht überzeugen sollte und von niemandem bestätigt werden kann.«

War es denkbar, dass der Flirt nur den Auftakt zu einer Gewalttat darstellte, weil Emma zwar ein wenig mit ihm anbändeln und knutschen, nicht aber mit ihm schlafen wollte? Warum schnitt Collberg dann das Thema der Knutscherei überhaupt so detailliert an? Weil es dafür Zeugen gab? Womöglich Michael oder Ruth oder auch beide, die Emma schlichtweg im Stich ließen? Um mit seiner Offenheit zu punkten? Mit so einer Geschichte käme er gut durch, erst recht nach so langer Zeit. Doch weswegen erwähnte Emma Michael und prognostizierte sein wahrscheinliches Ausweichen schon vorab und benannte nicht einfach Dirk als Täter? War sie sich möglicherweise nicht hundertprozentig sicher? Jeder Partygast hätte dem Paar gefolgt sein können, um es zu beobachten und die Situation anschließend auszunutzen. Warum aber hätte Ruth Griegor einen x-beliebigen Gast oder einen Freund ihres Halbbruders decken sollen? Und wenn beide Männer beteiligt gewesen waren?

Johanna schüttelte den Kopf. Sie durfte bei ihren Mutmaßungen und Fragestellungen keinesfalls außen vor lassen, dass Emma nur Stichpunkte geliefert hatte, um ihr quasi eine Spur zu legen, rief sie sich in Erinnerung und zog ihr Handy hervor.

»*Falls Sie wissen wollen, worum es ging, fragen Sie Michael. Wenn er Ihnen ausweicht, und das wird er garantiert versuchen, bleiben Sie beharrlich und erinnern ihn an den vierzigsten Geburtstag seiner Halbschwester, den wir groß gefeiert haben. Er hat damals seinen Freund Dirk mitgebracht. Und noch was – sprechen Sie mit ihm alleine …*«

»Warum hat es seinerzeit keine Ermittlung gegeben?«, unterbrach Collberg schließlich Johannas Grübelei. »Warum hat nie jemand etwas gesagt?«

»Weil niemand etwas davon mitbekommen hat«, antwortete Johanna. »Die Angelegenheit wurde unter den Teppich gekehrt, woran Ruth Griegor maßgeblichen Anteil hatte, so schätze ich es jedenfalls ein. Sie wusste, wer es war, und hat den Täter geschützt – von dieser These gehen wir zumindest im Augenblick aus.« Das war eine zum gegebenen Zeitpunkt kaum zu beweisende und hochbrisante Information, deren Weitergabe nicht ganz risikofrei war, andererseits kam sie mit seichten Ausweichmanövern kaum weiter.

Collberg verzog das Gesicht, als hätte er Magenschmerzen. »Das kann ich nicht glauben. Die eigene Mutter?«

»Glauben möchte ich so was auch nicht. Aber haben Sie nicht selbst gesagt, dass Ruth Sie und Emma bereits den ganzen Abend feindselig angestarrt hat?«

»Ja, aber –«

»Das konnte Verschiedenes bedeuten, oder?«, fiel Johanna ihm ins Wort. »Zum Beispiel auch, dass Ruth ihrer Tochter gegenüber grundsätzlich feindselig eingestellt war – egal, mit wem sie flirtete. Nach dem, was wir bislang in Erfahrung gebracht haben, war das Mutter-Tochter-Verhältnis stets schwierig, um es mal sehr vereinfacht auszudrücken.«

Collberg rieb sich den Nacken. »Und was genau hat der Überfall auf Emma mit dem Mord an Ruth zu tun?«

»Wir vermuten, dass die Geschichte zufällig hochgekocht ist. Dabei dürfte Emma klar geworden sein, dass die eigene Mutter sie im Stich ließ. Sie stellte sie zur Rede, und es gab einen heftigen Streit.«

»Kann ich gut verstehen«, entgegnete Collberg. »Warum läuft sie überhaupt weg? Ein pfiffiger Anwalt könnte sie da raushauen, oder? Das ist doch kein banaler Mord.«

Mord ist grundsätzlich nicht banal, dachte Johanna. Sie wiegte den Kopf von einer Seite auf die andere. »Ruth wurde mit massiver Gewalt traktiert, was gegen eine reine Affekthandlung und eher für einen Akt der Rache spricht. So könnte das Gericht argumentieren. Das ist das eine. Das andere ist die Notwendigkeit, die familiären Strukturen sowie jene damit zusammenhängenden alten Geschichten nicht nur hervorzukramen, sondern überzeugend darzulegen und auch zu beweisen. Wissen Sie, Herr Collberg, das Argument mit der schwierigen Kindheit ist zu abgegriffen, um es ohne schlüssige Beweise in die Waagschale werfen und dann Milde erwarten zu können.«

»Verstehe. Sie müssen also zunächst mal den alten Fall, der bislang nie einer war, im Detail aufklären.«

»So ist es, und da hängt einiges dran. Würden Sie Ihre Aussage vor Gericht wiederholen?«

»Selbstverständlich«, sagte Collberg, ohne zu zögern.

Die Kommissarin lehnte sich zurück und blickte ihn ruhig an. »Das freut mich zu hören.« Sie trank einen Schluck Wasser. »Erzählen Sie mir etwas über Michael und die Griegors«, bat sie schließlich. »Erinnern Sie sich an Besonderheiten? Fällt Ihnen im Nachhinein etwas auf? Lassen Sie einfach Ihren Gedanken freien Lauf. Es können auch auf den ersten Blick völlig nebensächlich erscheinende Aspekte sein.«

»Micha und ich waren seit Jahren eng befreundet«, hob er nach kurzem Überlegen an. »Wir hatten uns beim Sport kennengelernt, mit Anfang zwanzig, glaube ich. Wenn ich es recht überlege, habe ich mich so manches Mal darüber gewundert, wie sehr er nach der Pfeife seiner Schwester getanzt hat. Ich habe es als Schwäche ausgelegt – Micha ist noch nie ein dominanter Typ gewesen. Er lässt sich leicht unterbuttern, besonders von Frauen. Vielleicht hat sich das ja inzwischen geändert. Das kann ich natürlich nicht beurteilen. Wenn Ruth ihn sehen wollte, dann hatte er für sie da zu sein – ob er Lust und Zeit hatte oder nicht.«

Er hatte für sie da zu sein. Eigentümliche Formulierung, dachte Johanna.

»Können Sie sich noch daran erinnern, wann und warum es mit Ihrer Freundschaft bergab gegangen ist?«

Collberg hob kurz die Hände. »Ach, wie das manchmal so ist. Es gibt viel zu tun, beruflicher Stress, man verliert sich aus den Augen. Micha hatte dauernd Stress mit seinen Beziehungen ...«

Er brach ab und überlegte einen Moment. »Ja, ich erinnere mich wieder, dass er mal sagte, die Frau, die seine Schwester akzeptieren würde, gäbe es auf diesem Planeten nicht. Ruth hat sich wohl durchaus eingemischt.«

»Auch als er Julia kennenlernte?«

»Keine Ahnung.« Er schüttelte den Kopf. »Zu dem Zeitpunkt hatten wir kaum noch Kontakt. Ich war zur Hochzeit eingeladen, aber ich bin nicht hingegangen. Wir haben kurze Zeit später noch mal telefoniert. Da sagte er, Julia wäre genau die Richtige für ihn, weil sie sich nichts von Ruth sagen ließe, und die wäre darüber ziemlich erbost. Dann hat er gelacht. Das war das letzte Mal, dass ich etwas von ihm gehört habe. Bis heute.«

Für einen Moment blieb es still.

»Was hat Michael mit alldem zu tun, Frau Kommissarin?«, fragte Collberg plötzlich.

Sie sah ihn schweigend an. »Dazu darf ich Ihnen nichts sagen, außer dass wir natürlich jeden überprüfen.« Ihr war klar, dass der Mann seine eigenen Schlussfolgerungen aus dieser Bemerkung ziehen würde.

Er ließ sie nicht aus den Augen.

»Tun Sie mir einen Gefallen, Herr Collberg?«, setzte Johanna nach. »Würden Sie unser Gespräch unbedingt für sich behalten? Bitte.«

»Natürlich.«

Kurz darauf verabschiedete Johanna sich. Collbergs Gesichtsausdruck nach zu urteilen hatte sie ihm den Tag gründlich verdorben.

★★★

Julia hatte ihm nach ihrer Rückkehr an der Nasenspitze angesehen, dass etwas passiert war. Es dauerte keine zehn Minuten, bis sie in Erfahrung gebracht hatte, dass die Kommissarin noch einmal im Geschäft gewesen war und mit absurden Anschuldigungen um sich geschmissen hatte, wie Michael schließlich entrüstet betonte. »Angeblich ist Emma überfallen worden – vor zwanzig Jahren«, fuhr er fort und strich sich das Haar aus der Stirn. »Während der Feier von Ruths vierzigstem Geburtstag. Keine Ahnung, was da passiert sein soll.« Er winkte ab. »Und diese uralte Story hatte nun angeblich mit dem Streit zwischen den beiden zu tun.«

Julia strich ihren Rock glatt und taxierte ihren Mann. Das Foto, erinnerte sie sich. Ein junger Mann namens Dirk, die alles andere als fröhlichen Mienen von Ruth und Michael. »Inwiefern?«

»Ich weiß es nicht. Woher sollte ich das auch wissen?«

»Warum regst du dich eigentlich so auf?«, fragte sie leise.

»Diese Kommissarin nervt mich.«

»Das ist kein Grund, mein Lieber.«

Er starrte sie an. »Ach nein?«

»Nein. Mir ist sie auch nicht gerade ans Herz gewachsen, aber es ist ihr Job, Hinweisen nachzugehen. Die Frage ist doch vielmehr, woher sie die hat.«

»Das wollte sie nicht sagen.«

»Natürlich nicht, aber was vermutest du?«

»Ich vermute nichts. Ich höre das alles zum ersten Mal und weiß nicht, was das ganze Theater soll.«

Manchmal bist du verdammt blöd, dachte Julia. Sie wandte das Gesicht zur Seite, weil sie befürchtete, dass der Gedanke sich darauf widerspiegeln würde. Dann stand sie auf und stellte die Kaffeemaschine an. »Absurde Beschuldigungen fallen nicht vom Himmel«, sagte sie, während ihr Espresso durchlief. »Die

Kommissarin muss mit jemandem gesprochen haben, der ihr diesen Floh ins Ohr gesetzt hat. Wer könnte das gewesen sein?«

Sie drehte sich mit der Tasse in der Hand zu ihrem Mann um. »Irgendeine Idee?«

»Ich sagte doch schon, dass ich keine Ahnung habe.«

»Was bedeutet eigentlich ›überfallen‹?«, schob Julia ruhig nach. »Ist sie niedergeschlagen worden? Ausgeraubt?«

»Die Kommissarin sprach von einer hässlichen Geschichte … oder so ähnlich.«

»Das klingt nach Vergewaltigung, wenn du mich fragst.«

»Das hat sie aber so nicht gesagt«, widersprach Michael rasch und strich erneut eine Haarsträhne zurück.

Julia spürte ein eisiges Gefühl in sich aufsteigen. Sie taxierte ihren Mann, bis er ihrem Blick auswich. »Es wäre eine richtig gute Idee, wenn du dir darüber klar werden würdest, was damals passiert ist und woher die Kommissarin ihre Informationen hat«, meinte sie leise. »Wenn wir im Zuge dieser Ermittlungen in irgendeinen Familienmist hineingezogen werden, in dem hässliche Geschichten eine große Rolle spielen, ist das für unser Geschäft alles andere als förderlich. Teilst du meine Ansicht?«

Er nickte langsam.

»Also – es stellen sich zwei Fragen: Wer hat Emma vergewaltigt? Und wer wusste davon und hat mit der Kommissarin gesprochen?«

Michael schluckte.

»Denk darüber nach und lass uns heute Abend in aller Ruhe reden.«

Das war keine Bitte.

NEUN

Konrad Griegor ging nicht ans Telefon, aber Johanna fuhr trotzdem nach Nordsteimke. Vielleicht erledigte er einen Einkauf oder war im Garten, oder er hatte keine Lust zu telefonieren, schon gar nicht mit der Polizei. Aber sie konnte ihm das Gespräch nicht ersparen.

Sein Wagen stand vor dem Haus, doch er reagierte nicht auf ihr Klingeln. Johanna wartete einige Minuten, dann entschloss sie sich, einem schmalen Durchgangsweg zu folgen, der das Grundstück von dem der Nachbarn zur rechten Seite trennte, um am gegenüberliegenden Ende, in der Nähe des grauen Schuppens, einen unbemerkten Blick durchs dichte Gebüsch zu erhaschen. Auf der Terrasse war niemand zu sehen. Sie hörte ein Lachen. Im Nachbargarten zur linken Seite saß eine Frau in der Sonne. Zwei kleine Katzen spielten zu ihren Füßen, und sie lächelte glücklich. Johanna hatte im Zuge ihrer Telefonbefragungen bereits mit der Nachbarin gesprochen, deren Name Karin Mohr lautete, wenn sie sich recht erinnerte. Sie wandte sich um, als ihr Handy klingelte.

»Kollege Köster«, sagte sie statt einer Begrüßung und machte sich auf den Weg zurück zu ihrem Wagen. »Alles im Griff?«

»Leider nicht. Abgesehen von der Schlägerei haben wir es offensichtlich mit einer Einbruchsserie zu tun – wie so häufig in der Ferienzeit. Wie sieht es bei Ihnen aus?«

Johanna erstattete ihm einen kurzen Bericht zu Emmas zweiter Mail und den Schlussfolgerungen und Befragungen, die sie ausgelöst hatte. Sie wunderte sich nicht, dass Köster einen Augenblick benötigte, um ihre Schilderungen zu verdauen.

»Ein verdammt starkes Motiv«, kommentierte er dann. »Gibt es überhaupt ein stärkeres zwischen Mutter und Tochter? – Falls Sie richtigliegen mit Ihrem Ansatz und Emma tatsächlich von ihrer Mutter im Stich gelassen wurde. Aber gerichtsverwertbare Beweise sehe ich nicht. Weder für Ruth Griegors Verhalten noch für Michael Beisners Täter- oder Mittäterschaft. Seine nervöse und abweisende Haltung allein reicht nicht aus.«

»Nein, natürlich nicht. Im Moment bin ich in Nordsteimke und warte, dass Emmas Vater wiederauftaucht. Ich bin gespannt, wie er reagiert, wenn ich ihn auf die Geburtstagsfeier seiner Frau anspreche. Darüber hinaus hoffe ich, dass es meiner Recherchespezialistin in Berlin gelingt, Anknüpfungspunkte zu finden, die uns weiterhelfen«, seufzte Johanna. »In welche Richtung auch immer sie uns führen werden.«

»Ich auch. Halten Sie mich auf dem Laufenden?«

»Selbstverständlich.«

Sie steckte ihr Handy wieder ein. Wenn Michael Beisner eine wie auch immer geartete Schuld traf, gerichtsverwertbar oder auch nicht, warum hatte Ruth ihn geschützt? Weil sie ihre Tochter noch nie geliebt hatte und es für das Beste hielt, die Sache zu vertuschen? Gewalt in der Familie, erst recht sexuelle, wurde, egal, wer sie gegen wen ausübte, in allen Gesellschaftsschichten unter den Teppich gekehrt, seit Jahrtausenden und unabhängig davon, wer wen liebte oder nicht liebte.

Johanna wollte gerade in ihren Wagen steigen, als Karin Mohr, die noch vor wenigen Minuten selbstvergessen mit ihren Katzen gespielt hatte, zur Haustür heraustrat – eine Frau um die fünfzig in Jeans und T-Shirt, deren Gesicht von Sommersprossen übersät war; volles kastanienrotes Haar fiel ihr bis auf die Schultern. Sie hob den Blick und musterte Johanna aufmerksam. Die lächelte und winkte der Frau zu, während sie zwei Schritte näher ging und fragte, ob sie zufälligerweise wisse, wo Konrad Griegor sei.

»Ich glaube, der macht eine Fahrradtour. Jedenfalls habe ich ihn vor ein, vielleicht auch zwei Stunden wegradeln sehen.«

»Ach? Und er ist dann für gewöhnlich länger unterwegs?«

»Ja, manchmal schon. Konrad fährt gerne Rad, erst recht bei dem Wetter.« Die Frau nickte zur Bestätigung. »Vielleicht kann ich ihm etwas ausrichten«, bot sie an.

»Vielen Dank, aber das ist nicht nötig. Ich versuche es später noch einmal.« Johanna war sicher, dass die Frau Konrad Griegor informieren würde, sobald er wieder zu Hause eintraf, und wollte sich gerade verabschieden, als ihr ein Gedanke kam.

»Sind Sie schon lange Nachbarn – Sie und die Griegors?«

»Warum wollen Sie das wissen?«

Johanna stellte sich vor und erntete, wie so oft, einen verblüfften Blick, dem ein verlegenes Räuspern folgte. Beim ersten Zusammentreffen hielten die meisten Menschen sie für alles Mögliche, nur nicht für eine Kommissarin. »Wir haben bereits miteinander telefoniert«, fügte sie rasch hinzu.

»Ach ja ...«

Johanna lächelte gewinnend, wie sie hoffte. »Die Umstände machen weitere Nachforschungen nötig.«

»Ich verstehe, aber ich habe der Polizei und auch Ihnen doch schon alles gesagt, was ich weiß oder mitbekommen habe.«

»Das ist mir bekannt, Frau Mohr.«

Die Frau trat einen halben Schritt zurück.

Johanna vertiefte ihr Lächeln. »Manchmal ergeben sich in einer laufenden Ermittlung erst nach und nach neue Aspekte, die ein weiteres Nachhaken erforderlich machen. So auch in diesem Fall. Wissen Sie ungefähr, seit wann Sie neben den Griegors wohnen?«, wiederholte sie ihre Frage.

»Warum ist das wichtig?«

Johanna seufzte innerlich. »Ich weiß noch nicht, ob es wichtig ist. Das wird sich zeigen, sobald Sie mir geantwortet haben.«

»Ach so ... Nun, wir sind vor gut fünfundzwanzig Jahren hierhergezogen, und wenn Sie wissen wollen, ob die Nachbarschaft mit den Griegors je angenehm war, so kann ich nur wiederholen, was ich bereits ausgesagt habe: Er ist ein netter Kerl, die Tochter auch, Ruth war schon immer ...«

Ein Miststück, jaja, ergänzte Johanna lautlos. »Ich weiß, Frau Mohr, Ruth Griegor war ein schwieriger, ein herzloser Mensch – so wird sie von vielen beschrieben, und ich habe nicht den Eindruck, dass sie großartig vermisst wird –, aber mir geht es um etwas anderes. Vor zwanzig Jahren feierte sie ihren vierzigsten Geburtstag mit einer Party. Können Sie sich daran erinnern?«

Karin Mohrs Kinnlade klappte herunter. »Du liebe Güte –«

»Versuchen Sie einfach nur, meine Frage zu beantworten«,

fiel Johanna ihr schnell ins Wort. Ich habe auch schon mitgekriegt, dass das lange her ist.

»Na schön – ja, ich entsinne mich tatsächlich«, meinte Mohr ein wenig verschnupft. »Es war eine vergleichsweise große Feier – laute Musik, Tanz und so weiter. Die hatten es sonst nicht so mit der Geselligkeit, darum erinnere ich mich wohl daran. Außerdem waren wir eingeladen.«

»Ach?«

»Ja, alle umliegenden Nachbarn waren eingeladen. Das war Konrads Idee, da bin ich sicher. Ihr wäre es vollkommen egal gewesen, ob sie jemanden mit dem Partylärm stören würde, aber er meinte ganz charmant: nicht ärgern, sondern mitfeiern.«

»Können Sie sich an ein besonderes Vorkommnis erinnern? An einen Streit oder eine Auseinandersetzung?«

Karin Mohr runzelte die Brauen. »Nein. Es ging laut und lustig zu, weitestgehend. Es wurde recht viel getrunken … Hm, Ruths Bruder muss sich irgendwie danebenbenommen haben, aber das ist sicherlich völlig bedeutungslos für Sie.«

Johanna hob eine Braue. »Ganz und gar nicht. Würden Sie das bitte erläutern?«

»Sie hat ihn geohrfeigt. Das habe ich zufällig gesehen, als die beiden in der Küche waren.« Mohr hob die Hände. »Keine Ahnung, worum es ging. Ich habe das nur im Vorbeigehen mitbekommen, und sie zog dann auch gleich die Küchentür zu. Ich habe noch überlegt, warum sich ein Mann in dem Alter von seiner Schwester ohrfeigen lässt …«

»Das war zu bereits vorgerückter Stunde?«

»Ja, genau, wir sind kurz darauf gegangen. Warten Sie mal, da fällt mir noch etwas ein …«

Johanna behielt sie scharf im Auge.

»Richtig, jetzt erinnere ich mich wieder. Als wir uns verabschiedeten, bekam ich mit, wie jemand nach Michael fragte und Ruth demjenigen versicherte, dass er längst gegangen sei. Ich habe mich noch gewundert.«

»Vielleicht hat jemand anderes die Ohrfeigen bekommen«, schlug Johanna vor.

Karin Mohr überlegte kurz. »Nun, das kann ich nicht völlig

ausschließen, schon gar nicht nach so langer Zeit, aber eigentlich bin ich mir ziemlich sicher, dass es der Bruder war.«

Wen hätte sie sonst noch ohrfeigen können, grübelte Johanna. Konrad? Dirk? Emma?

Karin Mohr beäugte sie. »Sie dürfen mir wahrscheinlich nicht sagen, was daran interessant sein könnte, oder?«

Du hast es erfasst, dachte Johanna. »An dem Tag, als Emma hier war und der Streit zwischen den beiden ausbrach, wo waren Sie da?«, überging sie die Frage.

»Ich war zu Hause und habe Fenster geputzt, wie schon mehrfach ausgesagt.«

»Sie hörten laute Stimmen, zwei Frauen, die sich stritten, können aber nicht sagen, worüber die beiden sich derart ereiferten.«

»Sie sagen es.«

Johanna verschränkte die Arme vor der Brust. »Hm. Wie geht das, Frau Mohr?«

»Was?«

»Sie müssen doch einzelne Satzfetzen mitbekommen haben, aus denen Sie schlossen, dass es sich um einen Streit handelte«, meinte Johanna.

»Nein, nichts Konkretes – bis auf das Übliche ...«

»Und was ist das Übliche?«

»Ruth sagte beziehungsweise schrie, dass Emma den Mund halten sollte, worauf die erwiderte, dass sie das nicht tun würde und dass alle erfahren würden, was sie, Ruth, für eine sei ... So was in der Preisklasse. Dabei weiß doch längst jeder, was die Griegor für eine war. Damit konnte man doch niemanden mehr erschrecken.« Karin Mohr tippte sich vor die Stirn. »Irgendwann war dann Ruhe, und Emma verließ das Haus. Sie hatte es eilig. Mehr kann ich Ihnen wirklich nicht sagen.«

Johanna seufzte unterdrückt. »Gut, ich danke Ihnen erst mal, Frau Mohr.«

Die Kommissarin entschied sich, ins Hotel zurückzufahren und unter die Dusche zu gehen, um anschließend alle Aspekte mit hoffentlich klarerem Kopf zu durchdenken und Emma eine weitere Mail zu schreiben. Ich konfrontiere sie mit meiner

These, dachte Johanna. Aber wie geht es dann weiter? Ich kann nichts tun, wenn sie weiterhin in Deckung bleibt. Und wenn sie sich hervortraut, müsste ich sie festnehmen.

★★★

»Ich denke, Michael hat etwas zu verbergen – er reagierte so, wie Sie es angekündigt hatten«, begann die Mail der Kommissarin, und Emma spürte, wie ihr Puls stieg. *»Aber Ihre Hinweise allein reichen nicht aus, um offizielle Ermittlungen wegen des Verdachts der Vergewaltigung einzuleiten, denn darum geht es doch, oder? Ich lehne mich schon jetzt sehr weit aus dem Fenster und stelle Fragen, die niemand beantworten müsste, rein rechtlich. Ihr Onkel wird sicherlich eine weitere Befragung ablehnen … Immerhin habe ich in Erfahrung gebracht, dass Sie damals mit Dirk geflirtet haben – er war sofort bereit, mit mir zu sprechen, und würde seine Aussage auch vor Gericht wiederholen, wie er mir ohne Zögern zusagte.«*

Emma atmete tief ein. Dirk hatte sich offenbar nicht großartig verändert. Er war noch genauso sympathisch wie damals.

»Eigentlich zweifle ich nicht an seiner Aufrichtigkeit, aber mein Bauchgefühl allein genügt natürlich nicht. Solange keine weiteren Fakten vorliegen, darf ich nicht grundsätzlich ausschließen, dass Dirk auch als Täter in Frage kommt und sich jetzt sehr geschickt verhält. Was ist passiert, was die Geschehnisse von damals zurückbrachte? Wie sind Sie auf Michael gekommen? Hat Ihre Mutter Sie tatsächlich im Stich gelassen? Was ist mit Ihrem Vater? Ich muss mehr wissen!«

Emma stand abrupt auf und begann, hin und her zu laufen – fünf Minuten, zehn Minuten lang. Dann setzte sie sich wieder.

»Michael war der Held meiner Kindheit. Dass er in der Lage war, mir Derartiges anzutun, kann ich kaum begreifen. Ich will es auch gar nicht«, tippte sie eilig. *»Er war eifersüchtig auf Dirk, so sehe ich das heute, so wirkt es heute – vielleicht hat es ihn auch angemacht, wie ich mich mit seinem Freund vergnügt habe. Meine Mutter hat mir erfolgreich eingeredet, dass ich selbst schuld gewesen sei – mein aufreizendes, flittchenhaftes Verhalten hätte mich in diese Lage gebracht, und niemand würde mir glauben, dass es gegen meinen Willen geschah. Ich habe keine Beweise. Natürlich nicht. Die beiden unterhielten sich*

während der Feier im Weingeschäft. Das war nicht für meine Ohren bestimmt. Ich habe Tage und Nächte darüber nachgedacht, ob ich mich verhört haben könnte oder es nicht doch eine andere Deutung des Wortwechsels gibt. Nein, gibt es nicht. Natürlich nicht. Eindeutiger geht es ja kaum noch. Als ich meine Mutter damit konfrontierte, hat sie alles abgestritten, aber ihr Blick war gehetzt, aufgebracht, hasserfüllt. Ja, sie hat ihren Bruder gedeckt, und zugleich hat sie ihn in der Hand gehabt, so merkwürdig das klingen mag.«

Emma nahm die Hände von der Tastatur und zögerte einen Moment. Dann gab sie sich einen Ruck. »*Sie standen zu zweit in der kleinen Vorratskammer hinter dem Büro. Die Tür war nur angelehnt. Ich wollte ins Bad*«, schrieb sie weiter. »›*Das ist zwanzig Jahr, her!‹, hörte ich plötzlich Michaels Stimme. So leise und bebend, dass ich sie erst gar nicht erkannte. Ich blieb stehen. ›Willst du nicht mal langsam aufhören, mich damit unter Druck zu setzen?‹, fuhr er fort.*

›*Warum sollte ich? Schließlich hast du meine Tochter vergewaltigt, und ich habe dafür gesorgt, dass du ungeschoren davonkommst, daran ändern auch die Jahre nichts.‹*

›*Du liebe Güte, es geht dir doch nicht um Emma, das wäre ja das erste Mal – es geht um dich!‹*

›*Um uns, mein Lieber, es geht um uns. Aber hier ist nicht der richtige Ort – lass uns ein anderes Mal darüber sprechen, in aller Ruhe.‹*«

Emma speicherte die Mail und loggte sich aus. Die Dämmerung zog herauf, und sie machte sich auf den Weg zu einem Abendspaziergang. Runter ans Meer. Salzige Luft atmen, Weite spüren, dem Klang der Wellen lauschen. Ewig kann ich nicht hierbleiben, dachte sie. Obwohl es kein schlechter Ort zum Leben ist. Aber ein Versteck bleibt ein Versteck und hat nichts mit Freiheit zu tun.

Sie hatte nichts zu ihrem Vater geschrieben, fiel ihr plötzlich ein. Viel gab es auch nicht zu ihm zu sagen. Er mag mich, er ist großzügig, aber er konnte nie für mich einstehen, sich nie gegen sie durchsetzen. Ruth hat alle beherrscht oder zu beherrschen versucht und vieles zerstört, während Konrad unschlüssig danebenstand, abwiegelte, auswich und Verletzungen, welcher Art auch immer, häufig mit Geschenken zu heilen versuchte.

Es ist gut, dass sie tot ist. Befreiend für alle. Der Gedanke breitete sich wie eine machtvolle Welle in ihr aus, die den Strand hinaufrollt, kurz verharrt und sich wieder zurückzieht. Ich weine ihr keine einzige Träne nach und bin mir keiner Schuld bewusst.

Schuldbewusstsein empfand sie manchmal Tom gegenüber. Sie hatte ihm wehgetan, und dennoch hatte er keinen Moment gezögert, ihr zu helfen. Die Trennung von ihm hatte niemand verstanden, auch Eva nicht. Die hatte ihre Entscheidung sogar so wenig verstanden und derart bedauert, dass sie Emma Vorwürfe gemacht hatte. Ihre Freundschaft war in der Folge abgekühlt. Dabei war es ganz einfach gewesen, banal und schwerwiegend zugleich: Emma hatte Tom nichts mehr zu sagen gehabt. Gar nichts mehr, außer Alltagsfloskeln. Als wäre ihr Mitteilungsreservoir endgültig erschöpft. Und während er ständig größere Nähe einforderte, hatte sie das elende Gefühl gehabt, auf der Stelle zu treten, festgefahren zu sein. Gefesselt. Sprachlos. Trostlos. Er wollte Kinder.

Später warf Tom ihr vor, sie hätte die Probleme herbeigeredet, statt sich um ihre Beseitigung zu kümmern. Er war wütend und verletzt, und je mehr sie sich zurückzog, umso vehementer versuchte er, sie von ihrer Ehe zu überzeugen. Ganz am Schluss weinte er sich sogar bei Eva und Ruth aus. Das war der Anfang vom Ende. Emma zog aus und reichte die Scheidung ein.

Sie war wieder allein und merkwürdig zufrieden. Wenn sie bereit gewesen wäre, genauer hinzusehen, hätte sie vermutlich erkannt, dass etwas ganz und gar nicht stimmte, aber sie weigerte sich. Die leise Wehmut ließ sich gut ertragen und verflüchtigte sich wohltuend schnell. Als würde man sich an einen wunderbaren Urlaub erinnern, der nicht verlängert oder wiederholt werden konnte. Es gefiel ihr, nun wieder alle vierundzwanzig Stunden des Tages für sich zu haben.

Ihre dunklen, verwirrenden Stimmungen kamen und gingen wie Ebbe und Flut. Wie all die Jahre zuvor auch schon. Den seltsamen Schmerz, der mit ihnen einherging, bezeichnete sie als Melancholie, obwohl sie wusste, dass der Ausdruck die

Wahrheit beschönigte, und wenn der Schmerz zu stark wurde, arbeitete sie noch intensiver als sonst. Hin und wieder blitzte die Erkenntnis in ihr auf, dass sie ihre Gefühle nicht nach ihrem Gutdünken einfach unter den Tisch fallen lassen konnte – früher oder später tauchten sie wieder auf.

Wenn die Alpträume kamen, in denen ein Gartenschuppen blankes Entsetzen in ihr auslöste, schlief sie nicht, sondern hörte Musik, sah sich alte Filme an oder dachte sich neue Spiele aus. Sie aß seit zwanzig Jahren keine Kartoffeln mehr.

Emma kehrte erst in das kleine Haus zurück, als es dunkel war und ein kühler Wind sie frösteln ließ.

★★★

Johanna schreckte hoch. Sie war eingenickt, nachdem sie die Mail an Emma abgeschickt und einige Gedanken zu den letzten Befragungen notiert hatte, um sich dann auf dem Bett auszustrecken. Nur fünf Minuten, hatte sie gedacht und war im gleichen Augenblick eingeschlafen. In der Dunkelheit warf ihr Handy bläuliches Licht in den Raum und summte stetig vor sich hin. Sie brauchte ein paar Sekunden, um sich zu orientieren, dann stellte sie eilig die Verbindung her und schaltete das Licht auf dem Nachttisch ein.

»Ich weiß, es ist schon spät«, sagte Tony gut gelaunt. »Aber ich denke, das stört dich nicht, oder?«

»Natürlich nicht. Wenn es dich nicht stört.« Johanna unterdrückte ein Gähnen und richtete sich auf, um endgültig wach zu werden. Die Reste eines Traumes huschten durch ihr Unterbewusstsein. Ein kleiner Junge. Das glückliche Lächeln von Gertrud, ungewohnt fremd in dem sonst so verhärmten Gesicht, das stets von Bitterkeit gezeichnet war. Und von tiefer Trauer. Die hatte Johanna bisher immer übersehen. Oder falsch gedeutet. Warum hast du mir nie eine Chance gegeben, dich besser zu verstehen? Du hast Peter totgeschwiegen – in der Hoffnung, damit auch den Schmerz in dir zu vernichten.

»Hast du was für mich?«, fragte sie und wischte die Traumfetzen beiseite.

»Kann schon sein. Du erinnerst dich an deinen Auftrag, Tom Arnold und alle möglichen Querverbindungen zu checken?«

»Na klar. Leg los, ich bin ganz Ohr.«

»Der Mann selbst ist sehr vorsichtig, was die Weitergabe von personenbezogenen Daten angeht, erst recht im Netz – nicht weiter verwunderlich bei einem Juristen. Seine ältere Schwester ist da allerdings nicht ganz so zurückhaltend. Lisa Heinrich ist in mehreren Foren unterwegs, tauscht sich hier und dort aus, stellt auch mal Urlaubsbilder ein, pflegt die üblichen Online-Freundschaften, sofern man die so nennen möchte, und alldem bin ich mal ein bisschen nachgegangen ...«

»Tony, ich bewundere deinen Eifer und Spürsinn, aber ...«

»Aber was?«

»Komm zum Punkt, bitte!«

»Na schön.« Tony seufzte. »Lisa hat sich vor zwei Jahren gemeinsam mit ihrem Mann ein Haus auf Rügen gekauft. Die Familie und alle möglichen Freunde und Bekannten machen da immer mal wieder Urlaub. Falls Emma noch einen guten Draht zu ihrem Ex hat, könnte ich mir vorstellen, dass sie sich dort mit seiner Hilfe versteckt hält, und die Idee ist ja gar nicht schlecht. Ohne weiter gehende Recherchen kommt man da nicht drauf.«

»Stimmt. Hast du die Adresse?«

»Natürlich. Nordöstliches Sassnitz, eine kleine Ferienhaussiedlung, genaue Anschrift schicke ich dir gleich aufs Handy. Vielleicht guckt mal ein Kollege vorbei, was sich da so tut.«

»Hm. Ja, vielleicht. Und sonst?«

»Nichts Auffälliges, was den Rest der Familie angeht. Konrad Griegor ist seit fast vierzig Jahren bei VW, seine Frau hat sich bei einer Versicherung hochgearbeitet – das weißt du ja längst alles. Die Beisners führen den Weinladen, vorher gingen beide verschiedenen Beschäftigungen im kaufmännischen Bereich nach ... Keine Steuerschulden, keine polizeilichen Verfahren, nichts. Vor Jahren hat Ruth Griegor mal Anzeige gegen einen Nachbarn erstattet, weil der ein paar Hühner und ein Schwein in seinem Garten hielt. Tja, das wirkt alles rechtschaffen und bieder bis zum Abwinken, ich bin fast eingeschlafen darüber.

Und ohne weitere Anhaltspunkte kann ich nicht mehr als ein bisschen herumstochern und auf Zufallstreffer hoffen.«

»Ich verstehe.«

Tony beendete kurz darauf das Telefonat mit dem Hinweis, dass sie noch eine Verabredung habe, und Johanna setzte sich auf den Balkon.

Eva Buchner informierte sie wenig später per SMS über eine weitere Mail von Emma. Deren Inhalt berührte Johanna tief. Sie las sie drei Mal, dann leitete sie das Schreiben an Annegret Kuhl weiter. Um Mitternacht legte sie sich ins Bett. Sie war hellwach. Kurz nach ein Uhr stand sie wieder auf und machte sich auf den Weg nach Rügen.

ZEHN

Zwei Stunden lang druckste er herum, breitete Nebensächlichkeiten langatmig aus und stritt immer wieder vehement ab, mit der Sache vor zwanzig Jahren irgendetwas zu tun gehabt zu haben. Sie wusste, dass er log – sie sah und spürte es mit jeder Minute eindringlicher, schmerzhafter, und im gleichen Maße, wie Entsetzen und Zorn in ihr wuchsen, erkannte sie mit großer Klarheit, dass sie die Einzige in dieser Familie war, die angemessen auf die Situation zu reagieren imstande war. Angemessen hieß: Schadenbegrenzung. Egal, was passiert und in welcher Weise Michael involviert war, Julia war nicht bereit, sich von alten, fiesen Geschichten, in die diese Familie offensichtlich verwickelt war, das Leben zerstören zu lassen. Doch erst einmal musste sie in Erfahrung bringen, was genau geschehen war, auch wenn die Wahrheit sie an ihre persönliche Grenze führen könnte – so viel war jetzt schon klar.

War es denkbar, dass Ruth und Michael diesen Dirk gedeckt hatten? Der hatte ganz offensichtlich Gefallen an dem jungen, aparten Mädchen gefunden, wie das Foto, das sie im Keller entdeckt hatte, und die neckischen Anspielungen auf der Rückseite bewiesen. Michaels Schilderungen des Abends fehlte diese heitere, erotisch aufgeladene Atmosphäre, die Julia dem Foto entnommen hatte, und sie war davon überzeugt, dass seine Erinnerungen nicht verblasst waren. Im gleichen Atemzug stellte sich jedoch für sie die Frage, ob Dirk tatsächlich so abgebrüht war, Emma zu vergewaltigen und später Fotos von dem Fest zu verschicken, in deren Mittelpunkt sie stand. Nein, das glaubte Julia nicht. Das wäre nicht nur abgebrüht, sondern schlicht bescheuert, und mit dieser Feststellung blieb im Grunde nur noch eine Möglichkeit ...

»Ich kann dir einfach nicht mehr dazu sagen«, beteuerte Michael schließlich zum wiederholten Mal, und sein Blick hielt keine Sekunde ihrem stand. Julia spürte, wie ihr plötzlich die Galle hochstieg und der Geduldsfaden riss.

»Du hirnloser Vollidiot, hör endlich auf mit diesem Theater!«, explodierte sie. »Du warst es, oder? Wer auch sonst?«

Er starrte sie mit weit aufgerissenen Augen an.

»Jetzt sieh mich nicht so an! Begreifst du nicht, dass die viel wichtigere, alles entscheidende Frage ist, woher die Kommissarin ihre Informationen hat? Und zwar letztlich unabhängig davon, wer wann was getan hat. Wer könnte außer dir, Ruth und Emma davon wissen? Konrad?«

Michael schüttelte mühsam die Erstarrung ab. »Nein. Der hat noch nie etwas mitbekommen«, stieß er mühsam hervor. »Und wenn, dann hätte er doch etwas unternommen. Ich meine ...«

»Bist du sicher?«

Michael atmete laut aus und verschränkte seine Hände. Julia sah, dass sie zitterten.

»Niemand sonst kommt in Frage«, fügte Julia leise hinzu. »Man darf ihn nicht unterschätzen. Ruth, die ihn immer unter Kontrolle hatte, gibt es nicht mehr. Seine Tochter wird als Totschlägerin gesucht. Da ändert sich manches.«

»Konrad hat von alldem nichts gewusst«, wiederholte Michael nach kurzem Überlegen vergleichsweise überzeugt und selbstsicher.

»Dann hat er etwas erfahren oder eins und eins zusammengezählt und der Kommissarin gegenüber erwähnt«, entgegnete Julia. »Warum hat Ruth dich angerufen – am Sonntag nach dem Fest im Laden?«

Er hob die Hände. Sein Gesicht war bleich.

»Keine Lügen und Ausflüchte mehr, Michael«, flüsterte Julia. »Oder du löffelst die ganze Scheiße alleine aus.«

Er nickte langsam. »Emma hatte erfahren, was geschehen ist, wer ... ich meine, ihr war wohl klar geworden –«

»Dass du der Täter warst?«

Er schluckte. »Sie deutete jedenfalls so etwas an, und sie bestand darauf, mit Ruth zu sprechen. Das hat die natürlich abgelehnt.«

»Ruth hat dich also quasi gewarnt?«

Michael zögerte. »So in etwa, ja.«

»Und einige Tage später ist Emma einfach bei ihr aufgetaucht, hat ihr die Hölle heißgemacht, es kommt zum Streit, in dessen Folge Emma ihre Mutter erschlägt«, ergänzte Julia. »So wird es wohl abgelaufen sein. Was meinst du?«

»Ja, denke ich auch.«

Julia atmete zweimal tief durch. »Was glaubst du, was passiert, wenn die Polizei Emma erwischt, und das wird früher oder später der Fall sein.«

Michael wischte sich mit dem Handrücken über den Mund. »Sie wird die alte Geschichte vor Gericht ausbreiten.«

Wenigstens das hast du kapiert, dachte Julia. »So ist es. Also arbeite an deiner Version der Geschichte, streite ab, stell dich dumm, spiel den Empörten. Solange es keine Beweise gibt, kommst du damit durch. Außer bei mir natürlich.« Und sollte es Beweise geben, muss ich sie vor der Kommissarin finden, fügte sie im Stillen hinzu.

Sie stand auf und ging zur Bar. Sie schenkte Michael einen doppelten Whisky ein, an ihrem nippte sie nur. Eine halbe Stunde später war ihr Mann angetrunken, sein Haar war zerzaust, er lächelte schief und jungenhaft – so wie damals, als sie ihn kennengelernt hatte – und wollte Julia in seine Arme ziehen. Sie wich mit einer geschickten Körperdrehung aus, stand auf und fixierte ihn mit kaltem Blick. Sein Lächeln erstarb.

»Warum? Warum hast du das getan?«, flüsterte sie, ohne zu wissen, ob sie tatsächlich eine ehrliche Antwort auf diese Frage hören wollte.

Seine Unterlippe zitterte. »Ich weiß nicht, Julia, glaub mir ... Sie war so entsetzt ...«

»Natürlich war sie entsetzt, mein Gott!«

»Ich meine nicht Emma. Ruth war entsetzt.«

»Hätte ich ihr gar nicht zugetraut.«

»Es ist anders, als du denkst.« Einen Moment starrte er ins Leere. Dann stand er auf und taumelte ins Schlafzimmer. Sie wartete, bis er laut schnarchte, dann schlich sie aus dem Haus und fuhr nach Nordsteimke, ohne zu wissen, was genau sie dort vorhatte.

Im Erdgeschoss brannte kein Licht mehr, nur die Außenbeleuchtung war eingeschaltet, und in einem Zimmer unterm Dach verbreitete eine Deckenlampe gelb leuchtende Strahlen. Julia wusste nicht, wie lange sie im Auto gesessen und das biedere Einfamilienhaus angestarrt hatte, als lautes Gebell sie plötzlich aufschreckte. Ein nächtlicher Gassigänger trottete mit seinem Hund vorbei, ohne sie eines Blickes zu würdigen. Sie wartete, bis er an der nächsten Ecke Richtung Dolmengrab abbog, dann ließ sie den Motor an und fuhr nach Hause.

★★★

Fast dreißig Kilometer war er unterwegs gewesen – seine Rundtour hatte ihn über Hehlingen und Almke in Richtung Groß Twülpstedt und weiter bis Velpke geführt. Er hatte die Anstrengung und das freie Atmen abseits der Hauptstraßen, inmitten von Feldern, Wiesen und Wald, genossen. Für Augenblicke war es ihm gelungen zu vergessen.

Richard rief an, als er sich gerade frisch geduscht auf die Terrasse gesetzt hatte, um in der einsetzenden Dämmerung ein deftiges Abendbrot zu vertilgen.

»Lange nichts gehört, Konrad«, sagte er leise.

»Es ist viel passiert.«

»Schlimm?«

»Meine Frau ist tot.« Der Satz erschütterte ihn, als würde er sich der Tatsache zum ersten Mal in aller Schärfe bewusst werden, nicht weil er seine Frau vermisste, sondern weil er mit ganzer Wucht spürte, dass ihr Tod alles verändert und Wunden gerissen hatte, die nie mehr heilen würden.

»Oh, das tut mir leid.«

Eine Weile schwiegen sie. Konrad trank einen Schluck von seinem Bier und suchte nach einem belanglosen Satz, mit dem er sich von Richard verabschieden konnte. Er fand ihn nicht.

»Nun, was soll ich sagen«, meinte Richard schließlich und klang verlegen. »Wir bleiben in Kontakt, so hoffe ich. Unsere Freunde zählen auf dich, auf uns.«

»Ja, natürlich, nur im Moment … Außerdem habe ich gerade Urlaub.«
»Ist schon klar.« Pause. »Der Golf VII bekommt Geschwister – Variant, Alltrack, Cabrio, ein Plus-Modell und so weiter.«
»Ja, nächstes und übernächstes Jahr«, entgegnete Konrad leise.
»Unsere Freunde sind an allen Details interessiert.«
»Ist mir klar. Lass mir noch ein wenig Zeit.«
»Natürlich.« Richard räusperte sich. »Tut mir leid, das mit deiner Frau. Du meldest dich?«
»Ja, mach ich.«
Konrad beendete das Gespräch. Er kannte den Exkollegen seit fünfundzwanzig Jahren – seinerzeit hatten sie gemeinsam im Anlagenbau und in der Motorenentwicklung gearbeitet und sich angefreundet, bevor Richard sich Jahre später als Ingenieur selbstständig gemacht hatte. Sie waren ein eingespieltes Team. Konrad sammelte Informationen und übergab sie Richard bei einem Bierchen in einer Kneipe in Braunschweig oder Umgebung. Der stellte dann den Kontakt zu ihren Auftraggebern her und wickelte die Lieferung ab. Darüber hinaus vermieden sie seit Beginn ihrer gemeinsamen Schnüffelaktivitäten beinahe jegliche privaten Zusammentreffen und tauschten sich nur in aller Kürze übers Handy aus. Wie genau Richard ins Geschäft gekommen war und wie die Details der Übergabe organisiert wurden, wusste Konrad nicht, und es interessierte ihn auch nicht, wer die Nutznießer seiner Spionagearbeit waren.

Sie verdienten beide sehr gut dabei. Niemand, weder von seinen Kollegen noch im privaten Umfeld, käme auf die Idee, dass der zurückhaltende, fleißige und meist unauffällig agierende Konrad Griegor VW-Know-how in jeglicher Form weitergab – dazu gehörten Mails, interne Berichte und Positionspapiere, Mess- und Prüfergebnisse, Passwörter, heimliche Mitschnitte von Besprechungen und Fotos, die er mit einer winzigen Kamera aufnahm. Dieser Teil der Arbeit war der gefährlichste. Konrad wusste sehr genau, dass sein jahrelanger Erfolg in der Hauptsache auf seiner Umsicht und nicht nachlassenden Aufmerksamkeit basierte. So nahm er die Kamera lediglich ausnahmsweise mit ins Werk und trug sie immer direkt am Körper. Zweimal hatte er auf sein ungutes Gefühl gehört und sie unauffällig zerstört und in einem Mülleimer entsorgt, bevor er das Wachschutzhäuschen erreicht hatte, um dann tatsächlich einmal sehr gründlich und ein zweites Mal zumindest oberflächlich kontrolliert zu werden. Ein weiterer Grund dafür, dass seine Spionage noch nicht entdeckt wurde, war seine realistische Selbsteinschätzung. Er war kein Computerprofi, und diesbezügliche Schnüffeleien hätten ihn in kürzester Zeit in arge Bedrängnis gebracht. Also ließ er die Finger davon und konzentrierte sich auf das, was er perfekt konnte: unauffällig Augen und Ohren aufsperren und dort zugreifen, wo es niemand erwartete, schon gar nicht von ihm.

Sein nicht unerhebliches Nebeneinkommen versteckte er zum einen bar in der Garage – als Tarnung diente ein Benzinkanister –, zum andern zahlte er es auf ein Konto in Österreich ein. Dazu fuhr er ein- bis zweimal im Jahr nach Wien und kaschierte die Reise Ruth gegenüber als Dienstfahrt. Richard hatte ihm dort eine Bank mit ebenso diskreten wie lukrativen Konditionen empfohlen. Alle paar Jahre machten sie sich gemeinsam auf den Weg, um ihren Erfolg beim Heurigen zu feiern. Irgendwann würde Emma das Geld bekommen, auch dafür hatte er bereits Vorsorge getroffen.

Wenn ihn jemand gefragt hätte, warum er seinen Arbeitgeber betrog, bei dem er schließlich seit Jahrzehnten einen krisensicheren Job hatte und gut verdiente, hätte er geantwortet, dass ihm das Spiel Spaß machte – weil es ihm niemand zutraute und es ganz allein sein Spiel war. Er war der Macher, Bestimmer und Nutznießer. Die Aufregung war Balsam für seine Seele. Darüber hinaus ermöglichte ihm der finanzielle Vorteil zusätzliche Freiheiten und Großzügigkeiten. Er hatte Michael und Julia einen größeren Betrag für geschäftliche Erweiterungen zur Verfügung stellen können und Emma stets generös beschenkt. Wenigstens das. Wenn sie vor der Tür stünde und Geld bräuchte, würde er nicht zögern, ihr alles zu geben, was er hatte.

Er trank sein Bier aus und ging in die Küche, um sich eine

zweite Flasche zu holen. Als er zurückkehrte, stand Karin Mohr am Zaun und winkte ihm zu. Konrad verspürte keinerlei Lust, mit wem auch immer zu reden, aber er wollte Karin nicht vor den Kopf stoßen. Er stellte die Flasche ab und ging über den Rasen zu ihr.

»Die Polizei war heute Nachmittag noch mal hier«, sagte sie leise und beugte sich zu ihm vor. »Eine Kommissarin – so eine kleine, schrullige Person ...«

»Frau Krass«, erkannte Konrad sofort.

»Ja, genau.«

Er zuckte mit den Achseln.

»Ich habe gesagt, dass du wahrscheinlich länger unterwegs bist. Aber die machte den Eindruck, dass sie sich noch mal bei dir melden würde.«

»Soll sie. Danke für den Hinweis.«

Er wollte sich mit beiläufigem Gruß abwenden, als Karin eine Hand auf seinen Arm legte. »Die wollte allen Ernstes wissen, ob ich mich an Ruths vierzigsten Geburtstag erinnere.«

Er drehte sich langsam wieder um. »Was?«

»Ja. Sie wusste sogar, dass es eine große Feier gegeben hatte.«

Konrad schüttelte den Kopf. Ein seltsames Gefühl beschlich ihn. »Merkwürdig, und was interessierte sie daran?«

»Keine Ahnung. Sie wollte wissen, ob mir irgendetwas aufgefallen war an dem Abend.«

»Und? War dir etwas aufgefallen?«

Karin lächelte. »Ich hatte den Eindruck, dass Ruth ihrem Bruder eine Ohrfeige verpasst hat – zu später Stunde, in der Küche.« Sie winkte ab. »Völlig unwichtig, oder? Was das Gehirn manchmal so abspeichert, ist schon komisch, nicht wahr?«

»Das ist es.« Konrad bedankte sich ein weiteres Mal und ging zurück auf seine Terrasse, obwohl Karin sicherlich gerne noch einige Minuten geplaudert hätte. Seit ihr Mann vor zwei Jahren an Krebs gestorben war, wirkte sie manchmal einsam und verloren.

Er öffnete die neue Bierflasche und trank einen Schluck. Der vierzigste Geburtstag. Richard war auch dabei gewesen, fiel ihm plötzlich ein. Damals waren sie noch ausschließlich

Kollegen im Werk gewesen und hatten manchmal mit ein, zwei anderen aus der Abteilung Skat gespielt. Warum war die Feier von Bedeutung? Konrad lächelte bitter. Er wusste, wo er die Antwort finden würde. Nach zwei weiteren Schlucken stand er auf und ging mit schweren Schritten nach oben in Ruths Zimmer. Er nannte es immer noch so.

Wenn es nach mir gegangen wäre, hätte ich es bei einem kleinen Umtrunk und einer Kaffeetafel belassen, doch Michael meinte, dass man hin und wieder die Feste feiern sollte, wie sie fallen. Nach einigem Hin und Her stimmte ich ihm schließlich zu. Es war eine gute Gelegenheit, Verwandte, Nachbarn und einige Kollegen einzuladen. Micha brachte einen Freund mit, und als das Haus am Abend so richtig voll war und überall auf mich angestoßen wurde, begann ich, die Feier zu genießen.
Das Einzige, was mir den Spaß verdarb und mich zunehmend in Rage brachte, war Emmas Verhalten. Sie war aufreizend angezogen und ließ keine Gelegenheit aus, die Aufmerksamkeit auf sich zu lenken. Sie tanzte und trank mehr, als ihr guttat, und als Michas Freund Dirk ihr zunehmend auf den Pelz rückte, genoss sie die Situation wie eine kleine Diva.
Gegen Mitternacht stellte jemand die Musik lauter, und Emma wirbelte ausgelassen herum und kuschelte sich in Dirks Arme oder posierte für Fotos, die er insbesondere von ihr machte. Wie sie sich diesem immerhin Mitte Dreißigjährigen an den Hals warf! Der ließ sich allerdings auch nicht lange bitten. Nachdem ich einige Gläser abgeräumt hatte, blieb ich mit dem vollen Tablett im halbdunklen Flur stehen und beobachtete die beiden. Dirks Hände wanderten wie rein zufällig über Emmas Po, und die drängte sich ihm im Rhythmus der Musik schamlos entgegen.
Ich wollte mich gerade abwenden, als ich Micha entdeckte, der mir schräg gegenüber mit einem Glas in der Hand dastand und das Geschehen auf der Tanzfläche verfolgte. Er lächelte nicht, wie ich vermutet hatte. Er schien nicht einmal amüsiert

und klopfte auch nicht den Takt mit den Füßen. Er beobachtete Emma und Dirk. Es missfällt ihm, wie sich seine Nichte aufführt, dachte ich sofort, aber schon während dieser Gedanke in mir hochstieg, wusste ich, dass er nicht stimmig war. Michas Blick war starr und so wehmütig, dass es mich schmerzte. Innerlich verbrannte. Innerhalb von Sekundenbruchteilen begriff ich, was in ihm vorging, und ich spürte mit tausend Nadelstichen, was er mir seit langer Zeit vorenthielt und was ich nicht vergessen konnte. Und nun hechelte er meiner siebzehnjährigen Tochter hinterher, ohne sich die Mühe zu machen, seine Gefühle großartig zu kaschieren.

Ich war so aufgewühlt, dass ich mich nur mühsam beherrschen konnte, nicht laut aufzuschreien und meine ganze Wut herauszulassen. Und mit ihr die Angst. Eine seltsam heftige Angst.

Ich ging in die Küche und wusch ab, was der Geschirrspüler nicht schaffte. Einen Teller nach dem anderen, Gläser, Besteck. Das heiße Wasser beruhigte meine zitternden Hände. Der Partylärm war plötzlich gedämpft. Ich begann aufzuräumen und kochte frischen Kaffee, während der Discjockey Musik für die ältere Generation auflegte. Micha stand an der Verandatür und sah mich nicht an, als ich vorbeikam und ihm kurz über den Rücken strich. Mein Magen zog sich zusammen. Wenige Minuten später war er plötzlich verschwunden. Ich setzte mich mit einer Tasse Kaffee in die Küche und starrte zum Fenster hinaus. Eine Minute, zwei, zehn, eine Viertelstunde. »Sieben Fässer Wein«, sang Roland Kaiser nebenan, und mehrere alles andere als stimmsichere Gäste fielen halblaut in den Refrain ein. Ich trank eine weitere Tasse Kaffee. Müdigkeit kroch durch meinen Körper. Es war ein langer Tag gewesen, und er endete mit unerfüllten Sehnsüchten.

Plötzlich klopfte es leise an die schmale Tür, die direkt von der Küche in den Garten führt. Ich entriegelte sie von innen. Micha lehnte sich an den Rahmen und beugte sich vornüber. Er war kalkweiß und völlig außer Atem.

»Bitte«, flüsterte er mit heiserer Stimme und legte einen Finger über seinen Mund.

Mein erster Gedanke war, dass er sich übergeben musste, aber er schüttelte den Kopf, als ich ihn ins Bad begleiten wollte.
»Emma«, *sagte er. Nur das. Ihren Namen.*
»Was ist mit ihr?«
Er öffnete den Mund, aber es kam kein Wort heraus. Er blickte zur Seite und atmete schwer, hilflos, fast widerwillig. Die Arme hingen an ihm herab, als gehörten sie nicht zu ihm.
»Michael!«, *zischte ich leise.* »Was ist mit ihr?«
»Das hätte ich nicht tun dürfen«, *flüsterte er heiser.*
Irgendwo tief in mir drinnen wimmerte es leise, als ich ohne Erklärung begriff, was er getan hatte, und er mich flehend ansah wie ein kleiner Junge. Was verlangst du von mir, dachte ich. Und einen Atemzug später: Dafür wirst du bezahlen, das schwöre ich dir.
Ich zog ihn zur Küche herein und schlug ihm mehrmals mit voller Kraft mitten ins Gesicht. Er ließ es ohne Gegenwehr über sich ergehen und zuckte nicht einmal zurück.
»Wo ist sie jetzt?«, *fauchte ich ihn an, während ich in aller Eile die Küchentür zum Flur heranzog.* »Rede – schnell!«
Er wischte sich über den Mund. »Im Gartenschuppen. Ich hatte mir eine Maske übergezogen. Es war erst ein Spiel, nur ein albernes Spiel. Sie hat gelacht, und dann ...«
»Hat sie dich erkannt?«
»Nein, nein, sie hat gedacht, dass ich Dirk bin.«
»Wo ist der jetzt?«
»Längst gegangen. Die beiden haben im Dunkeln herumgeknutscht, und dann ist er abgehauen. Ich dachte ...«
»Hör bloß auf zu denken!«
»Bitte, Ruth, ich hab sie nur ein bisschen ...«
»Sei still, du Idiot.« *Ich schlug wieder zu, und auch jetzt wehrte er sich nicht.*
Dann packte ich ihn am Oberarm und drängte ihn zum Flur hinaus in Richtung Kellertür, nachdem ich mich vergewissert hatte, dass die Luft rein war.
»Verschwinde durch den Keller«, *zischte ich ihm zu.* »Nimm den Ausgang, der zur Garage führt. Kein Taxi. Geh zu Fuß

nach Hause, auf Nebenwegen. Ich werde erzählen, dass du längst aufgebrochen bist, verstanden?«
Michael verschwand, und nur Sekundenbruchteile später kam Konrad zur Tür herein. Ich blickte ihm gleichmütig entgegen. Er suchte Wischlappen und Handtuch. Ich händigte ihm beides wortlos aus.
Emma kam Minuten später durch die Gartentür in die Küche getaumelt. Ihre Bluse war zerrissen. Sie war stark angetrunken und roch nach Erde, alten Kartoffelsäcken und Gartendünger. Ihren weidwunden Blick konnte ich kaum ertragen. Ich brachte sie nach oben und ließ ihr ein Bad ein.
»Mama ...«
»Ich will nichts hören. Vergiss es! Vergiss es ganz schnell wieder. Und gewöhn dir ab, Männer zu provozieren!«
Sie blickte mich fassungslos an. Große, plötzlich kindliche Augen voller Unschuld und Schmerz.
»Versteh doch, Mama«, flüsterte sie hilflos. »Da war jemand und hat mich im Schuppen überfallen und ...«
»Ich verstehe gar nichts. Und ich will auch nichts verstehen«, fiel ich ihr ins Wort. »Ich weiß nur, wie du dich den ganzen Abend über benommen hast.«
»Warum hasst du mich?«, fragte sie leise.
Sie machte keine Anstalten, sich auszuziehen, und ich war ihr dankbar dafür. So viel Vertrautheit hätte ich nicht ertragen. In diesem Moment am allerwenigsten.
»Du musst mich hassen, sonst würdest du ...«
Ich hob eine Hand. »Du hast selbst deinen Teil dazu beigetragen, Emma«, schnitt ich ihr das Wort ab. »Niemand wird dir glauben, egal, was passiert ist, und ich will keine Einzelheiten wissen. Es ist besser so.«
Sie setzte sich auf den Wannenvorleger und blickte zu mir hoch. Wir schwiegen, während es im Bad immer wärmer wurde. Ich legte ihr eine Hand auf den Kopf und war verwundert über meine Geste.
»Vergiss es, Emma. Vergiss es ganz schnell wieder. Glaub mir – das ist das Beste.«
Ihre Augen waren voller Tränen, und zum ersten Mal in

meinem Leben hätte ich sie umarmen können, ohne mich überwinden zu müssen.
Von diesem Moment an stand Michael tiefer in meiner Schuld als je zuvor, und er war sich dessen bewusst, ohne dass wir große Worte darüber verloren. Zehn Tage später unternahmen wir eine kleine Spritztour zu zweit, und er machte mich so glücklich, wie ich es mir seit einer Ewigkeit erträumt/gewünscht hatte. Alles in mir ist auf einmal so weich und zart. Ich habe plötzlich ein Herz aus Seide, das im Rhythmus unserer Seelen pocht. Für eine kleine Weile.
Anschließend sagte ich ihm, dass er sich von Emma fernzuhalten hätte und wir beide uns regelmäßig allein treffen würden.
Emma war schon immer hart im Nehmen. Sie spricht nicht über jenen Abend und tut augenscheinlich alles, um ihn zu vergessen. Es ist ein bitterer Kampf, das spüre ich, ohne es zu wollen, ohne ihr nahe zu sein.
Ich habe sie nicht nur als Mutter, sondern auch als Frau im Stich gelassen. Das kann sie mir nicht verzeihen. Mir ist bewusst, dass ich eines Tages dafür zur Rechenschaft gezogen werde. Aber es ist mir egal. Meine Gier hat auf furchterregende Weise endgültig alles verschlungen. Ich werde mich ihr nicht entgegenstellen, weil es sinnlos ist, sie bekämpfen zu wollen.

Er hatte mit vielem gerechnet. Damit nicht. Und er war davon überzeugt, dass sie den Tod verdient hatte – diesen Tod. Wer seine Tochter kaltblütig ihrem aufgegeilten Onkel überließ und nichts unternahm, um ihr zu helfen und ihn zur Rechenschaft zu ziehen, sondern die Tat den eigenen kranken Begierden unterordnete und sogar Kapital daraus schlug, hatte alles verwirkt.

Und was hatte Michael verdient?

Konrad hatte damals durchaus mitbekommen, dass etwas passiert war. Emma war in der Nacht plötzlich verschwunden und in den nächsten Wochen bleich und verschlossen wie selten zuvor gewesen. Er war davon ausgegangen, dass sie sich mit ihrer Mutter gestritten hatte – wieder einmal. Und dass Michael sich in der Folge kaum noch sehen ließ, war zwar bedauerlich, aber doch auch nicht zu ändern gewesen. Schließlich lebte er sein eigenes Leben und musste sich dafür nicht rechtfertigen. Ich hätte wenigstens mal nachfragen können, dachte Konrad. Sie hätte mir nicht geantwortet oder wäre mir ausgewichen. Niemand hätte mir eine ehrliche Antwort gegeben. Weil ich immer zufrieden war mit den kleinen Erklärungshappen, die man mir zugeworfen hatte. Warum hätte es ihn diesem Fall plötzlich anders sein sollen?

ELF

Die Sonne war gerade aufgegangen, als Johanna sich im Sassnitzer Hafen auf den Weg in Richtung Mole machte. Fischkutter kehrten im violetten Morgenlicht vom ersten Fang zurück. Johanna beobachtete zwei zänkische Möwen und atmete tief ein. Wie unwirklich, dachte sie. Abgesehen davon, dass sie vorhatte, sich am Hafen einen Fischimbiss zu besorgen und anschließend Emma Arnold aufzusuchen, war ihr völlig unklar, wie sie weiter vorgehen sollte. Sie konnte nicht ausschließen, dass Emma in Panik geraten und fliehen würde, und bei aller Sympathie und Übereinstimmung mit Annegret Kuhl – das fände die Staatsanwältin alles andere als komisch. Von Grimich ganz zu schweigen, deren Humorwerte grundsätzlich gegen null tendierten.

Eine laue Brise umschmeichelte ihr Gesicht. Johanna erstand einen Becher Kaffee und ein Fischbrötchen, das betörend würzig duftete, und entschied sich, zu Fuß in die Weddingstraße aufzubrechen – laut ihres Smartphone-Navis befand sich der Bungalow in gerade mal anderthalb Kilometer Entfernung am äußersten nordöstlichen Stadtrand, wo der Nationalpark Jasmund begann. Sie benötigte eine gute Viertelstunde, bis sie die kleine Siedlung erreichte. Das Haus, das Emma mit großer Wahrscheinlichkeit bewohnte, stand einige Meter abseits und wurde von einer dichten Hecke geschützt – fast wie in Nordsteimke, dachte Johanna verblüfft, während sie langsam daran vorbeiging und sich nach allen Seiten umsah. Es gab einen Schuppen, der wahrscheinlich als Garage genutzt wurde, mutmaßte sie, und einen kleinen Vorgarten. Neben der Haustür stand ein Fahrrad. Die Rollläden waren hochgezogen. Es war still. Auch aus den anderen Häusern drang kein Laut, was angesichts der frühen Morgenstunde mitten in der Ferienzeit nicht weiter verwunderte.

Johanna drehte am Ende der Straße und flanierte ein zweites Mal am Haus vorbei. Diesmal nahm sie aus den Augenwinkeln etwas wahr – eine Bewegung am Fenster, als stünde jemand hinter dem Vorhang und spähte vorsichtig hinaus. Sie atmete zweimal tief durch und betrat das Grundstück, um ohne weitere Verzögerung an die Tür zu treten und zu klopfen. Es rührte sich nichts. In der Ferne erklang eine Schiffssirene.

Johanna klopfte ein zweites Mal. »Frau Arnold, ich weiß, dass Sie da sind«, sagte sie halblaut. »Lassen Sie mich bitte herein. Ich bin Johanna Krass, und ich habe den weiten Weg hierher ganz bestimmt nicht gemacht, um unverrichteter Dinge wieder umzukehren.«

Das Haus schien zu erstarren. »Ich bin allein«, fügte Johanna hinzu, »und niemand weiß, dass ich hier bin. Ich habe mich spontan zu diesem Ausflug entschlossen. Ich will nur mit Ihnen reden – nicht mehr, aber auch nicht weniger.«

Eine Minute verstrich. Johanna setzte sich auf die Eingangsstufen. Sie war plötzlich hundertprozentig sicher, dass Emma hinter der Tür stand und nicht wusste, wie sie sich verhalten sollte. Die zwiespältigsten Gefühle mussten sie gefangen halten – Angst, Zweifel, Panik, aber vielleicht auch Neugierde.

»Ich bin übrigens die halbe Nacht durchgefahren«, hob Johanna wieder an. »Und nun brauche ich einen anständigen Kaffee, besser noch zwei. Ein Frühstück wäre auch nicht schlecht. Der kleine Fischimbiss, den ich mir am Hafen besorgt habe, war lecker, geht aber höchstens als Vorspeise durch, jedenfalls bei mir. Ich habe stets einen gepflegten Appetit. Fragen Sie Eva, die wird Ihnen das bestätigen.«

Nichts rührte sich. Ich kann nicht ausschließen, dass ich ein Selbstgespräch führe, dachte Johanna – Bauchgefühl hin oder her. »Wollen Sie wissen, woher ich diese Adresse habe? Ich habe eins und eins zusammengezählt und eine Kollegin in Berlin gebeten, ein bisschen zu recherchieren, Stichwort Bernsteinsuche. Aber niemand weiß etwas von meinen Schlussfolgerungen.«

Ein Schlüssel bewegte sich im Schloss, und ein Riegel wurde zurückgeschoben. Johanna erhob sich. Die Tür öffnete sich ein Stück, und im Spalt erschien ein schmales Gesicht. Emma Arnold. Ein dunkelgrünes Augenpaar fixierte die Kommissarin sekundenlang. »Der Kaffee ist gerade fertig. Kommen Sie herein.«

Die Diele führte direkt in eine helle Wohnküche. Es roch nach frisch aufgebrühtem Kaffee und Brötchen. Blumen standen auf dem Tisch. Emma zögerte nur kurz, dann machte sie eine einladende Geste in Richtung Esstisch und holte ein zweites Gedeck. Sie goss Kaffee ein und setzte sich zu Johanna. Ihre Bewegungen waren geschmeidig und flink, wirkten jedoch etwas fahrig, wenn man genauer hinsah. »Gehen Sie immer so auf Verbrecherjagd, Frau Kommissarin?«

»Ich gehe grundsätzlich meine eigenen Wege«, erwiderte Johanna und griff beherzt zu, als Emma ihr den Brotkorb reichte. Die junge Frau hatte sich gut unter Kontrolle – abgesehen von der deutlichen Blässe und den unruhig umherhuschenden Augen wirkte sie, als sei sie mit Johanna zum Frühstück verabredet.

»Und zwar aus unterschiedlichen Gründen«, setzte Johanna ihre Erklärung fort. »Ich bin in der Regel nicht sonderlich teamfähig und suche die Lösungen oft abseits der üblichen Rechercheroutinen – wahrscheinlich bedingt das eine das andere. Darum werde ich immer wieder als Sonderermittlerin eingesetzt.«

»Mit Erfolg?«

»Durchaus.«

»Sie hätten die Polizei in Sassnitz oder Bergen informieren können, um mich festzunehmen und nach Wolfsburg oder Braunschweig bringen zu lassen«, wandte Emma ein.

»Hätte ich, ja. Und falls sie geflohen wären, hätte mich die Staatsanwältin gefragt, warum ich auf die Hilfe der örtlichen Behörden verzichtet habe.«

Emma hob das Kinn. Ein winziges Lächeln schlich sich in ihr Gesicht. »Ich könnte immer noch fliehen.«

Johanna seufzte. »Könnten Sie, ja. Ich würde nicht hinterherrennen, darauf dürfen Sie sich verlassen.«

»Glauben Sie mir eigentlich, oder wollen Sie mich aus einer Art Frauensolidarität heraus lediglich überreden, Profit aus meinem starken Motiv zu schlagen?« Emma biss von ihrem Brötchen ab, doch besonders hungrig schien sie nicht zu sein.

Ihr Blick hatte sich verdunkelt. »Weil Ihnen klar ist, dass mein familiärer Hintergrund verdammt übel ist. Mit dem Argument beschäftige ich mich nicht zum ersten Mal, das dürfen Sie mir glauben.«

»Ich bin in der Tat dafür, Ihr Motiv hervorzuheben. Die Vergewaltigung ist noch nicht verjährt – das ist die gute Nachricht –, aber die Beweislage ist natürlich, zumindest im Moment, dürftig.«

»Es gibt keine Beweise.«

»Wie es aussieht, nicht«, bestätigte Johanna. »Es steht also Aussage gegen Aussage, und selbst wenn sich genügend Zeugen finden, die vor Gericht erklären, dass Ihre Mutter alles andere als mütterliche Qualitäten aufwies, reicht das natürlich bei Weitem nicht, um einen Mord beziehungsweise Totschlag zu entkräften. Man müsste sich die Mühe machen und alle Gäste jener Geburtstagsfeier befragen.«

Emma atmete laut aus und lehnte sich zurück. »Und was soll das bringen?«

»Hier ein Puzzlestück, dort ein Teil, was sich zusammenfügt, und plötzlich wird ein Bild zumindest erahnbar, oder es finden sich Hinweise, die zu einer weiteren Spur führen, oder Argumente, die wir benutzen können, um an anderer Stelle weiterzubohren und dort Details zu erfahren, die zur Aufhellung beitragen.«

»Glauben Sie das wirklich?«

»Glaube ist nicht gerade meine starke Seite, aber ich wäre kaum hier, wenn ich es für ausgeschlossen hielte, neue Anhaltspunkte zu finden und damit die Schuldigen in die Enge zu treiben. Vielleicht kann man Ihren Onkel zu einem Geständnis bewegen ...«

»Das halte ich für ausgeschlossen! Julia würde ihm die Hölle heißmachen.«

»Ich schätze sie ähnlich ein, aber unter Umständen ist er zu einem Deal mit der Staatsanwaltschaft bereit.«

»Und was sollte ihm ein Deal bringen?«

»Ihm und auch seiner Frau wird kaum daran gelegen sein, dass die Geschichte in allen schmutzigen Details in aller

Öffentlichkeit breitgetreten wird, oder? Wenn er die Tat zugibt, könnte man die weiteren Recherchen einstellen und ihm im Gegenzug eine gewisse Zurückhaltung im Prozess zusichern.«

Emma nickte langsam. »Ich verstehe, worauf Sie hinauswollen, nur —«

»Wir gehen chronologisch vor und fangen mit dem Geburtstag an«, fiel Johanna ihr ins Wort. »Sie erzählen, und zwar alles, was Ihnen einfällt, jede Kleinigkeit, und ich mache mir Notizen, die ich dann in Wolfsburg einer genaueren Betrachtung unterziehe.«

»Vielleicht können wir uns diese Mühe sparen.«

Johanna hob eine Braue.

»Ich war es nicht, Kommissarin Krass. Ich habe meine Mutter nicht getötet und benötige darum keine Erörterung über mein Motiv«, beteuerte Emma leise. »Und Sie können davon ausgehen, dass ich die Tat auch nicht verdränge.«

»Was macht Sie so sicher?«

Emma überlegte einen Moment, wandte den Kopf zur Terrassentür und blickte schließlich wieder Johanna an. »Ich weiß, wie das mit der Verdrängung funktioniert. Man trickst sich quasi selbst aus, schiebt das, was geschehen ist, in die dunkelsten Ecken und packt dicke Tücher darüber. Glauben Sie mir, es kriecht immer wieder etwas hervor – und sei es nur ein dumpfes, wehes Gefühl, das sich wie ein lang gezogener stechender Schmerz im ganzen Körper ausbreitet und sogar die Träume beherrscht.« Sie brach kurz ab. »Man weiß, dass es da ist. Und in dem Fall kann ich mich nur wiederholen: Ich war es nicht. Meine Mutter lebte, als ich ging, und hätte ich sie getötet, wäre ich nicht hier. Ich hätte gar nicht die Kraft gehabt, meine Flucht zu organisieren.«

Johanna schwieg eine volle Minute, und Emma ertrug ihren Blick, ohne ihm auszuweichen. »Gut. Wenn Sie es nicht waren, hat logischerweise jemand anderes die Situation ausgenutzt, und wir werden den Täter finden. Doch abgesehen davon sollte Ihr Onkel sich dafür verantworten müssen, was er getan hat, auch wenn das für die Umstände des Todes Ihrer Mutter

keine juristische Auswirkung hätte. Oder wollen Sie das Thema ruhen lassen – auf gut Deutsch: Soll er wieder davonkommen?«
Emma nahm sich Zeit für die Antwort. »Sie haben recht. Nein. Diesmal nicht«, erwiderte sie dann.

»Gut, fangen wir an – versuchen Sie sich an alle Gäste zu erinnern, beschreiben Sie sie, vielleicht fallen Ihnen kleine Szenen ein, Gespräche und so weiter. Aber bevor wir loslegen, hätte ich gerne noch einen Kaffee. Am besten, Sie kochen eine ganze Kanne. Und ein paar Kekse wären nicht schlecht. Ohne Süßigkeiten fällt mir das Denken verdammt schwer.«

***

Sie trug zu ihrem roten Rock einen weißen, luftigen Blazer und war dezent geschminkt. Ihr Lächeln war zurückhaltend, eine gewisse Besorgnis schwang in ihm mit. »Stör ich dich?«
Konrad war verblüfft. Er konnte sich nicht daran erinnern, dass Michaels Frau ihn jemals allein besucht hatte.

»Ich dachte, ich nehme mir die Zeit und sehe mal nach dir«, schob sie erklärend nach, als er nichts erwiderte und auch keine Anstalten machte, sie hereinzubitten. »Michael ist bereits im Geschäft, aber am frühen Samstagmorgen ist dort erfahrungsgemäß noch nicht so viel zu tun.«

»Ach so, ja ...« Er trat zögernd beiseite. »Möchtest du hereinkommen?« Eigentlich hatte er keine Lust, mit ihr zu reden, nach all dem, was passiert war und was er erfahren hatte, schon mal gar nicht.

»Gerne.« Sie machte zwei schnelle Schritte und verschwand im Flur. Konrad folgte ihr.

»Ich sitze noch beim Frühstück.«

»Lass dich nicht stören.«

Sie gingen in die Küche, und sie setzte sich zu ihm an den schmalen Tisch, an dem Ruth und er immer gefrühstückt hatten, meist schweigend, allenfalls den Tag mit wenigen Sätzen grob planend. Einen Kaffee lehnte sie ab, aber ein Glas Saft nahm sie dankend an. »Wie kommst du klar, Konrad – in diesen schwierigen und aufwühlenden Zeiten?«

Er legte zwei Scheiben Schinken auf sein Brot. »Ich komme ganz gut klar«, erwiderte er gleichmütig und ohne den Blick zu heben. Das ist Lüge und Wahrheit zugleich, überlegte er.

»Das freut mich zu hören.« Sie lächelte. »Hast du wirklich keine Ahnung, wo Emma sich aufhält?«

»Nein.« Er schüttelte den Kopf. Und wenn ich es wüsste, würde ich es niemandem erzählen, fügte er im Stillen hinzu. Dir schon mal gar nicht.

»Sag mal, hat sich diese Kommissarin bei dir auch noch mal gemeldet?«

Er biss von seinem Brot ab. »Nein. Bisher nicht.«

»Sie stellt merkwürdige Fragen, finde ich.«

Er zuckte mit den Achseln. »Ist ihr Job.«

»Klingt, als ob sie irgendwelche uralten Geschichten ausgraben würde. Familiengeschichten.«

»Ja?«

»Ja. Wie kommt sie darauf?«

»Keine Ahnung«, erwiderte Konrad, nachdem er seinen Bissen heruntergeschluckt hatte. »Von mir hat sie die jedenfalls nicht.«

»Warum bist du so sicher?«

Er runzelte die Stirn. »Ganz einfach: Weil wir uns nicht über alte Geschichten unterhalten haben – mal abgesehen von Emmas und Ruths gestörter Beziehung. Und das ist keine alte Geschichte.« Er zögerte kurz. »Meine Nachbarin erzählte allerdings, dass die Kommissarin gestern noch mal hier war und mich sprechen wollte, aber ich war unterwegs«, ergänzte er schließlich.

Sie sah ihn forschend an. »Bist du sicher, dass du nichts erwähnt hast?«

Er stand auf, um sich einen frischen Kaffee einzugießen, und er ließ sich Zeit damit. Ruths Geburtstag, überlegte er – die Kommissarin hat wahrscheinlich Michael darauf angesprochen, und natürlich wollen die beiden nun wissen, wer über was geplaudert hat. Die Frage war in der Tat interessant, sie war sogar hochbrisant. Wer könnte sie darauf gebracht haben? Er rührte Zucker in den Kaffee. »Natürlich bin ich sicher.«

Julia hob das Kinn. »Ich finde diese Herumschnüffelei äußerst lästig – als wäre die Familie nicht schon genug belastet durch die Umstände von Ruths Tod.«

Konrad gönnte sich ein verstecktes Lächeln voller Zynismus. Es fühlte sich fremd an. Er lächelte selten auf diese Weise, auch nicht im Stillen. Sein Gesicht war nicht dafür gemacht. »Magst du noch etwas trinken?«, fragte er schließlich. »Vielleicht doch einen Kaffee?«

»Nein, danke.« Sie wirkte unschlüssig und stand langsam auf. »Ich will dich nicht länger aufhalten, Konrad. Wenn du Hilfe brauchst ...« Sie winkte ab, als er sich auch erheben wollte. »Bleib sitzen, ich finde schon allein hinaus.« Sie lächelte und wandte sich ab. An der Küchentür drehte sie sich noch einmal zu ihm um. »Es mag ein unpassender Moment sein, aber brauchst du unter Umständen dein Geld früher zurück?«

Konrad sah sie perplex an.

»Dein Darlehen für unser Geschäft«, ergänzte sie.

»Ja, ich weiß, aber wieso fragst du?«

»Na ja, die Beerdigung und all das wird dich einiges kosten, nehme ich mal an.«

»Das schaffe ich schon.«

»Sicher?«

»Natürlich. Ich habe euch das Geld geliehen, weil ich wusste, dass ich nicht darauf angewiesen bin«, bekräftigte er.

Sie sah einen Moment verträumt zum Fenster hinaus, bevor sie ihn plötzlich fixierte. »Sag mal, wie konntest du eigentlich so viel Geld heimlich beiseitelegen? Die Frage ist mir schon damals nicht aus dem Kopf gegangen.«

Der beiläufige Ton passte nicht zu ihrem forschenden Blick. Konrad spürte ihn, als ob er mit klammen Fingern über sein Gesicht tasten würde. Ein unangenehmes Gefühl – kalt und brennend zugleich. Sein Herzschlag beschleunigte abrupt, aber es gelang ihm, eine unbeteiligte Miene aufzusetzen. »Ich habe Glück gehabt«, meinte er.

»Glück?«

»Ja.«

Sie stützte eine Hand in die Hüfte. »Wie meinst du das?«

»Wie ich es sage.«
»Demnach bist du ein Glücksspieler?«
»Manchmal.«
»Das nehme ich dir nicht ab.«
»Deine Sache.«
Sie sah ihn lange an, dann lächelte sie, drehte sich um und verschwand im Flur. Kurz darauf klappte die Haustür. Konrad schob seinen Teller beiseite. Seine Hände zitterten. Irgendwo hatte er mal gelesen, dass eine einzige Veränderung ein ganzes System zum Einsturz bringen konnte. Der Boden war brüchig geworden. Vielleicht wartete er nur darauf, endlich einzustürzen.

★★★

Das Zusammenstellen der recht unvollständigen, weil zum großen Teil aus Vornamen und allgemeinen Beschreibungen bestehenden Gästeliste war nichts als ein harmloses Ratespiel gewesen. Dagegen fiel es ihr natürlich schwer, den genauen Tathergang in jener Nacht zu schildern, aber Johanna konnte ihr das nicht ersparen – das wussten sie beide, obwohl die Täterschaft geklärt war. In einem offiziellen Verfahren würde man eine klare und detaillierte Aussage von ihr fordern. Von einem Moment zum anderen konnte Emma nicht mehr still sitzen. Johannas Augen folgten ihr, während sie den Raum mit eiligen Schritten durchmaß, kurz stehen blieb, sich umdrehte und wieder zurücklief und dabei leise das Geschehen wiedergab. »Ich habe erst gedacht, es sei Dirk, aber da passte nichts zusammen. Der Mann war grob ... Ich hatte keine Chance.«

»Erinnern Sie sich an irgendwelche Details? Seine Größe? Gerüche? Charakteristisches in der Stimme? Eine Bemerkung? Haben Sie etwas wiedererkannt?«, warf Johanna rasch ein.

Emma hielt inne. »Nein. Der Geruch vom Kartoffelsack überdeckte alles. Außerdem sagte er nichts. Den Rest besorgten meine Angst und mein Bemühen, das Geschehen auszuschalten.« Sie setzte ihre Wanderung fort. »Ich bin durch die Hintertür in die Küche – ob mich jemand gesehen hat, als ich durch den Garten lief, weiß ich nicht. Möglich. Aber was heißt das schon? Meine Mutter hat mich dann nach oben gebracht. Das war es. Ich habe gebadet und bin ins Bett gegangen. Ich habe darum gebetet, dass es nur ein Alptraum war.«

»Was war am nächsten Morgen? Mit wem haben Sie als Erstes gesprochen?«

»Meine Mutter hat mir Tee und ein Schmerzmittel gebracht, irgendwann um die Mittagszeit. Ich bin im Bett geblieben. Das Zimmer blieb verdunkelt«, antwortete Emma. »Mehr weiß ich nicht. Der Tag verschwimmt in der Erinnerung.«

»Waren Sie nicht beim Arzt?«

»Nein.«

»Sind Sie nicht verletzt gewesen?«

Sie zuckte mit den Achseln. »Das weiß ich nicht mehr.«

»Sie hätten schwanger sein können.«

Emma blieb am Fenster stehen. »War ich nicht. Einige Tage später bekam ich meine Periode. Ich erinnere mich, weil der Schmerz so heftig war. Ich lag zwei Tage mit der Wärmflasche im Bett. Mein Vater war besorgt … Er brachte mir Pralinen und zwei Bücher mit, als er von der Arbeit kam, und richtete Grüße aus.«

»Von wem?«

»Richard«, antwortete Emma ebenso prompt wie verblüfft. »An was man sich so erinnert, ist ja schon eigentümlich.«

»Dieser Richard war auch auf der Feier?«

»Ja, ein Kollege meines Vaters.«

»Können Sie sich an den genauen Wortlaut erinnern?«

»Warum ist das wichtig?«

»Weiß ich noch nicht. Vielleicht ist es überhaupt nicht wichtig.«

Emma setzte sich wieder zu Johanna an den Tisch. »Mein Vater lächelte stolz – ›Ich soll dich vom Richard grüßen‹, meinte er. ›Der findet dich ganz reizend.‹«

»Können Sie sich entsinnen, während des Festes mit ihm gesprochen zu haben?«

»Ja, aber nur beiläufig. Wir haben auch mal zusammen getanzt.«

»Und an den Nachnamen erinnern Sie sich wirklich nicht? Ich möchte Ihren Vater nicht unnötig mit Fragen belasten«, meinte Johanna, was nicht ganz der Wahrheit entsprach.

Emma zögerte. »Hm ... warten Sie ... meine Mutter hat ihn begrüßt. Ja, Miranth oder Mierant oder so ähnlich. Ich glaube, der ist schon lange nicht mehr bei VW. Der hat sich selbstständig gemacht, in Richtung Umwelttechnik. Mein Vater erwähnte das mal beiläufig.«

»Lebt er noch in Wolfsburg?«

»Keine Ahnung.«

Johanna setzte ein Ausrufezeichen hinter den Namen. »Möchten Sie eine Pause machen?«, fragte sie, als sie wieder aufblickte.

Emma verneinte und beschrieb als Nächstes die Szene im Weingeschäft. Sie entsprach in allen Einzelheiten ihrer Mail an Johanna, was aber nicht weiter verwunderlich war, weil sie sich natürlich auch an ihren erst kürzlich niedergeschriebenen Text erinnerte.

»Das ist Ewigkeiten her. Willst du nicht mal langsam aufhören, mich damit unter Druck zu setzen?«, wiederholte Johanna nachdenklich. »Was genau meinte er eigentlich damit? Sie hat dafür gesorgt, dass niemand von der Tat, von seiner Schuld erfuhr, aber in welcher Weise hat sie ihren Bruder unter Druck gesetzt?«

»Sie hat ihn wahrscheinlich immer wieder daran erinnert, wie tief er in ihrer Schuld steht«, meinte Emma. »Das passt zu ihr.«

»Ja, seine Bemerkung klingt aber eher erpresserisch. Das hat mich schon die ganze Zeit stutzig gemacht.«

Emma stützte ihr Kinn in die Hand.

»Sie muss irgendeinen Vorteil aus der Situation gezogen haben«, fuhr Johanna fort. »Dazu passt sein Einwand, dass es Ihrer Mutter doch gar nicht um Sie, die Tochter, ging, sondern um sich selbst, worauf Ruth ihm dann entgegenhält, ich zitiere mit Ihren Worten: ›um uns, es geht um uns‹. Gebe ich die Worte korrekt wieder?«

Emma nickte, während Johanna plötzlich ein eigentümliches

Gefühl beschlich. Weshalb hatte Ruth die Wahrheit verschwiegen, was hatte sie im Sinn gehabt? Sie malte einige Kringel in ihr Notizheft. Eva Buchner hatte erzählt, dass Michael der Einzige war, der Ruth Herzlichkeit entlocken konnte, und mit der kindlichen Emma hatte ihn eine innige Beziehung verbunden.

»Sie hat mich immer gehasst«, sagte Emma leise. »Wie kann so etwas sein? Hätte es nicht genügt, mich einfach nicht zu mögen? Warum gleich Hass?« Ihre Stimme zitterte.

Johanna spürte, dass Emma am Ende ihrer Kräfte war. Sie selbst spürte den Schlafmangel und die Anstrengungen der letzten Stunden inzwischen wie ein tonnenschweres Gewicht auf ihren Schultern. »Lassen Sie uns die letzte Szene besprechen, als Sie Ihre Mutter aufsuchten«, schlug sie vor.

Emma schluckte und legte ihre Hände auf den Tisch. »Ich habe sie am Sonntag nach der Feier im Weinladen angerufen. Ich wollte, dass sie mir Rede und Antwort steht. Das hat sie nicht getan. Sie hat sich kaum zwei Sätze angehört, mich sofort abgewürgt und kurz darauf die Verbindung unterbrochen, ohne sich zu verabschieden. Ich war fassungslos. Tagelang habe ich einfach nicht gewusst, wie ich mich verhalten soll. Ich war hin- und hergerissen und ... ja: wie gelähmt. Irgendwann wusste ich, dass ich aktiv werden muss.« Sie brach ab.

»Haben Sie nicht daran gedacht, sich an Michael zu wenden?«, fragte Johanna. »Und ihn zur Rede zu stellen?«

»Ich wollte zuerst mit ihr sprechen. Sie sollte mir ins Gesicht sagen, dass tatsächlich ihr Bruder über mich hergefallen war und sie es die ganze Zeit gewusst hatte. Ich wollte ihre Beweggründe erfahren.« Emma trank einen Schluck Wasser und sammelte sich einen Moment. »Ich fuhr Montagmittag nach Wolfsburg – ich wusste, dass sie um diese Zeit alleine zu Hause sein würde. Sie machte auf mein Klingeln zunächst nicht auf. Dann hörte ich Geräusche aus dem Garten und sah durch die Hecke, dass sie Unkraut jätete. Sie schimpfte ...«

»Worüber?«

»Über Tierkot auf den Beeten, Maulwurfshügel und so was. Sie war keine Tierfreundin, ganz im Gegenteil.« Emma zuckte mit den Achseln. »Ich rief nach ihr. Sie blickte auf und erstarrte förmlich. ›Lass mich rein‹, rief ich ihr zu, ›wir haben zu reden.‹ Sie war unschlüssig, ging aber schließlich durch die Terrasse ins Haus und öffnete die Tür. Ich sagte ihr, dass ich alles wüsste – was Michael getan hat, wessen sie sich schuldig gemacht hatte und dass ich die Geschichte breittreten würde. Sie hat mich angebrüllt, ich habe zurückgebrüllt, dass sie mir eine Erklärung schuldig sei, wenigstens das! Schließlich hat sie mich an den Armen gepackt und zur Tür gestoßen, ich habe mich aus ihrem Griff befreit und ihr zitternd versprochen, dass alle Welt erfahren würde, was sie für eine sei … Keine fünf Minuten nach meiner Ankunft stand ich wieder draußen, na ja, vielleicht waren es auch sieben Minuten. Ich weiß gar nicht mehr, wie ich nach Hause gekommen bin …«

»Später meldete sich Ihr Vater, und Sie erfuhren, was passiert war«, fuhr Johanna fort.

»Ja, mein erster Gedanke war, dass sie gestürzt ist – weil sie aufgebracht war und deswegen ins Stolpern geriet. Vielleicht stand die Tür zum Keller auf. Das war zwar streng verboten, als ich noch zu Hause wohnte, aber wer weiß … Dann stellte sich heraus, dass es nicht nur um einen Sturz ging, sondern um Totschlag oder sogar Mord. Die Polizei ermittelte, und mir war klar, dass der Verdacht sofort auf mich fallen würde.«

Johanna beugte sich über den Tisch vor. »Als Sie das Haus verließen, ist Ihnen da irgendetwas aufgefallen? Ein Auto? Jemand, der in der Nähe des Grundstücks herumlungerte? Sie anstarrte? Etwas in der Art.«

»Da hätte eine ganze Fußballmannschaft herumstehen können – ich hätte keinen Blick dafür gehabt, so aufgewühlt, wie ich war«, antwortete Emma.

Johanna glaubte ihr aufs Wort. Zwei, drei Minuten vergingen in tiefem Schweigen. »Frau Arnold, warum haben Sie nie mit Ihrem Vater gesprochen?«

Emma überlegte nur kurz. »Ich hatte Angst, dass er sich so verhalten würde wie immer«, sagte sie dann schlicht. »Er war schon immer ein Duckmäuser. Warum hätte ich ihm vertrauen und eine weitere Enttäuschung riskieren sollen? Das hätte ich nicht ertragen.«

Johanna ließ die Bemerkung unkommentiert stehen. Ihr war hundeelend.

»Was werden Sie jetzt machen?«, fragte Emma schließlich.

»Ich fahre zurück nach Wolfsburg und werde weiterermitteln. Ihr Aufenthaltsort bleibt unter uns, aber es wäre mir sehr lieb, wenn wir zukünftig direkter kommunizieren könnten und nicht den Umweg über den Account Ihrer Freundin gehen müssten – so sympathisch und hilfsbereit Frau Buchner auch ist.« Sie wühlte in ihrem Rucksack nach einer Visitenkarte und reichte sie Emma.

»Ich maile Ihnen.«

»Tun Sie das.« Johanna stand auf und ging langsam zur Tür.

»Ich würde Ihnen so gerne vertrauen«, sagte Emma leise.

Johanna spürte, dass ihr Hals eng wurde. Sie konnte sich nicht entsinnen, dass jemals eine Tatverdächtige so mit ihr gesprochen hatte – um genau zu sein, wusste sie nicht zu sagen, ob überhaupt schon einmal jemand so mit ihr gesprochen hatte. Sie streckte die Hand aus. Emma drückte sie.

ZWÖLF

Johanna war hinter Rostock auf einen Parkplatz gefahren, hatte den Sitz zurückgestellt und war sofort erschöpft in Tiefschlaf gefallen. Als sie aufwachte, waren mehr als zwei Stunden vergangen, und der Nachmittag verabschiedete sich allmählich. Sie fühlte sich erstaunlich frisch. Das macht die Ostsee, dachte sie. Sie steuerte den nächsten Rastplatz an, um sich mit Bratkartoffeln und Schnitzel zu stärken. Für ein Raststättenessen war die Mahlzeit ausgesprochen gut, und am Espresso gab es auch nichts zu meckern. Anschließend vertrat sie sich die Beine und rief als Erstes Arthur Köster an. Der Kommissar hatte natürlich kein freies Wochenende, aber immerhin liefen die Ermittlungen in seinem aktuellen Fall inzwischen in geordneten Bahnen, wie er berichtete. »Und bei Ihnen? Neuigkeiten? Oder genießen Sie ein paar ruhigere Stunden?«

Johanna hatte beschlossen, ihren Rügen-Ausflug vorerst zu verschweigen, zumindest Köster gegenüber. Rein formal gesehen, wäre er gezwungen zu handeln, wenn er den Aufenthaltsort der Flüchtigen auch nur ahnte, und sie wollte ihn in keinen unnötigen Gewissenskonflikt stürzen. »Nein. Der Fall lässt mir keine Ruhe, und diese Familie wird mir immer suspekter«, erwiderte sie. »Kann ich Ihre Hilfe für eine Recherche in Anspruch nehmen?«, schob sie spontan hinterher.

»Na klar – worum geht es?«

»Ich brauche Informationen zu einem Mann namens Richard Miranth oder Mierant oder so ähnlich. Er war ein Kollege von Konrad Griegor und kann unter Umständen Erhellendes zu der verhängnisvollen Geburtstagsfeier beitragen. Bei VW ist er schon länger nicht mehr. Er hat sich selbstständig gemacht, ich weiß zwar nicht, wann und wo, aber der Mann ist mit großer Wahrscheinlichkeit auch Ingenieur.«

»Das dürfte nicht allzu schwierig sein.« Ein leichtes Zögern war Kösters Stimme anzuhören. »Warum fragen Sie nicht einfach Griegor?«

»Er muss nicht mitbekommen, was ich alles wissen möchte.«
»Nun gut. Ich melde mich, sobald ich fündig geworden bin. Ach übrigens, was die Alibis der Beisners angeht, so warte ich noch auf den Rückruf eines Teilnehmers des Weinseminars, der zurzeit auf Geschäftsreise in Spanien ist. Das wäre dann der Letzte auf der Liste, den ich ein zweites Mal befrage. Die anderen haben lediglich ihre ersten Aussagen bestätigt. Aber man soll die Hoffnung ja nie aufgeben.«
»Genau so ist es. Ich danke Ihnen.«

Johanna glaubte nicht, dass jener Richard Miranth eine zentrale Rolle in der Geschichte spielte, dennoch legte sie Wert auf eine Überprüfung, zumal das Gespräch mit einem Nicht-Familienmitglied durchaus interessante Anhaltspunkte mit sich bringen könnte. Vielleicht war ihm auf Ruths Geburtstagsfeier etwas aufgefallen. In dem anschließenden Telefonat mit Annegret Kuhl, die auch am Wochenende für sie erreichbar war, ließ Johanna durchblicken, dass sie Emmas Unschuldsbeteuerungen inzwischen anders gewichtete.

»Ach ja? Warum? Hat sie weitere Mails geschickt?«, fragte die Staatsanwältin verblüfft.

»So in etwa«, entgegnete Johanna gedehnt. »Sie ist sehr überzeugend.«

Einen Moment blieb es still.

»Sie wollen im Augenblick nicht deutlicher werden?«

»So in etwa«, wiederholte Johanna. Sie war sicher, dass die Staatsanwältin den Wink verstand und die Schlussfolgerung zog, dass ein persönliches Gespräch zwischen ihr und Emma stattgefunden hatte. Auch Kuhl musste zum jetzigen Zeitpunkt nicht wissen, dass Johanna Emmas Versteck ausfindig gemacht und sie besucht hatte. So konnte sich wenigstens eine von ihnen halbwegs elegant aus der Affäre ziehen, sollte der Fall in eine völlig andere Richtung laufen, als es sich im Moment abzeichnete. Johanna hätte dann den Schwarzen Peter. *Und ich bin Kummer gewöhnt*, dachte sie. *Schwarzer Peter. Peter. Mein Bruder.*

»Ich ahne, was Sie mir sagen wollen – zumindest bilde ich mir das ein –, und ich hoffe, dass Sie wissen, was Sie tun«, meinte Kuhl schließlich.

»Das hoffe ich auch.« Johanna räusperte sich. »Ich habe gerade veranlasst, dass ein Exkollege von Konrad Griegor überprüft wird. Er war, wie ich erfahren habe, vor zwanzig Jahren auch Gast im Hause der Griegors. Möglich, dass er das eine oder andere beitragen kann. Ich möchte das zumindest nicht ausschließen.«

»Gut. Bitte kontaktieren Sie mich zeitnah.«

»Tue ich. Ein schönes Wochenende, Frau Kuhl.«

Zehn Minuten später fuhr Johanna wieder auf die Autobahn. Bei störungsfrei fließendem Verkehr benötigte sie noch schätzungsweise drei Stunden bis Wolfsburg. Sie ließ ihren Gedanken freien Lauf. Immer wieder tauchte Emmas blasses Gesicht vor ihrem inneren Auge auf, ihre fahrigen Hände, der unstete Blick, der im entscheidenden Moment doch immer wieder ihrem standhielt. Das Zittern ihrer Stimme klang wie ein Echo nach. Doch bei aller Überzeugungskraft, die Johanna zu spüren meinte, bei allem Vertrauen, das die junge Frau ihr entgegenbrachte: Emma war als mögliche und wahrscheinliche Täterin nicht aus dem Spiel. Trotz oder auch gerade wegen ihres Mitgefühls und ihrer offensichtlichen Betroffenheit durfte Johanna den Fokus keinesfalls verengen.

Das Trauma der Vergewaltigung lastete seit zwei Jahrzehnten auf ihrer Seele, die zutiefst gestörte Mutter-Tochter-Beziehung existierte ein Leben lang. Der Schock nach dem belauschten Gespräch zwischen Ruth und Michael hatte sie tagelang außer Gefecht gesetzt. Schließlich machte sie sich auf den Weg, um dann eine aggressiv-abweisende Reaktion ihrer Mutter, in der die sich sogar zu Handgreiflichkeiten hinreißen ließ, zu erfahren. Es brauchte oftmals weniger, die Nerven zu verlieren und für Augenblicke nur noch eines im Sinn zu haben: Zerstörung. Einen Menschen zu töten erforderte deutlich weniger Zeit, als ihn zu zeugen, hatte mal ein Kollege bemerkt. Die Tat wurde anschließend im Schock ausgeblendet, und zwar so perfekt, dass Emma ihrer eigenen Version blind vertraute.

Vielleicht war Ruth im Zusammenhang mit dem Geschubse im Flur die Treppe hinuntergefallen und hatte, selbst schwer verletzt am Boden liegend, aber noch bei Bewusstsein, kein gutes Wort für ihre Tochter gefunden. Der Streit war quasi weitergegangen. Emma war ihr die Treppe hinunter gefolgt und hatte sich schließlich das nächstbeste Werkzeug oder ein Gartengerät geschnappt und zugeschlagen, bis endlich Ruhe herrschte. So ein Szenario war denkbar und nachvollziehbar. Johanna hoffte dennoch, dass es nicht so gewesen war. Und was war mit der Tatwaffe? Hatte Emma sie unterwegs entsorgt und verdrängte auch diese Handlung?

Blieb noch die Frage, warum Ruth ihren Bruder gedeckt hatte. Weil Emma ihr ohnehin nichts bedeutete und ihr der Bruder näherstand? Um der Familie polizeiliche Ermittlungen zu ersparen? Scham und Angst vor der öffentlichen Reaktion? Aber was genau hatte sie von ihm für ihr Schweigen verlangt? Über all die Jahre hinweg? Es war zwar unwahrscheinlich, aber auch nicht restlos auszuschließen, dass Emma den Wortwechsel missverstanden oder Zusammenhänge hergestellt hatte, die gar nicht existierten.

Zu viele Fragen, zu viele Unwägbarkeiten, dachte Johanna. Und darum ist es besonders wichtig, die Fakten in den Vordergrund zu stellen.

***

Köster arbeitete seinen Aktenstapel zügig ab, kontrollierte Vernehmungsprotokolle und Berichte und brauchte schließlich kaum zwanzig Minuten, bis der Computer den Namen Richard Mieranth ausspuckte und biografische und berufliche Rahmen- sowie Meldedaten präsentierte. Der Ingenieur war sechzig Jahre alt, in zweiter Ehe verheiratet, Vater von zwei Kindern und ab Ende der Siebziger gut zwanzig Jahre bei Volkswagen in der Forschungsabteilung tätig und ein Kollege von Griegor gewesen. Er war Mitte vierzig, als er den Neustart wagte und in die Geschäftsführung eines kleinen Ingenieurbüros in Braunschweig einstieg, das hauptsächlich im Bereich der Umwelttechnik tätig war und seinen Schwerpunkt auf Industrie- und Gewerbebauten legte. So weit, so gut.

Interessant war die Tatsache, dass die kleine Firma in den

letzten Jahren bei zwei Steuerprüfungen auffällig geworden war, wie Köster weiter recherchierte. In beiden Fällen kam es zu weiteren Ermittlungen der Steuerfahndungsbehörde, die jedoch keine schwerwiegenden Beweise zutage gefördert hatten, und da die Nachprüfungen ohne neuerliche Beanstandungen über die Bühne gegangen waren, fanden sich an der Stelle keine weiteren Hinweise.

Köster war sicher, dass Kommissarin Krass genauer über die Hintergründe Bescheid wissen wollte, auch wenn auf den ersten Blick keinerlei Zusammenhang mit ihrem Fall zu erkennen war, und griff zum Telefonhörer. Mit dem seinerzeit ermittelnden Steuerfahnder hatte Köster nicht nur mehrere Schulungen zum Thema Wirtschaftskriminalität besucht, sie kannten sich auch vom Polizeisport. Paul Stier leitete eine Aikidogruppe, in der Köster regelmäßig trainierte. An einem sommerlichen Samstagnachmittag war er entweder im Training, sonnte sich auf seinem Balkon, möglicherweise meditierend, oder saß am Schreibtisch.

»Ich bin auf dem Weg zum Allersee«, erklärte Stier keine Minute später. »Was Wichtiges?«

Köster schmunzelte. »Möglicherweise. Du hast vor einigen Jahren gleich zweimal in einem Ingenieurbüro nach Steuergeldern gefahndet.«

»Das ist mein Job«, gab Stier amüsiert zurück.

»Sagt dir der Name Richard Mieranth etwas?«

»Und ob. Dem konnten wir leider nie etwas nachweisen. Ich bin aber sicher, dass in dem Laden etwas faul war und Mieranth dabei die Fäden zog und wahrscheinlich immer noch zieht«, entgegnete Stier sofort.

»Warum?«

»Wir entdeckten mehr als nur ein paar undurchsichtige Rechnungen, die bei der Prüfung aufgefallen waren, und zwar nicht nur bezüglich der steuerlichen Belange.«

»Sondern?«

»Das kleine Geschäft warf, zumindest auf den Prüfungszeitraum des Finanzamtes bezogen, eine Menge Geld ab. Die hatten lukrativste Aufträge an Land gezogen, obwohl in dem Unternehmen meist nur sechs, sieben, höchstens mal zehn Leute angestellt waren. Die Hälfte von ihnen wurde nur kurzfristig beschäftigt, wenn die aktuelle Auftragslage es gerade erforderte. Zumindest handhabten die das seinerzeit so«, erläuterte Stier. »Dennoch fanden wir keine gerichtsverwertbaren Beweise. Ein pfiffiger Wirtschaftsfachmann hatte da wohl in aller Eile noch einiges geradegezogen. Mieranth sitzt übrigens im Chefsessel, seit er den Mann, der den Betrieb ursprünglich mal aufgezogen hatte, schlicht kaltstellte. Der ist kurz nach der ersten Steuerfahndung gegangen beziehungsweise gegangen worden, wie mir ein Mitarbeiter hinter vorgehaltener Hand versicherte.«

»Hast du den Namen parat?«

»Warte mal, ja ... Simon Greif.«

»Ich bewundere dein Namensgedächtnis«, lobte Köster und machte sich eilig eine Notiz.

»Danke«, sagte Stier schlicht.

»Und was vermutest du – Geldwäsche?«

»Tja, halte ich für möglich, aber bloße Vermutungen bringen nichts, wie du ja selbst täglich erfährst. Und was wollt ihr von ihm?«

»Das weiß ich noch nicht. Wahrscheinlich lediglich eine Zeugenaussage im Zusammenhang mit einem Familiendrama, das kürzlich ein Todesopfer forderte. Schaffst du es, mir ein paar Details zu eurer Fahndung zusammenzustellen? Das muss ja nicht heute sein.«

»Na klar.«

»Ach, da wir gerade beim Thema sind und dein Gedächtnis so hervorragend funktioniert – ist dir der Name Konrad Griegor in dem Zusammenhang irgendwie mal untergekommen?«

»Auf Anhieb klingelt da nichts bei mir.«

»Emma Arnold?«

»Auch nicht.«

»Okay, danke dir erst mal. Viel Spaß am Allersee.«

»Werde ich haben. Wann kommst du eigentlich mal wieder ins Training?«

Köster versprach, sich in der kommenden Woche auf der Matte einzufinden. Anschließend holte er sich einen Saft vom

Automaten und setzte sich erneut an den Computer, um Daten zu Simon Greif herauszusuchen. Der Mann hatte vor einem Jahr Suizid begangen. Köster nahm sich zwei Minuten Zeit zum Grübeln, dann rief er die Kommissarin an, um ihr Bericht zu erstatten.

»Gibt es eine Witwe Greif?«, fragte sie.

Köster warf einen Blick in den Computer. »Gibt es. Wollen Sie mit ihr sprechen?«

»Ich bin unterwegs und brauche noch eine Weile«, erwiderte sie ausweichend. »Würde es Ihnen etwas ausmachen, schon mal vorzutasten?«

Köster verkniff sich ein Seufzen, und er verkniff sich auch die Frage, wo die BKA-Kollegin war. Er hatte mitbekommen, dass sie im Auto saß, aber natürlich war sie ihm keinerlei Rechenschaft schuldig. »Ja, ich versuche mal mein Glück«, versprach er.

»Danke, Kollege.«

Die zweiundfünfzigjährige Stefanie Greif war nach dem Tod ihres Mannes nach Wolfsburg gezogen, wo auch ihre Kinder lebten, die bei VW beschäftigt waren. Wo sonst? Die Witwe arbeitete als Krankenschwester im Hospizhaus in der Eichendorffstraße und hatte auf Kösters Gesprächsbitte erfreulich entgegenkommend reagiert.

»Ich bin gerade vom Dienst gekommen«, sagte sie. »Lassen Sie mir eine halbe Stunde Zeit, um mich frisch zu machen und abzuschalten. Dann können Sie gerne vorbeikommen.«

Köster stand knapp vierzig Minuten später vor ihrer Haustür im Rilkehof, wo sie im obersten Stock wohnte. Stefanie Greif blickte ihm neugierig entgegen, und er mochte sie auf Anhieb. Ihr Lächeln war offen, der Blick direkt, in ihrem dunklen, vollen Haar schimmerte völlig selbstverständlich das Grau. Sie nahmen auf dem Balkon Platz, die Abenddämmerung genießen, wie Greif bemerkte. »Kann ich Ihnen etwas zu trinken anbieten, Herr Kommissar?«

Köster entschied sich für ein alkoholfreies Bier und machte es sich in dem Korbsessel bequem. Eine Weile ließ er den Blick über die Dächer schweifen. Irgendwo im Hinterhof wurde ein Grill in Betrieb genommen. Es roch nach Bratwurst. Lautes Lachen erklang.

»Was genau führt Sie zu mir?«, ergriff Stefanie Greif schließlich das Wort.

Köster hatte am Telefon lediglich von einer Überprüfung gesprochen, in der es auch um Richard Mieranth und seine Firma ging.

»Das ist gar nicht so einfach zu erklären«, entgegnete der Kommissar. »Wir ermitteln in einer Straftat, bei der auch lange zurückliegende Ereignisse eine Rolle spielen. In dem Zusammenhang sind wir auf Mieranth gestoßen. Genauer kann ich es Ihnen im Moment leider nicht erklären, zumal ich noch gar nicht weiß, inwiefern unser Gespräch tatsächlich für die laufende Ermittlung bedeutsam sein könnte.«

»Aha.« Sie warf ihm einen amüsierten Blick zu, bevor sie plötzlich ernst wurde. »Ich bin nicht besonders gut auf Richard zu sprechen«, bemerkte sie. »Das sollten Sie wissen.«

»Würden Sie mir die Hintergründe erläutern?«

Sie überlegte kurz. »Warum nicht? Aber verraten Sie mir doch bitte vorher noch, ob es sich hierbei um eine offizielle Vernehmung handelt.«

»Ganz und gar nicht«, entgegnete er. »Ich suche das Gespräch mit Ihnen, um mich zu informieren. Offiziell würde das Ganze erst werden, wenn Sie eine Aussage zu Protokoll geben und unterschreiben würden – und darum bitte ich Sie nur, wenn es wirklich nötig ist.«

»Nun gut. Mein Mann hat Anfang der neunziger Jahre begonnen, einen kleinen Ingenieurbetrieb in Braunschweig aufzubauen, wie Sie sicherlich wissen«, hob Stefanie Greif an. »Die Selbstständigkeit war immer sein Ziel gewesen. Es hat einige Zeit gedauert, bis das Geschäft lief, aber schließlich konnte er zwei weitere Ingenieure einstellen und investieren. Die Auftragslage wurde immer besser, es hatte sich herumgesprochen, dass der Betrieb zuverlässig und flexibel war und auch umfangreiche Projekte managen konnte. Einige Zeit später stieß Richard Mieranth dazu – mein Mann war begeistert von ihm, denn Richard hatte bei VW gearbeitet, brachte entsprechende Qualifikationen mit, und er wollte Verantwortung übernehmen, auch finanziell ...«

»Er hat sich quasi eingekauft?«, fragte Köster dazwischen.

»Ja, richtig. Ich verstehe nicht viel von den kaufmännischen Dingen, von Buchhaltung und alldem, aber ich erinnere mich, dass sie wenig später eine GmbH gründeten und Mieranth Geld einzahlte. Das Geschäft sollte erweitert werden.«

»Keine schlechte Idee, oder?«, fragte Köster.

»Anfangs lief es hervorragend«, stimmte Stefanie Greif zu. »Richard hatte gute Kontakte, auch in den neuen Bundesländern, viele Ideen. Er war umtriebig und mitreißend, aber bei aller Begeisterung ...« Sie schüttelte langsam den Kopf. »Um es kurz zu machen – ich hatte zunehmend stärker den Eindruck, dass es nicht mehr die Firma meines Mannes war, nicht mehr der Betrieb, um den es ihm mal gegangen war. Mieranth wurde immer mehr zum großen Macher, während Simon zunehmend die Übersicht verlor und die Fäden aus der Hand gab.«

»Auch hinsichtlich steuerlicher Aspekte?«

Stefanie Greif hob eine Braue. »Sie sind aber gut informiert. Die Steuerfahndung hat die Bücher gewälzt und jeden Beleg geprüft – ohne Ergebnis allerdings.«

»Wie hat Ihr Mann darauf reagiert?«

»Er war ziemlich perplex – er konnte sich überhaupt nicht erklären, was da schiefgelaufen war. Als die Fahnder auf der Matte standen, gab es eine Menge Zoff, und seitdem war der Wurm drin«, berichtete sie. »Es hat dann nicht mehr allzu lange gedauert, bis Simon beschloss, sich auszahlen zu lassen und zu gehen. Richard machte keinerlei Anstalten, ihn aufzuhalten. Ich hatte den Eindruck, dass er es kaum abwarten konnte, die Firma nun auch offiziell alleine zu leiten. Das ist jetzt ungefähr fünf Jahre her.«

»Hatten Sie beziehungsweise Ihr Mann seitdem noch Kontakt zu Mieranth?«

»Nein, da herrschte absolute Funkstille, aber wir haben mitbekommen, dass es einige Zeit später noch einmal eine Steuerermittlung gab, doch Simon mochte sich nicht dazu äußern ...« Stefanie Greif atmete tief ein. »Die Geschichte hat ihm das Genick gebrochen. Er fühlte sich gescheitert, auf ganzer Linie. In der Folge hat er zwar regelmäßig als Freiberufler Aufträge angenommen und anfänglich mit aller Macht versucht, sich nichts anmerken zu lassen, aber er ist nie wieder richtig auf die Beine gekommen. Dazu kamen, zumindest zeitweise, finanzielle Probleme. Wir mussten unseren Lebensstil herunterschrauben. Ich fand das gar nicht so schlimm. Er schon.« Ihr Blick schweifte über die Balkonbrüstung. »Er hat angefangen zu trinken. Irgendwann war nichts mehr wie vorher«, fügte sie leise hinzu. »Am schlimmsten war, dass er überhaupt keine Selbstachtung mehr hatte. Und ich konnte ihm nicht helfen. Wenn ein Mensch seine Selbstachtung verliert, geht gar nichts mehr. Jegliche Zuwendung und Liebe prallt an ihm ab.«

Köster strich über seinen blanken Schädel. Sein Unbehagen wuchs.

»Er hat Schlaftabletten genommen und sie mit Wodka heruntergespült«, fuhr Stefanie Greif nach kurzem Schweigen fort. »Als ich nach Hause kam und ihn fand, hatte ich das Gefühl, die ganze Zeit genau damit gerechnet zu haben. Und ich war wütend, unendlich wütend – gibt es nichts Wichtigeres als so eine blöde Firma? Das Leben ist auch ohne sie weitergegangen ... für mich jedenfalls.« Sie warf Köster plötzlich einen verlegenen Seitenblick zu. »Entschuldigen Sie bitte, so genau wollten Sie es wahrscheinlich gar nicht wissen.«

»Doch«, erwiderte Köster schnell. »Ich will es meistens sehr genau wissen, und verständlicherweise sind Sie sehr aufgebracht.«

»Er hat einen Brief hinterlassen, der mich noch wütender gemacht hat«, fügte sie nach kurzer Pause hinzu. »Eine einzige Jammerei darüber, was alles schiefgegangen sei in seinem Leben, wenigstens das Ende wollte er im Griff haben, und ich sei ja an den Umgang mit dem Tod gewöhnt. Als wäre es durch meine Tätigkeit als Krankenschwester leichter für mich gewesen, ihn tot aufzufinden – und ohne ihn weiterzumachen, wohl wissend, dass ich, die Kinder, die Familie seine Entscheidung nicht hatten beeinflussen können und bei seiner persönlichen Lebensbilanz kaum Gewicht in die Waagschale geworfen hatten ... Verstehen Sie?«

Köster hielt kurz den Atem an. »Ich glaube, ja.« Das alles hörte sich ziemlich fürchterlich an. »Darf ich Ihnen noch eine Frage stellen?«

»Natürlich.«

»Haben Sie irgendeine Vermutung oder auch nur eine vage Idee, worauf sich der geschäftliche Konflikt zwischen den beiden gründete?«, fragte er.

Stefanie Greif verschränkte die Hände, ihr Blick war nachdenklich. »Ich hatte den Eindruck, dass Richard Mieranth Entscheidungen getroffen hatte, von denen Simon nichts wusste oder die er nicht guthieß. Deutlicher ist er mir gegenüber aber nie geworden. Möglicherweise hatte Richard versucht, Rechnungen zu manipulieren – ich meine, die Fahnder hatten ja wohl einen begründeten Verdacht, sonst wären sie kaum in Aktion getreten, schon gar nicht mehrmals.«

Wohl wahr. Köster machte sich einige Notizen und trank einen Schluck von seinem Bier. »Sagt Ihnen eigentlich der Name Griegor etwas? Konrad Griegor?«

»Nein. Tut mir leid.«

Als Köster den Heimweg antrat, schwankten seine Gefühle zwischen Beklemmung angesichts Stefanie Greifs eindringlicher Erzählung und Ernüchterung in Anbetracht der Tatsache, dass er sich diesen Kummer völlig umsonst angehört hatte. Kommissarin Krass ging nicht an ihr Handy, und so sprach Köster ihr die wesentlichen Infos auf die Mobilbox, bevor er zu Hause unter die Dusche stieg und anschließend die Musikanlage aufdrehte.

DREIZEHN

Johanna war unschlüssig gewesen, ob sie Konrad Griegor gleich nach ihrer Rückkehr von Rügen aufsuchen oder ihm und auch sich selbst noch einen Tag Zeit lassen sollte, um ausgeruht und mit etwas Abstand über seine Tochter und das Leid, das ihr widerfahren war, zu reden. Andererseits gab es dringenden und unaufschiebbaren Gesprächsbedarf, auch hinsichtlich seines Exkollegen. Kösters Informationen über Mieranth klangen interessant, auch wenn sie nicht unmittelbar mit dem Fall zu tun hatten, und sie war gespannt, wie Griegor ihn beschreiben würde – mehr noch: Sie hielt es für sinnvoll, zunächst seine Einschätzung zu hören, bevor sie Mieranth aufsuchte.

Also fuhr sie nach kurzem Abwägen über Nordsteimke. Doch Konrad Griegor war zu ihrer Verblüffung nicht einmal bereit, sie ins Haus zu lassen. Das war Johanna schon lange nicht mehr passiert. Er hatte die Tür lediglich einen schmalen Spalt geöffnet. »Es gibt nichts mehr zu reden, Frau Kommissarin«, sagte er knapp.

»Sie täuschen sich«, erwiderte Johanna. Griegor sah schlecht aus – unrasiert und blass, so viel konnte sie von seinem Gesicht erkennen. »Unsere Recherchen machen weitere Befragungen nötig, und es ist wenig sinnvoll, sie hinauszuzögern. Immerhin geht es um Ihre Tochter.«

»Das ist mir klar.«

»Warum lassen Sie mich dann nicht herein?«

»Ich fühle mich nicht sonderlich wohl, und ich brauche dringend Ruhe.«

Das war ihm zweifellos anzusehen. Er wirkte krank und niedergeschlagen, und das wesentlich auffälliger als kurz nach dem Tod seiner Frau. Bei manchen Angehörigen stellte sich der Schock erst später ein, wenn der erste Aufruhr gerade bewältigt schien, was sich dann als Trugschluss entpuppte. »Das kann ich gut verstehen, Herr Griegor, ich möchte Sie aber dennoch bitten, mit uns zu kooperieren. Wissen Sie eigentlich, was am vierzigsten Geburtstag Ihrer Frau passiert ist? Dass damals möglicherweise alles seinen Anfang genommen hat?«

Er starrte sie blicklos an. »Verstehen Sie nicht – ich brauche meine Ruhe, und zwar sofort«, wiederholte er schließlich und schloss die Tür ohne ein weiteres Wort.

Johanna atmete zweimal tief durch, dann machte sie sich auf den Weg ins Hotel. Feierabend, dachte sie. Morgen ist auch noch ein Tag. Kaum auf dem Zimmer angekommen, schaltete sie den Fernseher ein, aber die rotierenden Gedanken beruhigten sich erst, nachdem sie die Unterredung mit Emma zu einem Bericht zusammengefasst hatte, in den auch Kösters Recherchen zu Mieranths Firma einflossen. Sie duschte, bestellte sich ein Glas Wein und eine Schale Kräcker aufs Zimmer und streckte sich auf dem Bett aus. Sie fühlte sich ausgelaugt, zittrig vor Erschöpfung und schlief schneller ein, als sie zu hoffen gewagt hatte.

Sie träumte vom Meer. Kinder liefen am Strand entlang. Johanna war eines von ihnen. Nackt und laut kreischend sprangen sie in die eiskalten Wellen. Das Salz brannte auf den Lippen, die Sonne tauchte die Szene in goldenes Licht. Wie friedvoll, dachte Johanna, und sie wusste nicht, ob dieser Gedanke vom Traumkind stammte, dessen unbeschwerte Fröhlichkeit die Schlafende wie gebannt in sich aufsaugte, oder ob dieser Eindruck in ihr selbst, der erwachsenen Johanna, entstand. Vielleicht spielte das auch gar keine Rolle, und es tat einfach nur gut, die Stimmung fernab aller Familiendramen zu genießen.

Köster hatte während einer kurzen telefonischen Lagebesprechung am späten Sonntagmorgen vorgeschlagen, gemeinsam zunächst nach Braunschweig zu fahren, um mit Mieranth zu sprechen und anschließend Konrad Griegor von der Notwendigkeit eines weiteren Gesprächs zu überzeugen. »Falls er sich wieder weigert, würde ich ihn glatt mit in die Dienststelle nehmen«, erläuterte Köster, als Johanna eine halbe Stunde später in seinem Wagen Platz genommen und einen Guten Morgen gewünscht hatte.

Sie hatte durchaus ihre Bedenken, ob sie bei dem Mann mit Forschheit sehr viel weiterkamen, andererseits durfte bei aller Rücksicht auf seine Erschütterung und die heftigen Nachbeben der Geschehnisse keinesfalls die gesamte Ermittlung leiden.

»Gut, wir werden sehen.«

Köster berichtete, dass Mieranth nicht zu Hause, sondern in der Firma sei, wie ihm dessen Frau am Telefon gesagt hatte.

»Weiß er, dass wir auf dem Weg sind?«

»Falls sie ihn nicht informiert, dürfte unser Besuch eine Überraschung sein.«

»Vielleicht hält er uns für Steuerfahnder.« Johanna griente. »Es gibt Leute, die lieber zu einer laufenden Mordermittlung befragt werden als zu ihrer letzten Steuererklärung.«

Mieranths Ingenieurbetrieb befand sich im Gewerbegebiet an der Celler Straße in einem zweistöckigen, schmucklosen Gebäude, in dem auch ein Architekt und Stadtplaner residierte. Auf dem Parkplatz stand ein dunkelblauer Audi der Spitzenklasse.

»Den hätte ich auch gerne«, meinte Köster und musterte den Wagen mit anerkennenden Blicken, bevor er die Eingangsstufen hocheilte und Johanna galant den Vortritt ließ.

Richard Mieranth öffnete die Tür nach zweimaligem Klopfen und reagierte sichtlich perplex, als die beiden Kommissare sich vorstellten. Sein Blick wanderte von Kösters glattem Schädel zu Johanna und wieder zurück. »Polizei?« Er runzelte die Stirn. »Worum geht es denn?«

»Sagt Ihnen der Name Griegor etwas?«, fragte Johanna.

Das Stirnrunzeln vertiefte sich. Mieranth ließ eine Hand sinken und gab die Tür nach kurzem Zögern frei. »Treten Sie doch ein, bitte.«

Mieranth hatte offensichtlich eine ganze Menge liegen gebliebener Arbeit nachzuholen – auf seinem Schreibtisch stapelten sich Ordner, Zeichnungen und Notizen, der PC summte leise, und die Kaffeemaschine lief auf Hochtouren. Ein hohes Stahlregal fungierte als Raumteiler zwischen dem u-förmigen Schreibtisch und einer Besprechungsecke mit wuchtigen Ledersesseln, zu der Mieranth sie führte. An den Wänden hingen

Stadtansichten von Braunschweig und lockerten die kühle Arbeitsatmosphäre ein wenig auf.

Dem Mann sah man seine knapp sechzig Jahre nicht an – er war groß und hatte zwar das eine oder andere Pfund zu viel auf den Rippen, aber seine Haltung war gerade, und der Anzug saß sehr gut. Das leicht angegraute Haar wirkte voll und wurde ganz sicher nicht bei einem Billigfriseur geschnitten, und die randlose Brille hätte Johanna auch gefallen.

»Kann ich Ihnen einen Kaffee anbieten?«, fragte er höflich.

»Gerne«, erwiderte sie prompt.

Mieranth lächelte. Von seiner anfänglichen Überraschung hatte er sich schnell erholt. Keine zwei Minuten nach ihrem Eintreffen saßen Köster und Johanna vor dampfenden Kaffeetassen, und Mieranth nahm entspannt in seinem Sessel Platz. Sein Blick war offen und fragend, mehr nicht.

»Konrad Griegor«, hob Johanna schließlich an.

Mieranth nickte sofort. »Ja, der Name sagt mir etwas. Wir waren Kollegen im VW-Werk – das ist aber schon eine Ewigkeit her.«

»Sie haben Ende der Neunziger bei Volkswagen aufgehört, nicht wahr?«, warf Köster ein.

»Richtig. Ich wollte raus aus dem großen Konzern und den damit verbundenen üblichen Routinen und die Dinge selbst in die Hand nehmen.«

»Sie sind in den Betrieb von Simon Greif eingestiegen«, plauderte Köster weiter. »Um den Laden nach einigen gemeinsamen Jahren schließlich als alleiniger Chef zu übernehmen. Greif hat sich zurückgezogen, nicht wahr?«

»Das ist richtig.« Mieranth faltete die Hände und hob das Kinn. Er hatte nicht vor, mehr zu sagen, als unbedingt nötig war.

»Haben Sie eigentlich noch Kontakt zu Griegor?«, kam Johanna nach einer ungemütlichen Pause wieder auf das Ausgangsthema zurück.

»Nur sehr flüchtigen.«

»Was dürfen wir uns darunter vorstellen?«

»Man trifft sich zufällig, und letztens haben wir mal wieder telefoniert.« Er stutzte kurz. »Seine Frau ist gestorben. Das hat er erwähnt.«

»Gestorben klingt sehr allgemein.«

»Was meinen Sie damit?«

»Hat Griegor keine Einzelheiten erzählt?«

»Nein.«

»Ruth Griegor ist nicht einfach gestorben, sondern brutal erschlagen worden. Wir ermitteln nun zumindest in einem Fall von Totschlag, möglicherweise geht es sogar um Mord.«

»Das habe ich nicht gewusst«, versicherte Mieranth konsterniert, und Johanna glaubte ihm. »Ich bin allerdings erstaunt, dass Sie in diesem Zusammenhang auch mich ansprechen.«

»Das kann ich Ihnen erklären«, erwiderte Johanna. »Vor zwanzig Jahren war der Kontakt zwischen Konrad Griegor und Ihnen immerhin noch so lebhaft, dass Sie zum vierzigsten Geburtstag seiner Frau eingeladen waren. Erinnern Sie sich?«

Mieranth machte große Augen. »Ja, durchaus, aber ...«

»Erinnern Sie sich auch an Emma – die Tochter der beiden? Sie war damals siebzehn, ein reizender Teenager.«

Der Ingenieur hatte sich langsam zurückgelehnt und die Arme vor der Brust verschränkt. »Worauf wollen Sie eigentlich hinaus, Frau Kommissarin?«

»Das Mädchen ist damals das Opfer eines Gewaltverbrechens geworden, und wir haben begründeten Anlass zu der Vermutung, dass diese Tat in ursächlichem Zusammenhang mit dem Tod von Ruth Griegor steht.«

Mieranth schüttelte fassungslos den Kopf. »Was? Ich war auf dem Fest – da fand doch kein Gewaltverbrechen statt! Jedenfalls nicht, solange ich dort war, und Konrad hat nie irgendwas erwähnt. Das muss ein Irrtum sein.«

»Ist es nicht. Emma wurde vergewaltigt und die Tat vertuscht – bis heute. Der Täter konnte unerkannt flüchten.«

Richard Mieranth atmete tief aus und hob die Hände. »Meine Güte, das klingt ja scheußlich, nur – was habe ich damit zu tun?«

»Wir suchen so weit möglich mit allen Gästen das Gespräch und fragen nach Auffälligkeiten, wobei uns klar ist, dass die Erinnerungen nicht mehr ganz so frisch sind.«

»Sie sagen es.«

»Dennoch – konnten Sie etwas beobachten oder haben Sie etwas mitbekommen, was Ihnen jetzt zu denken gibt?«, fuhr Johanna unbeirrt fort. »Einen Streit, eine merkwürdige Szene oder Ähnliches. Es sind manchmal die kleinen, unscheinbaren Details, die zu neuen Erkenntnissen führen oder zumindest eine andere Fragestellung provozieren.«

»Wenn Sie meinen ...« Mieranth stand auf und schenkte Kaffee nach. »Das Mädchen war auffallend apart«, bemerkte er nachdenklich. »Sie hat getanzt, und einige Männer konnten die Blicke nicht von ihr lassen. Daran erinnere ich mich sehr gut. Irgendwann war sie verschwunden.« Er setzte sich wieder. »Ich glaube, sie ist in den Garten gegangen.«

»Daran können Sie sich erinnern?«, fragte Köster verblüfft.

Mieranth runzelte die Stirn und warf ihm einen schnellen Blick zu. »Ja, kann ich, Herr Kommissar. Ihre Kollegin betonte gerade, dass Sie hier sind, weil Sie damit rechnen oder darauf hoffen, dass der eine oder andere Gast sich an etwas erinnert – das dürfen auch Kleinigkeiten sein. Und ich entsinne mich, dass sie zur Verandatür hinausschlüpfte. Das Bild hat sich mir eingeprägt.«

»Sind Sie ihr vielleicht nachgegangen?«

Mieranth kniff die Lippen zusammen. »Was wollen Sie damit andeuten?«

»Ich will gar nichts andeuten. Sind Sie Ihr nachgegangen?«, wiederholte Köster in lakonischem Tonfall, während Johanna den Ingenieur nicht aus den Augen ließ. Sein plötzlich gereizter Ton war durchaus auffällig.

»Ich bin ihr nicht nachgegangen, aber ich habe damals noch geraucht und stand zu dem Zeitpunkt draußen auf der Veranda. Es war eine schöne, sternenklare Nacht, und das Mädchen war, wie gesagt, ausgesprochen reizend.«

Einen Moment blieb es still. Johanna beugte sich vor. »Haben Sie etwas beobachtet, Herr Mieranth?«

Der Ingenieur zögerte kurz, dann zuckte er mit den Achseln. »Sie hat mit jemandem herumgeknutscht. Warum auch nicht?«

Johanna zog die Akte aus ihrem Rucksack und zeigte dem Mann die Fotos von Michael Beisner und Dirk Collberg.

Mieranth betrachtete die Bilder mit konzentrierter Miene. »Also, ehrlich gesagt«, bemerkte er zögernd, »war es sehr dunkel, und nach der langen Zeit könnte ich niemanden identifizieren.«

»Sicher?«

»Leider ja. Ich hätte Ihnen gerne weitergeholfen.«

Klar, dachte Johanna, Ermittlern weiterzuhelfen ist garantiert ein Hobby von dir, insbesondere am Sonntag. Wenig später beendeten sie die Unterredung. Köster drehte sich in der Tür noch einmal zu Mieranth um. »Wussten Sie eigentlich, dass Simon Greif tot ist?«

Der Mann sah ihn stumm an.

»Er hat letztes Jahr Suizid begangen.«

Auch darauf erwiderte Mieranth nichts, und Köster ließ die Tür lauter ins Schloss fallen, als unbedingt nötig gewesen wäre.

»Arschloch«, sagte er leise.

Johanna warf ihm einen fragenden Blick zu.

»Ich habe mich länger mit der Witwe unterhalten«, erklärte Köster, während sie zum Auto gingen. »Für mich klingt es, als hätte Mieranth nicht ganz sauber gearbeitet, um mal ganz tiefzustapeln, und Greif aus seinem Laden rausgedrängt, weil dessen Geschäftsauffassung eine gänzlich andere war. Das ist zwar möglicherweise nichts anderes als eine Vermutung, ein subjektiv gefärbter Verdacht und mehr als einseitig, aber –«

»Soll ich da mal nachhaken?«

»Wie meinen Sie das?«

»Ich meine eine interne Recherche, bei der alle möglichen Quellen abgefragt werden. Meine Kollegin in Berlin ist darin ausgesprochen pfiffig. Bei den meisten Ermittlungen, die ich leite, komme ich nicht ohne ihre Hilfe aus. Vielleicht entdeckt sie ein paar Ungereimtheiten.«

»Keine schlechte Idee.« Köster lächelte.

Dass Tony dabei nicht immer alle Vorschriften bezüglich des Datenschutzes buchstabengenau befolgte, ließ Johanna unerwähnt. Während der Rückfahrt telefonierte sie mit ihrer Kollegin und bat sie, sich gleich am Montag mit Richard Mieranth und seinen Geschäften zu befassen. »Und mit allem, was dir sonst zu ihm in die Finger fällt«, fügte sie hinzu. »Ein paar Rahmendaten schicke ich dir gleich noch.«

»Zu gütig. Aber dass heute Sonntag ist, hast du mitbekommen?«

»Natürlich – du sollst ja auch erst morgen damit anfangen. Es sei denn natürlich –«

»Vergiss es!«

Johanna grinste und legte auf. Als sie in Nordsteimke eintrafen, stieg Konrad Griegor gerade auf sein Fahrrad. Köster fuhr langsam hinter ihm her und schloss zu ihm auf, als er auf einen Feldweg abbiegen wollte. Er ließ die Fensterscheiben herunter. Emmas Vater blickte irritiert zur Seite und stieg vom Rad, als er Johanna auf dem Beifahrersitz erkannte.

»Ich habe Ihnen schon gestern gesagt, dass ich –«

»So weit reicht mein Gedächtnis auch noch zurück, Herr Griegor«, unterbrach Johanna ihn beherzt und erfasste mit einem schnellen Blick, dass der Mann zumindest ein wenig besser aussah als am Abend zuvor. »Wir wollen trotzdem mit Ihnen sprechen, es ist wichtig.«

»Ich habe nichts mehr zu sagen.«

Köster stellte den Motor ab und stieg aus. Mit wenigen Schritten umrundete er den Wagen und baute sich vor Griegor auf. »Bringen Sie bitte Ihr Rad zum Haus zurück«, fuhr er ihn an. »Wir fahren in die Polizeiinspektion.«

»Was soll das denn jetzt? Das ist nicht Ihr Ernst.«

Köster stemmte eine Hand in die Hüfte. »Sehe ich aus, als wäre ich gerade zu Scherzen aufgelegt?«

Johanna spitzte die Lippen. Der Kollege konnte ausgesprochen energisch werden. Das gefiel ihr.

★★★

Er hatte beide Männer sofort erkannt, aber so was musste man ja nicht ausgerechnet der Polizei erzählen, nicht ohne triftigen Grund jedenfalls. Mieranth tat nichts ohne triftigen Grund. Das war sozusagen sein Lebensmotto. Einer von ihnen hatte mit Emma geknutscht, später waren sie in dem Gartenschuppen verschwunden. Mieranth konnte sich denken, warum. Er hatte seine Zigarette zu Ende geraucht, sich noch einen Wodka besorgt und mit nervösen Händen eine zweite Kippe angezündet. Dann war er in einem günstigen Augenblick in den Garten geschlichen und hatte sich hinter dem Schuppen versteckt. Kurz darauf ging die Tür auf, und der Typ verschwand in der Dunkelheit, um wenig später zurückzukommen. Das hieß, Mieranth war zunächst davon ausgegangen, dass es ein und derselbe Typ war und dass er und Emma ein heißes Spiel miteinander vereinbart hatten. Der Mann setzte sich, bevor er den Schuppen betrat, eine Strumpfmaske auf, und für den Bruchteil einer Sekunde konnte Mieranth einen Blick auf sein Gesicht erhaschen und feststellen, dass es sich um jemand anderen handelte, was seinen Puls noch mehr in die Höhe trieb. Ein flotter Dreier war ganz nach seinem Geschmack. Und der Typ ließ keinen Zweifel daran, was er wollte und wie er es wollte.

Mieranth sah gerne zu, insbesondere wenn es rustikal zur Sache ging. Es machte ihn fürchterlich an, um genau zu sein, und diese Vorliebe hatte ihm schon erhebliche Schwierigkeiten eingebracht. Außerdem war seine erste Ehe daran gescheitert. Schade eigentlich, Inga war eine toughe Frau gewesen. Dass Emma Gewalt gegen ihren erklärten Willen angetan worden war, hatte er damals nicht in Erwägung gezogen, als er durch das kleine Fenster linste, um die beiden zu beobachten. Vielleicht war der Erste tatsächlich gegangen, ohne zu ahnen, dass im Hintergrund ein Zweiter auf seine Chance lauerte. In der Nacht hatte es einige Männer gegeben, die Emma hinterhergelechzt hatten. Er selbst hatte die knisternde Erotik in sich hochlodern gespürt und für einen Moment auf dem Gedanken herumgekaut, das aufregende Spiel zu vollenden. Es war mehr als ein Moment gewesen, wenn er es recht bedachte.

Mieranth schüttete seinen restlichen Kaffee weg und räumte die Tassen in den Geschirrspüler. Inzwischen stand fest, dass es kein Spiel gewesen, sondern Konrads Tochter vergewaltigt worden war, und zwar von dem Mann auf dem zweiten Foto, der außerdem der Liebhaber von Ruth Griegor gewesen war. Zumindest vor einigen Jahren. Seinerzeit hatte er die beiden zufällig auf dem Magnifest in Braunschweig gesehen – sie hatten eng umschlungen miteinander getanzt. Mieranth hatte Ruth auf den ersten Blick wiedererkannt. An den Mann entsann er sich hingegen mit einiger Verzögerung und zunächst nur verschwommen. Auf jener Geburtstagsfeier war er eine Randfigur gewesen, jemand, der sich ihm nicht vorgestellt hatte, ein stiller Beobachter ... Die Situation im Schuppen war plötzlich in Mieranth aufgeblitzt – der zweite Mann, der mit der Strumpfmaske! Ob er und Ruth schon damals ein Paar gewesen waren?

Mieranth war verwundert gewesen, wie gelöst und glücklich Ruth ausgesehen hatte. Er war früher – bevor Konrads und seine gemeinsamen Aktivitäten professionelle Züge angenommen hatten – hin und wieder Gast im Hause der Griegors gewesen und hatte die Frau seines Kollegen und Geschäftspartners, sofern sie sich überhaupt blicken ließ, meist als ein wenig unterkühlt erlebt. Konrad muss etwas Entscheidendes falsch machen, hatte er gedacht. Der Typ, der sie im Arm hielt, war einige Jahre jünger, sah gut aus und brachte sie sogar zum Lachen. Manche Frauen hielten letzteren Aspekt für den entscheidenden in einer Partnerschaft.

Mieranth hatte Konrad nichts von seiner Beobachtung erzählt, weil er selbst kein Kind von Traurigkeit und außerdem der Meinung war, dass Seitensprünge unendlich überschätzt beziehungsweise falsch gedeutet wurden. Darüber hinaus stellte ein Informationsvorsprung in jedem Lebensbereich ein Pfand dar, das man gut überlegt einsetzen sollte.

VIERZEHN

Es war lächerlich einfach gewesen: Ruths Schlüssel hatte an dem Bord über dem Telefon im Flur gehangen, direkt neben Konrads Schlüsselbund. Sein Anhänger hatte die Form eines alten VW-Käfers, ihrer die einer Gartenschaufel. Wie albern. Julia hatte nicht eine Sekunde gezögert und ihn beim Verlassen des Hauses am Samstagmorgen im Vorbeigehen eingesteckt. Als sie Konrad am Nachmittag vom Geschäft aus anrief und er auch beim dritten Versuch nicht ans Telefon ging, fuhr sie kurzerhand nach Nordsteimke, während Michael noch im Laden blieb. Auf seine Frage, was sie vorhabe, hatte sie schlicht nicht geantwortet. Sein fragender, verunsicherter Blick war ihr bis zur Tür gefolgt. Sie hatte unten am Dolmengrab geparkt und sich unauffällig dem Haus genähert. Stille. Sie rief erneut an. Im Haus klingelte das Telefon, aber es rührte sich nichts. Wahrscheinlich war er mit dem Rad unterwegs. Sie wartete noch fünf Minuten, dann betrat sie das Grundstück durch das unverschlossene Gartentor, eilte zur Haustür und war innerhalb von wenigen Sekunden im Haus verschwunden. Sie war sicher, dass niemand sie beobachtet hatte.

Julia hatte nicht gewusst, wonach sie suchen musste. Ihr war lediglich klar gewesen, dass Konrad wesentlich mehr mitbekommen oder erfahren hatte, als sie bislang für möglich gehalten hatte, zumindest war diese Befürchtung stetig gewachsen und mit ihr die Überzeugung, dass sein Wissen gefährlich war. Gefährlich für Michael und sie. Die unteren Räume durchstreifte sie lediglich, öffnete hier und da einen Schrank, Schubladen, Kommoden, um dann oben im Dachzimmer, Ruths ehemaligem Reich, wie sie sofort erkannte, fast auf den ersten Blick fündig zu werden.

Die Hefte waren in einen Karton gestapelt, der unter dem Schreibtisch stand – als wäre er für den Altpapiercontainer bereitgestellt worden, dachte Julia und öffnete ihn zunächst beiläufig. Ihre Augen wurden groß. Sie atmete scharf ein und war keine zwei Minuten später mit ihrer Beute verschwunden. Den Schlüssel hatte sie zuvor an seinen angestammten Platz zurückgehängt. Konrad würde beim Betreten des Hauses annehmen, dass er vergessen hatte abzuschließen, und erst unruhig werden, wenn er feststellte, dass der Karton verschwunden war. Konrad war ein Idiot, aber einer, den man nicht unterschätzen durfte.

Den ganzen Abend und die halbe Nacht verbrachte Julia mit der Lektüre von Ruths Tagebüchern. Als sie die letzte Seite gelesen hatte, war Michael längst ins Bett gegangen – irritiert und verunsichert, dass sie kaum ein Wort für ihn übriggehabt hatte.

Sie setzte sich auf den Balkon und trank eine halbe Flasche Sherry. Julia hatte keine Ahnung, wie es nun weitergehen sollte, sie wusste nur, dass sich alles geändert hatte, und für Momente bereute sie es zutiefst, Konrad nicht in Ruhe gelassen zu haben. Als die Sonne aufging, hatte sich die Wirkung des Alkohols verflüchtigt. Sie packte die Hefte in den Karton und verließ die Wohnung auf leisen Sohlen.

***

»Sie haben sich in den letzten Tagen verdammt rargemacht«, bemerkte Johanna einleitend, als sie zu dritt in dem kleinen, stickigen Vernehmungszimmer in der Polizeiinspektion in der Heßlinger Straße Platz genommen hatten.

Konrad trank einen Schluck Wasser und wischte sich den Schweiß von der Stirn. »Ich brauchte etwas Abstand«, meinte er. »Ich war viel unterwegs. Ich fahre Fahrrad, das hilft mir, den Kopf freizubekommen.«

»Das kann ich gut nachvollziehen. Andererseits haben wir einen Fall aufzuklären –«

»Was gibt es da noch aufzuklären?«, unterbrach Griegor sie mit einem Anflug von Ungeduld in der Stimme. »Meine Tochter hat die Nerven verloren und ihre Mutter erschlagen.« Er schluckte. »Kaum jemand wird ihr das verdenken können.«

»Da ist was dran.« Johanna lehnte sich in ihrem Stuhl zurück und ließ ihn nicht aus den Augen. »Sie wissen also, was vor zwanzig Jahren passiert ist?«

»Sagen wir so – ich habe es vor Kurzem erfahren.«

»Wie haben Sie davon erfahren?«

»Dazu werde ich mich nicht äußern.«

»Warum nicht? Falls Ihre Tochter die Tat begangen hat, sind die Umstände von größter Bedeutung, und Sie könnten ihr helfen.«

»Das ist Ewigkeiten her und nicht zu beweisen.«

»Wie können Sie so sicher sein?«

»Nach so langer Zeit können Sie eine solche Tat nicht mehr nachweisen.«

»Nein? Nun, vielleicht legt Ihr Schwager ja ein Geständnis ab, wenn wir ihm genügend Anhaltspunkte präsentieren.«

Griegor hielt kurz die Luft an. »Woher wissen Sie, dass Michael der Täter war?«

Köster biss die Zähne zusammen und schien kurz davor, Griegor einen Vogel zu zeigen.

»Ich mache meinen Job, Herr Griegor, und zwar ziemlich gründlich«, erwiderte Johanna ruhig. »An den einzelnen Ermittlungsschritten und Erkenntnissen werde ich Sie ganz bestimmt nicht teilhaben lassen, aber so viel möchte ich Ihnen verraten: Sie wären erstaunt.«

»Aha. Nun, auf ein Geständnis von dem können Sie hundert Jahre warten.«

»Seine Frau würde das zu verhindern wissen, nicht wahr?«

Griegor zog seine Hände vom Tisch und wich ihrem Blick aus. »Sie können nichts mehr beweisen«, wiederholte er. »Und falls Emma tatsächlich nichts mit dem Tod ihrer Mutter zu tun hat ...« Er sah sie wieder an.

»Sollte man die alten, hässlichen Geschichten ohnehin ganz schnell wieder vergessen?«, vollendete Johanna den Satz und beugte sich mit einer abrupten Bewegung über den Tisch zu ihm vor. »Wollten Sie das sagen?«

Sie spürte, wie kalte Wut in ihr hochstieg – ein schlechter Berater im Zusammenhang mit polizeilichen Ermittlungen. Wahrscheinlich sogar grundsätzlich ein schlechter Berater. »Sind

Sie nicht der Auffassung, dass solche Gewalttaten immer aufgedeckt werden sollten? Ob es um die eigene Tochter geht oder um wen auch immer?«, fuhr sie in schneidendem Ton fort. »Es existiert sogar so etwas wie eine Verpflichtung, Straftaten, von denen wir Kenntnis erlangen, zu verfolgen. Schon mal davon gehört?«

Griegor zögerte, dann gab er sich einen Ruck. »Aber wozu nach all der Zeit im Dreck wühlen, wenn nichts dabei herauskommt?«

»Um den ganzen Dreck, wie Sie ihn berechtigterweise nennen, beiseitezuschaufeln! Damit Ihre Tochter endlich wieder frei atmen und der Schuldige zur Verantwortung gezogen werden kann, auch wenn Jahrzehnte dazwischenliegen – das wenigstens sind Sie Emma schuldig, oder?«

»Was wollen Sie damit sagen?«

»Ich will damit sagen, dass Emma genug gelitten hat und zumindest jetzt jede mögliche Unterstützung bekommen sollte. Und dazu gehört nach meinem Dafürhalten auch eine eindeutige Haltung des Vaters.«

Der Hieb hatte gesessen. Endlich. Griegor war deutlich zusammengezuckt. »Es nützt Ihnen gar nichts, wenn ich Ihnen erzähle, woher mein Wissen stammt.«

»Warum überlassen Sie die Beurteilung nicht uns?«

»Weil ich mich auf meine Einschätzung verlasse und sie nicht mit Ihnen erörtern möchte.«

Johannas Finger kribbelten. Viel fehlte nicht, und sie hätte mit der Faust auf den Tisch geschlagen.

»Vielleicht sollte die Kriminaltechnik Ihr Haus noch einmal durchsuchen, und zwar gründlicher als beim ersten Mal«, wandte Köster plötzlich nachdenklich ein. »Unter Umständen finden die Kollegen doch noch was – Kalendereinträge, Namen, Notizen, Fotos, alte Briefe.«

Griegor schüttelte den Kopf. »Ich kann Sie wahrscheinlich nicht daran hindern. Aber Sie werden nichts finden, davon können Sie ausgehen.«

Weil die Beweise weg sind, dachte Johanna. Wir kommen zu spät. »Sie können gehen«, sagte sie plötzlich leise. »Aber wir haben ganz bestimmt nicht das letzte Mal miteinander gesprochen.«

Griegor stand auf und verließ grußlos den Raum.

»Was für eine miese Bande«, bemerkte Köster.

»Ganz meine Meinung.«

»Und wie geht es jetzt weiter?«

Johanna massierte sich mit einer Hand den verspannten Nacken und grübelte einen Moment. »Ich denke, wir sollten Beisner vernehmen – hier.«

Köster sah sie nachdenklich an. »Ich weiß nicht«, meinte er zögernd. »Sie wollen sich wirklich auf Emmas Mails verlassen? Die sprechen eine deutliche Sprache, aber alles in allem ist das doch ein bisschen dünn, um allein damit eine Vernehmung unter dringendem Tatverdacht –«

»Es gibt inzwischen mehr als die Mails. Sie hat eine persönliche Aussage gemacht«, fiel Johanna ihm ins Wort.

»Ach?« Köster war baff. Er öffnete den Mund und schloss ihn wieder.

»Mehr sage ich besser nicht, im Moment jedenfalls. Das erspart Ihnen Ärger«, fügte sie hinzu. »Es wäre mir sehr viel lieber gewesen, wenn Konrad Griegor noch das eine oder andere zu dem Geschehen während des Geburtstages beigesteuert hätte, aber da er völlig blockt, sollten wir energischer werden und den Beisner mit einer klaren Anschuldigung konfrontieren.«

Köster stand langsam auf. »Gut, ich lasse ihn abholen.« In der Tür drehte er sich noch einmal zu Johanna um. »Sie können mir ruhig vertrauen, Kommissarin.«

Sie lächelte. Einen ähnlichen Satz, nur mit umgekehrten Vorzeichen, hatte sie erst kürzlich schon einmal gehört.

Michael Beisner war empört, das freundlich-nonchalante Geschäftsmanngehabe hatte sich völlig in Luft aufgelöst. Hinter seinem Aufruhr dürfte sich jede Menge Anspannung verbergen, schätzte Johanna, als er ihr gegenüber Platz genommen hatte und sie mit zusammengepressten Lippen anstarrte.

»Das können Sie hoffentlich gut begründen«, sagte er in scharfem Ton.

»Natürlich kann ich das«, betonte Johanna freundlich.
»Sie dürfen mich gar nicht hier festhalten!«
»Unter den gegebenen Umständen dürfen wir das durchaus, zumindest für eine gewisse Zeit. Ich könnte es auch anders formulieren und Sie darauf hinweisen, dass Ihre Erörterungen wichtig für die Ermittlungen sind und ich der Meinung bin, dass wir hier wesentlich ungestörter sind als bei Ihnen zu Hause oder in Ihrem Geschäft.«
»Sehr witzig!«
»Finden Sie?«
Er machte eine wegwerfende Handbewegung. »Kommen Sie einfach zum Punkt.«
»Mach ich gerne.« Johanna lächelte. Sie hatte sich entschieden, so freundlich und gelassen wie nur irgend möglich zu bleiben und ihre persönlichen Animositäten völlig zu ignorieren. Wenn es ihr nicht gelang, ihre Aggressionen gegen ihn zu zügeln, würde Beisner innerhalb von fünf Minuten nach einem Anwalt schreien oder einfach wieder gehen, was im Übrigen tatsächlich sein gutes Recht war, solange die Beweislage nicht mehr hergab. »Es geht noch einmal um den Geburtstag Ihrer Schwester —«
»Das ist jetzt nicht wahr, oder?« Beisner schüttelte mit gespielter Fassungslosigkeit den Kopf.
»Unbedingt. Emma ist in jener Nacht im Gartenschuppen vergewaltigt worden.«
»Das ist die hässliche Geschichte, von der Sie letztens sprachen?«
»Genau.«
»Ich konnte schon kürzlich nichts dazu sagen, wie Sie sich vielleicht entsinnen. Ich kann auch jetzt nichts dazu sagen.«
Johanna setzte eine verständnisvolle Miene auf. »Ich möchte Ihnen etwas zeigen, was Ihr Erinnerungsvermögen unter Umständen ein wenig anregt und unser Gespräch möglicherweise vorantreibt.« Sie warf Köster einen auffordernden Seitenblick zu, der Beisner einen Teil der ausgedruckten Mail von Emma vorlegte:

»Sie standen zu zweit in der kleinen Vorratskammer hinter dem

Büro. Die Tür war nur angelehnt. Ich wollte ins Bad. ›Das ist zwanzig Jahre her!‹, hörte ich plötzlich Michaels Stimme. So leise und bebend, dass ich sie erst gar nicht erkannte. Ich blieb stehen. ›Willst du nicht mal langsam aufhören, mich damit unter Druck zu setzen?‹, fuhr er fort.
›Warum sollte ich? Schließlich hast du meine Tochter vergewaltigt, und ich habe dafür gesorgt, dass du ungeschoren davonkommst, daran ändern auch die Jahre nichts.‹
›Du liebe Güte, es geht dir doch nicht um Emma, das wäre ja das erste Mal – es geht um dich!‹
›Um uns, mein Lieber, es geht um uns. Aber hier ist nicht der richtige Ort – lass uns ein anderes Mal darüber sprechen, in aller Ruhe.‹«

Beisners Gesicht verlor jegliche Farbe, während er die Zeilen las. Das war zwar auffallend, aber noch kein Beweis. Er brauchte lange, bis er die Kraft fand, hochzublicken.

»Was sagen Sie dazu?«, fragte Johanna.

»Sie beschuldigt mich.«

»Ganz offensichtlich. Sie und Ruth, um genau zu sein.«

Er schloss kurz die Augen, um sie dann abrupt wieder zu öffnen. »Woher haben Sie das eigentlich? Ist Emma verhaftet worden?«

»Das spielt im Moment keine Rolle. Noch einmal: Was sagen Sie dazu?«

»Sie beschuldigt mich, das sage ich dazu. Ein Beweis ist das nicht, oder?«

»Das ist eine sehr eindeutige Aussage, Herr Beisner.«

»Richtig! Offensichtlich glaubt sie, dass ich sie überfallen habe, sie steht unter Schock, verwechselt mich mit jemandem«, wandte er ein und nickte plötzlich lebhaft. »Das ist möglich, oder? Nicht auszuschließen jedenfalls.«

»Interessanter Gedanke, auch wenn die Wiedergabe des Wortwechsels zwischen Ruth und Ihnen eine solche Möglichkeit ganz und gar nicht hergibt. Mit wem könnte Emma Sie Ihrer Ansicht nach verwechselt haben?«

»Tja ...« Er hob die Schultern.

»Dirk?«

»Nun ...« Er brach ab. »Was Emma da behauptet ...«

»Auf welche Weise hat Ruth Griegor Sie eigentlich unter

Druck gesetzt, Herr Beisner?«, schnitt Johanna ihm das Wort ab. »Hat sie Sie immer wieder spüren lassen, dass Sie es ihr zu verdanken haben, nicht ins Gefängnis gewandert zu sein und trotz Ihrer Tat ein sorgenfreies Leben zu führen, während sie selbst ihre eigene Tochter verriet? Ein hoher Preis, den sie für Sie bezahlte, finden Sie nicht?«

Er biss die Zähne zusammen. »Wie ich schon sagte – ich habe keine Ahnung, worauf Emma damit anspielt. Das ist ihre Aussage.«

»Und die nehme ich ernst. Warum sollte sie sich ausdenken, dass Ruth Griegor davon ausging, Sie wären der Vergewaltiger ihrer Tochter gewesen, Herr Beisner?«, fuhr Johanna fort. »Immerhin sind Sie der Onkel der jungen Frau.«

»Das ist mir bekannt. Sie wollen mich aufs Glatteis führen. Ich habe keine Ahnung, welches Gespräch Emma belauscht zu haben meint«, entgegnete Beisner und blickte wieder auf das Blatt. »Hier bemerkt sie sogar an einer Stelle, dass sie die Stimme kaum erkannte – wer weiß, wen sie belauscht und was sie sich da zusammengereimt hat. Sie hatte schon immer viel Phantasie. Also, was genau wollen Sie von mir?«

Er ist dabei, sich wieder zu fangen, dachte Johanna. Schade, ein bisschen früh. »Ehrlich gesagt: ein Geständnis, die Wahrheit, neue Hinweise, Erkenntnisse, nennen Sie es, wie Sie wollen. Ihre Nichte ist des Totschlags angeklagt – schon vergessen?«

»Und um aus dieser Nummer herauszukommen, beschuldigt Sie mich der Vergewaltigung und erfindet dieses Gespräch? Das ist absurd!« Fast hätte er laut aufgelacht.

»Ja – das ist der entscheidende Punkt, und ich stimme Ihnen zu: Das ist so absurd, dass ich dazu neige, Emma Glauben zu schenken. So etwas denkt man sich nicht aus.«

»Ihre persönliche Einschätzung reicht aber wohl nicht aus. Wenn ich richtig informiert bin, geht es in Ihrem Job nicht um Glauben, sondern um Beweise. Und die haben Sie nicht.«

»Noch nicht«, entgegnete Johanna und lächelte selbstsicherer, als ihr zumute war. »Aber wir sind nahe dran.«

Sein rechtes Augenlid zuckte – immerhin. »Ich möchte jetzt gehen«, erklärte er ruhig.

»Tun Sie das.«

Er stand sofort auf und verließ grußlos den Raum. Die Tür fiel leise ins Schloss.

»Der hat geübt«, meinte Köster in säuerlichem Ton. »Und er wird weiter üben.«

»Ja, und er kommt damit durch, wenn wir nichts anderes finden, was ihn belastet.«

Der Kommissar nickte.

»Wir brauchen einen neuen Ansatz«, grübelte Johanna.

»Bei der alten oder der neuen Geschichte?«

»Egal. Sie sind so eng miteinander verwoben, dass die eine Tat ohne die andere kaum denkbar ist.«

»Aber wenn niemand auspackt und sich keine neuen Beweise ergeben, kriegt Emma noch nicht einmal mildernde Umstände, befürchte ich. Und falls Beisner sich einen guten Anwalt nimmt, der die Geschichte auseinanderpflückt, wird sie beim Prozess keine großartige Rolle spielen.«

Johanna wusste sehr genau, dass Kösters Einschätzung nicht von der Hand zu weisen war. Leider. »Warten wir ab, was meine Kollegin morgen zutage fördert. Ich gehe die Akten noch einmal durch und verbringe den Rest des Sonntags in der Sonne. Das sollten Sie auch tun.«

»Gute Idee.«

FÜNFZEHN

Tony rief an, als Johanna sich am späten Montagmorgen gerade auf den Weg nach Braunschweig gemacht hatte, um Staatsanwältin Kuhl zu treffen.

»Ich glaube, ich habe was für dich«, erklärte die Recherchespezialistin und klang dabei sehr zufrieden. »Mieranths Name fällt mehrfach, wenn man sich die Mühe macht, verschiedene Datenquellen anzuzapfen und etwas genauer hinzugucken. Was meine Erkenntnisse allerdings mit deinem aktuellen Fall zu tun haben, kann ich nicht beurteilen.«

»Werden wir sehen – schieß los.« Johanna hatte ihr Headset aufgesetzt und fuhr gerade über die Berliner Brücke. Sie hatte erstaunlich gut geschlafen, noch besser gefrühstückt und war gespannt, was Tony ausgebuddelt hatte.

»Vor zwei Jahren war Richard Mieranth in einen Autounfall verwickelt, und zwar kurz hinter der österreichischen Grenze bei Passau. Personen kamen dabei nicht zu Schaden, aber der Wagen des Unfallgegners war völlig hinüber, und obwohl die beiden sich zunächst über den Unfallhergang geeinigt hatten, kam das Ganze dann doch nicht ohne gerichtliches Nachspiel aus, wie so oft in solchen Fällen.«

»Aha.« Johanna hatte schon spannendere Rechercheergebnisse präsentiert bekommen. Kösters Erläuterungen zu Mieranths Firma waren schwergewichtiger gewesen. Sie hatte Mühe, ein Gähnen zu unterdrücken. »Und weiter?«

»Es wurden verschiedene Zeugenaussagen eingeholt, um die jeweiligen Schilderungen des Unfallhergangs miteinander abzugleichen.«

Johanna verdrehte die Augen. »Tony – wenn du mir jetzt eine Liste der Schäden an den Fahrzeugen und die jeweiligen Gutachten und Gegengutachten dazu in epischer Breite herunterbeten willst, kriege ich eine Krise! Worauf willst du hinaus?«

»Spar dir die Krise für andere Gelegenheiten. Ein Zeuge,

der zugunsten Mieranths aussagte, ist kein Unbekannter – er heißt Konrad Griegor.«

»Oh.« Johanna war beeindruckt.

»Da staunst du, was? Die beiden waren zusammen in Österreich, wie ich mir die Mühe gemacht habe, im Vernehmungsprotokoll nachzulesen«, schob Tony nach. »Ist das möglicherweise doch bedeutsam für dich?«

»Nun, das klingt in jedem Fall interessant. Mieranth hat nämlich ausgesagt, dass er Griegor von früher kennt und nur noch sehr flüchtigen Kontakt zu ihm hat. Flüchtig passt nicht zu einem gemeinsamen Österreich-Trip, oder?«

»Nö.«

»Steht denn fest, dass Griegor tatsächlich dabei war?«

»Aber ja, daran gibt es nicht den geringsten Zweifel.«

»Okay, und weißt du, wo die beiden waren?«

»In Wien«, erwiderte Tony prompt. »Die Meldedatenabfrage habe ich schon auf den Weg gebracht, mit der Bitte um zügige Bearbeitung natürlich. Aber das kann ein bisschen dauern.«

»Weiß ich.« Johanna seufzte.

»Mieranths Finanzen wurden in den letzten Jahren im Zusammenhang mit zwei Steuerfahndungsverfahren seines Ingenieurbüros genauer unter die Lupe genommen«, fuhr Tony fort. »Offensichtlich gibt es eine Geldspur, die nach Österreich führt. Möglicherweise hat er dort irgendwo ein Konto oder auch mehrere.«

»Möglicherweise?«

»Das Konto läuft nicht unter seinem Namen, und/oder er hat es längst geschlossen«, erwiderte Tony. »Der Typ scheint ziemlich ausgeschlafen zu sein. Die Spur konnte nicht weiterverfolgt werden, zumindest nicht hinsichtlich strafrechtlich relevanter Aspekte.«

»Und was ist mit Griegor?«

»Eine Kontoanfrage läuft selbstverständlich, aber für die Antwort braucht es etwas Zeit und Fingerspitzengefühl, weil es ja zumindest im Moment noch nicht um ein offizielles Ermittlungsverfahren geht, oder habe ich da etwas missverstanden?«

»Nein, hast du nicht. Aber bleib da unbedingt dran.«

»Selbstverständlich. Ich habe gleich eine Standleitung nach Wien legen lassen«, erwiderte Tony ironisch.

Johanna verdrehte die Augen. »Hast du noch mehr?«

»Ja, kann man so sagen. Ich bin auf eine ziemlich üble Geschichte gestoßen, die sich vor ungefähr fünf Jahren in Dresden abgespielt hat. Damals kam es in einer Bar im Rotlichtmilieu zu einem brutalen Tötungsdelikt. Eine Prostituierte wurde von mehreren Männern vergewaltigt und starb zwei Tage später an ihren Verletzungen, deren genauere Beschreibung ich dir an dieser Stelle erspare.«

»Danke. Und was hat das mit Richard Mieranth zu tun?«

»Vielleicht gar nichts«, sagte Tony. »Die Polizei ermittelte einige Gäste der Bar, Mieranth war unter ihnen. Er machte eine Aussage und gab sogar eine DNA-Probe ab. Demnach gehörte er nicht zu den Vergewaltigern.«

»Nun ...«

»Warte, die Geschichte geht noch weiter. Man hat drei Männer verhaften und überführen können, und einer von ihnen sagte später vor Gericht aus, dass Mieranth sehr wohl auch mit von der Partie gewesen sei – als Zuschauer, der sie noch angefeuert habe. Dafür fehlten natürlich die Beweise, zumal die beiden anderen Beschuldigten die Aussage nicht bestätigten oder nicht bestätigen wollten, wie auch immer.«

Johanna atmete tief aus.

»Einer der beiden Verurteilten, die Mieranth nicht belasten wollten, heißt übrigens Filip Kropac, er ist tschechischer Herkunft und verfügte über eine Menge Geld, um sich den Gefängnisaufenthalt so angenehm wie möglich zu gestalten.«

»Woher weißt du das denn?«, fragte Johanna ebenso verblüfft wie bewundernd.

»Steht in der Knastakte, die ich mir auch angesehen habe, gründlich, wie ich nun mal bin.«

»Bist du ohne Zweifel. Gibt es möglicherweise eine Beziehung zwischen Mieranth und Kropac, die über den gemeinsamen Barbesuch hinausgeht?«, überlegte Johanna halblaut.

»Diese Frage halte ich für ziemlich berechtigt, aber mehr kann ich dir im Moment nicht dazu sagen.«

»Du hast schon mehr herausgefunden, als ich für möglich gehalten hätte – danke dir!«

»Klar doch, gerne. Ich maile dir noch ein Memo zu den Infos. Ansonsten hörst du wieder von mir.«

Johanna kappte die Verbindung. Ihr schwirrte der Kopf. Worum ging es hier? Vor wenigen Tagen hatte sie begonnen, sich mit einer Familientragödie zu beschäftigen, deren hässliche Hintergründe scheinbar zum Tod von Ruth Griegor geführt hatten. Tathergang und Beweggründe schienen so gut wie geklärt, doch die Täterin, obschon flüchtig und trotzdem sie ein überaus starkes Motiv hatte, beharrte voller Überzeugungskraft darauf, weder eine Totschlägerin noch eine Mörderin zu sein. Inzwischen hatte Johanna – klammheimlich – auf Rügen ermittelt und war bei ihren Recherchen zu einer zwanzig Jahre zurückliegenden Vergewaltigung auf den Werdegang eines Exkollegen vom Ehemann des Opfers gestoßen. Darüber hinaus befasste sie sich mit einer Geldspur, die nach Österreich führte, und erfuhr nebenbei von dem Verbrechen an einer Prostituierten, an dem jener Exkollege Mieranth möglicherweise beteiligt gewesen war, sich aber vielleicht hatte freikaufen können. Worum ging es hier? Drogen? Sie runzelte die Stirn. Diese Welt passte nicht zu Mieranth. Geldwäsche? Nicht auszuschließen, aber aus welchen Geschäften stammte das Geld, und was hatte all das mit Konrad Griegor und dem gewaltsamen Tod seiner Frau zu tun? Vielleicht gar nichts.

Fünfzehn Minuten später saß Johanna in Annegret Kuhls Büro und trank Kaffee, während sie Tonys Ermittlungsergebnisse referierte und die Staatsanwältin auf den neuesten Stand brachte – mit Ausnahme von Emmas Aufenthaltsort. Der blieb ihr Geheimnis. Annegret Kuhl schwieg beeindruckt, nachdem Johanna ihren Bericht beendet hatte.

»Und wenn doch alles ganz anders war?«, meinte Kuhl.

Johanna sah sie forschend an. »Woran denken Sie?«

»Könnte es nicht sein, dass sich an jenem Morgen, als Emma ihre Mutter aufsuchte, um sie zur Rede zu stellen, zufällig noch ganz andere Wege gekreuzt haben? Was ist das für eine Geschichte zwischen Mieranth und Konrad Griegor?«

Johanna horchte auf. »Möglicherweise wird das Bild durch die Fülle der gerade zusammengetragenen Aspekte verzerrt, und wir interpretieren Zusammenhänge hinein, die gar nicht bestehen, aber …« Sie nickte bedächtig. »Konrad Griegors beharrliche Weigerung, unsere Ermittlungen zu unterstützen, kann natürlich auch ganz andere Ursachen haben, als ich bislang vermutet habe – Schock, Scham, Verzweiflung, Trauer und was sich sonst nach derartigen Ereignissen über kurz oder lang noch an Reaktionen einstellt, sind vielleicht nur *eine* Erklärung.«

Annegret Kuhl griff zu einem Stift und ließ ihn von einer Hand in die andere gleiten. »Wir schicken Köster und die Kriminaltechnik noch einmal in Griegors Haus«, entschied sie nach kurzem Überlegen. »Zum einen sollen sie nach Beweisen bezüglich der alten Familiengeschichten Ausschau halten – ganz so, wie Sie es ihm bereits gestern angekündigt haben.«

»Und zum anderen werden die Kollegen vielleicht fündig, was Konrad und die angeblich flüchtige Bekanntschaft zu Richard Mieranth angeht?«

Kuhl lächelte und wandte sich zum Telefon. »Ich kümmere mich darum, dass der Durchsuchungsbeschluss unverzüglich nach Wolfsburg weitergeleitet wird.«

Johanna lächelte zurück und griff ihrerseits zu ihrem Handy, um Köster zu instruieren.

»Vielleicht hat Griegor Mieranth geholfen, Geld weißzuwaschen«, fuhr Johanna wenig später fort. »Die Hinweise, die die Steuerprüfungen zutage gefördert hatten, reichten zwar nicht für eine Anklage aus, aber möglicherweise liegt dem Ganzen noch eine ganz andere Geschichte zugrunde. Und nehmen wir mal an, Ruth hätte davon erfahren, und ausgerechnet an dem Tag, als Emma vor der Tür steht und ihre Mutter mit ihrer Vergangenheit in die Enge treibt, hält sich auch Mieranth in Nordsteimke auf, um seine Fühler auszustrecken, die Lage zu sondieren. Eine bessere Gelegenheit, eine unliebsame Zeugin loszuwerden – wofür praktischerweise jemand anderes seinen Kopf hinhalten muss –, gibt es wohl kaum …«

Kuhl hob die Hände. »Eine durchaus denkbare und gut nachvollziehbare Geschichte, und es würde mich nicht verwundern, wenn sie sich bestätigte – aber zum jetzigen Zeitpunkt ist sie natürlich höchst spekulativ.«

Johanna atmete plötzlich scharf ein. »Mieranth hat im Zusammenhang mit der toten Prostituierten in Dresden eine DNA-Probe abgegeben, um seine Beteiligung bei der Vergewaltigung auszuschließen. Hat die Rechtsmedizin entsprechende Analysen bei Ruth veranlasst, die wir nun zum Abgleich heranziehen könnten?«

Annegret Kuhl griff sofort zum Hörer. »Das lasse ich sofort prüfen, falls noch nicht geschehen.«

Johanna rieb sich die Hände. Sie war immer wieder begeistert über die effektive Zusammenarbeit mit der Staatsanwältin. Wo andere zögerten und zauderten oder sich hinter ihren zugegebenermaßen stets hohen Aktenbergen versteckten, stand Kuhl sofort auf und packte ohne zu zögern an – auch auf die Gefahr hin, mal über das Ziel hinauszuschießen. Immer noch besser, als es erst gar nicht anzuvisieren. Johanna nahm sich vor, der Staatsanwältin, sobald sie ihr Telefonat mit der Rechtsmedizin beendet hatte, ein entsprechendes Kompliment zu machen, als ihr Handy vibrierte. Sie blickte aufs Display.

»Meine Berliner Kollegin«, erklärte sie. »Könnte wichtig sein.«

»Nur zu.«

»Tony? Gibt es was Neues?«

»Na klar. Ich rufe nicht an, um mit dir zu plaudern oder über das Flughafenprojekt abzulästern, obwohl ...«

»Schon gut, schon gut. Ich bin gerade bei der Staatsanwaltschaft in Braunschweig und stelle den Lautsprecher an, um nicht alles doppelt und dreifach erzählen zu müssen, okay?«

»Mach das. Griegor hat jede Menge Schotter auf einer Wiener Bank gebunkert«, berichtete Tony. »Die Meldung kam gerade herein, aber nur per Telefon. Wenn du das offiziell haben willst, brauche ich etwas Schriftliches, und zwar noch in diesem Quartal, damit ich mir die Auseinandersetzung mit Grimich erspare.«

»Schon klar. Wer will schon Ärger mit Grimich?« Johanna

tauschte einen Blick mit Kuhl, die sofort zustimmend nickte.
»Kriegst du.«
»Schön zu hören. Zu Filip Kropac gibt es übrigens eine weitere Akte, an die ich aber nicht rankomme.«
»Ob Interpol da mehr weiß?«
»Kann schon sein«, meinte Tony. »Mein Bauch sagt mir allerdings, dass da eine verdeckte Ermittlung im Gang ist.«
»Ach? Und da kommst du nicht mal an ein Stichwort heran?«
Tony seufzte. »Ich versuche, einen Ansprechpartner aufzuspüren, und bitte ihn, dich zu kontaktieren – mehr kann ich nicht erreichen. Du weißt, wie gerne die sich in Schweigen hüllen.«
»Ja, ich weiß. Lock die Kollegen damit, dass wir an einem Strang ziehen«, meinte Johanna. »Nach dem Motto: Eine Hand wäscht die andere.«
»Ich will mich ja nicht in deine Arbeit einmischen, aber hängst du dich da nicht ein bisschen weit aus dem Fenster?«
»Das tue ich grundsätzlich.«
»Hm. Nun gut. Ich sehe, was sich machen lässt. Bis dann.«
»Ja, dir auch noch einen schönen Tag.«
Kuhl goss noch einmal Kaffee nach und sah Johanna dann an. »Erlauben Sie mir, dass ich Ihnen einen Rat gebe, Kommissarin?«
»Immer.«
»Ich werde mich genau wie Sie freuen, falls sich tatsächlich beweiskräftig herausstellt, dass Emma Arnold nichts mit dem Tod ihrer Mutter zu tun hat. Die neuen Erkenntnisse geben allen Grund zur Hoffnung, dass der Fall mehr Tiefen aufweist, als wir bislang auch nur vermuten konnten, aber noch ist es nicht so weit. Wir müssen objektiv bleiben.«
»Ich bemühe mich.«

★★★

In der Kürze der Zeit war es lediglich gelungen, ein kleines Team zusammenzustellen, aber Köster war trotzdem zufrieden und überließ es dem Leiter der Kriminaltechnik, seine Leute im Haus und auf dem Grundstück zu verteilen, nachdem er dem Hausherrn den Beschluss unter die Nase gehalten hatte.

»Was versprechen Sie sich eigentlich davon?«, fragte Griegor perplex, während die Beamten ausschwärmten. »Hinweise auf eine Feier, die vor zwanzig Jahren stattfand? Das ist doch albern.«

»Das ist alles andere als albern. Wir werden eine Weile beschäftigt sein. Vielleicht unternehmen Sie eine Ihrer Radtouren?« Das klang verdammt ironisch. Köster stand dazu. »Oder fällt Ihnen doch noch etwas ein, was Sie mir sagen oder zeigen möchten?«

Griegor drehte sich wortlos um und ging durchs Wohnzimmer auf die Terrasse. Auf dem Tisch lag die »Wolfsburger Allgemeine«, die er sich griff und aufschlug, als wäre nicht das Geringste passiert. Köster drehte sich um und wartete, bis Bernd Ruffer – ein wieselflinker junger Mann mit feuerrotem Haar, der gerade die dreißig erreicht haben dürfte und mit dem er ausgesprochen gerne zusammenarbeitete – die letzten Instruktionen ausgegeben hatte. Köster winkte ihm zu. »Ich muss noch eine Kleinigkeit mit dir besprechen.«

Ruffer zog seine Schutzhandschuhe an. »Leg los.«

Köster trat nahe an ihn heran und bedeutete ihm, ein paar Schritte in Richtung Flur zu gehen, damit Griegor nichts hörte, was keineswegs für seine Ohren bestimmt war.

»Wenigstens einer deiner Leute muss eine Sonderaufgabe übernehmen«, erklärte Köster mit leiser Stimme. »Besser zwei.«

»Aha. Worum geht es?«

»Wir suchen alles, was mit Geld zu tun hat, sowie sämtliche Hinweise, bei denen die Namen Richard Mieranth und Filip Kropac genannt werden. Das bezieht sich natürlich auch auf den PC. Ich brauche jemanden mit sehr feinem Händchen und noch wacheren Sinnen, weil ich keine konkreteren Angaben machen kann.«

»Du sprichst von mir, nicht wahr?« Ruffer griente.

»Möglicherweise.«

»Na schön. Bleibst du hier und unterstützt uns? Ich brauche noch jemanden, der sich im Keller und in der Garage umsieht.«

Köster unterdrückte ein Seufzen. Das stundenlange Herumwühlen in fremden Wohnungen und die eingehende Untersuchung von Tatorten hatten ihm noch nie Freude bereitet, und er hätte ganz sicher eine andere berufliche Laufbahn gewählt, wenn es bei der Polizeiarbeit nicht noch andere Betätigungsfelder gegeben hätte, aber mit dem Argument konnte er sich schlechterdings nicht herausreden. »Solange ich nicht in der PI gebraucht werde, bin ich dabei«, sagte er und ahnte, dass er bereits nach einer halben Stunde einen dringenden Anruf herbeisehnen würde.

»Na bitte!« Ruffer klopfte ihm auf die Schulter und wies ihn noch darauf hin, sich einen der Plastikanzüge überzustreifen – die Arbeit unter der Kunststoffhaut dürfte bei den sommerlichen Temperaturen alles andere als ein Vergnügen werden.

»Ach, noch was, Kollege«, hob er an, als Köster sich gerade umdrehen wollte. »Versetz dich in die Lage von dem Typen – wo würde er warum vor wem etwas verstecken? Mach dir das immer klar, dann bekommt deine Suche Struktur. Im Grunde ist das ein ähnlicher Ansatz wie bei der reinen Täterermittlung.«

»Okay.« Köster trottete in den Keller.

Wenn Konrad Griegor etwas versteckt hatte, was mit dubiosen Geldgeschäften zusammenhing, dann sehr wahrscheinlich zum einen vor seiner Frau, und dies möglicherweise seit vielen Jahren, und zum anderen seit Ermittlungsbeginn vor der Polizei, überlegte er. Und falls tatsächlich unabhängig von Ruth Griegors Tod und Emmas Vergewaltigung ein dritter Straftatbestand existierte, ging Emmas Vater unter Umständen davon aus, dass die eine Geschichte nichts mit den anderen zu tun hatte. Das wiederum könnte bedeuten, dass das Versteck, das gut genug gewesen war, die Hinweise vor Ruth geheim zu halten, immer noch aktuell war. Demnach war mit großer Wahrscheinlichkeit davon auszugehen, dass Konrad nichts in der Küche, im Gartenbereich oder im Schlaf- und Wohnzimmer verstecken würde. Keller und Garage waren ganz klassisch sein Refugium. Aber die Kellerräume waren groß. Köster seufzte.

Er brauchte allein zwei Stunden, um die üblichen Werkzeugbestände durchzusehen, und zwei weitere, um Kisten und

Kartons zu sichten, ausrangierte Möbelstücke und Kleidung zu sortieren und sich anschließend einen ersten Überblick in der Garage zu verschaffen. Im Haus wurde inzwischen jedes noch so kleine Detail untersucht, gewendet, auf Spuren geprüft und an seinen Platz zurückgestellt sowie der PC gecheckt und Bankunterlagen, soweit verfügbar, durchgesehen, während Konrad Griegor Einkäufe erledigt und sich anschließend wieder auf seine Terrasse gesetzt hatte. Er war sichtlich verärgert, aber alles andere als unruhig und versuchte in keiner Weise, auf die Kriminaltechniker einzuwirken. Er fühlte sich sicher oder hatte längst alles beiseitegeschafft, was unangenehme Fragen nach sich ziehen könnte. Oder das Versteck war seiner Ansicht nach so hervorragend, dass er sich keine Sorgen zu machen brauchte.

Köster beobachtete ihn einen Augenblick von der offenen Garagentür aus und nahm sich dann eine Flasche Wasser, die in einem Getränkekasten neben den gestapelten Winterreifen stand, um sie mit langen Schlucken fast zur Hälfte zu leeren. Die Kohlensäure stieg ihm in den Hals zurück, und er rülpste kräftig. In einem Regal mit Putz- und Pflegemitteln für Autos und Fahrräder standen zwei Benzinkanister, ein dritter war etwas abseits in die Ecke gerückt worden. Drei Benzinkanister, dachte Köster amüsiert, das kann auch nur einem Autofreak einfallen. Warum steht einer abseits? Vielleicht ist er leer. Köster bückte sich und zog ihn hervor. Er war schätzungsweise zur Hälfte gefüllt. Köster schüttelte ihn. Ein merkwürdiges Geräusch ließ ihn aufhorchen. Er hob den Kanister auf Augenhöhe und bewegte ihn erneut. Da ist nicht nur Benzin drin, dachte er.

»Na, was gefunden?« Ruffer stand plötzlich in der Tür und lächelte.

»Ich glaub schon. Guck dir das mal genauer an.«

»Mach ich gleich, aber egal, worauf du gestoßen bist – ich habe was Besseres«, behauptete der Kriminaltechniker mit unüberhörbarem Triumph in der Stimme. »Darauf halte ich jede Wette.«

Köster hob seinen blanken Schädel und sah Ruffer forschend an. Der Kollege neigte in der Regel nicht zu Übertreibungen.

Ruffer drehte die geschlossene Hand nach oben, öffnete sie und präsentierte einen Kugelschreiber.

»Wie aufregend«, kommentierte Köster nach kurzer Begutachtung ironisch. »Ein Kugelschreiber mit VW-Gravur anlässlich der dreißigjährigen Betriebszugehörigkeit von Konrad Griegor, mit Datum und allem Drum und Dran.«

»Durchaus. Das edle Teil lag in seinem Nachtschrank, neben einem Notizblock und einem Sudoku-Heft.«

»Und weiter?«

»Fällt dir nichts auf?«

Köster nahm den Stift zur Hand. »Ein bisschen protzig und schwer, nicht unbedingt mein Geschmack, mal ganz abgesehen davon, dass ich ohnehin eine Sauklaue habe, die kaum jemand entziffern kann, aber ...«

Ruffer hielt den Kuli einen Moment ins Licht, dann schraubte er mit wenigen Handgriffen die Kappe ab. »Griegor hat James Bond gespielt«, kommentierte er fröhlich. »Das ist eine getarnte Minikamera, und zwar eine von der ganz professionellen Sorte, die du nicht unbedingt bei Ebay findest.« Er zögerte. »Na ja, vielleicht doch, aber egal ... Wenn du uns ein bisschen Zeit lässt, kriegen wir heraus, wo er die herhat, und falls noch irgendetwas auf der Speicherkarte drauf ist, wird mein Kollege aus dem IT-Team es wiederherstellen können. Fest steht aber schon jetzt: Unter Spielerei fällt das ganz sicher nicht.« Er lächelte breit. »Und was hast du entdeckt?«

Köster öffnete den Mund und schloss ihn wieder. »Genial, Ruffer«, meinte er schließlich und besah sich den Kuli von allen Seiten. »Die BKA-Kollegin wird begeistert sein.«

»Das hoffe ich. Ruf an und frag sie, wie wir weiter vorgehen sollen ... und gib mir mal den Kanister. Was rappelt denn da so komisch?«

»Gute Frage – das Benzin wird es nicht sein.«

SECHZEHN

Johanna hatte sich nach dem Verlassen von Kuhls Büro spontan entschlossen, nicht direkt nach Wolfsburg zurückzufahren, sondern einen Abstecher nach Königslutter zu machen, um im Friedwald einen Augenblick der Ruhe zu suchen. Vor Jahren hatte sie in dem kleinen Domstädtchen im Fall einer spurlos verschwundenen Buchhändlerin ermittelt und zugleich den vermeintlichen Motorradunfall eines verdeckt arbeitenden Kollegen untersucht. Sie hatte eine ganz miese Geschichte aufgedeckt, die beide Menschen das Leben gekostet hatte. Seinerzeit hatte sie zum ersten Mal mit Annegret Kuhl zusammengearbeitet. Wir sind von Anfang an ein gutes Team gewesen, dachte Johanna, als sie den Friedwald betrat. Dabei bin ich eigentlich gar nicht teamfähig.

Sie fand den Baum mit den Namensschildern von Gertrud und Käthe auf Anhieb, und als sie davorstand und alle anderen Gedanken beiseitegeschoben hatte, war sie verblüfft: Weder Aufruhr noch Beklemmung, Rührung oder gar Trauergefühle drohten sie zu überwältigen. Wie denn auch?, überlegte sie. Die Sache mit den Gefühlen war noch nie meine. Ein wenig Ärger stieg in ihr hoch und brannte auf kleiner Flamme. Du hast mir meinen Bruder verschwiegen, sagte sie still. Ich weiß, warum – allein das Aussprechen seines Namens hätte unendliche Qual für dich bedeutet, aber trotzdem ... Ich habe den Kinderwagen auf die Straße rollen lassen, mein Gott, und vielleicht wusste ein Teil von mir stets, was geschehen war. Weißt du eigentlich, wie einsam ich manchmal war? Du konntest mir nicht nahe sein. Aber Käthe. Wie sehr war ich auf Käthes Liebe angewiesen. Wenigstens sie konnte mich in den Arm nehmen, zärtlich sein, Mutter sein, mir das Gefühl geben, wichtig zu sein ... Johanna spürte die Tränen erst, als sie ihr von den Wangen tropften.

Als sie zu ihrem Wagen zurückkehrte, war es Nachmittag. Hinter Neindorf erreichte sie Kösters Anruf – der Kollege klang sehr aufgeregt. Eine Minikamera, wie sie zu Spionagezwecken eingesetzt wurde, und knapp zehntausend Euro, versteckt in einem Benzinkanister – Johanna konnte durchaus nachvollziehen, dass Kollege Kojak über die Ausbeute mehr als begeistert war.

»Wie soll es weitergehen?«, fragte er schließlich.

»Bringen Sie ihn zur Befragung mit«, entschied Johanna. »Ich hoffe sehr, dass die Speicherkarte noch etwas hergibt …«

»Selbst wenn die Jungs da nicht fündig werden, gibt es eine Menge Klärungsbedarf, finden Sie nicht? Der Mann arbeitet seit Jahrzehnten in der FE von Volkswagen!«

»Das ist mir bekannt, aber lassen Sie uns den Ball trotzdem vorerst flach halten«, dämpfte Johanna Kösters Optimismus. »Wenn er so stur bleibt wie bisher und sich nicht überrumpeln lässt, kann er immer noch behaupten, dass die Kamera ein richtig tolles Spielzeug ist und er das Geld vor seiner Frau versteckt hat, was wiederum die Polizei gar nichts anginge – jedenfalls nicht in Bezug auf die aktuelle Ermittlung um Ruths Tod und Emmas Vergewaltigung …«

»Er versteckt zehntausend Euro in einem Benzinkanister! Dazu das Geld in Österreich, seine Verbindung zu Mieranth, eine professionelle Minikamera. Also, ich bitte Sie«, regte Köster sich auf. »So einfach kommt er damit nicht durch.«

»Ich stimme Ihnen durchaus zu, aber wir sollten uns nicht zu früh freuen. Griegor hat uns die ganze Zeit mehr oder weniger erfolgreich zum Narren gehalten – wir haben ihn beide unterschätzt, und wir sind wahrscheinlich nicht die Einzigen. Ich möchte nicht ausschließen, dass er die Nummer weiter durchzieht, solange wir nichts auf den Tisch legen können außer Vermutungen und Verdachtsmomenten. Und ob tatsächlich ein Zusammenhang mit dem Tod seiner Frau existiert, der Emma als Täterin entlastet, steht in den berühmt-berüchtigten Sternen.«

»Nun gut, aber wir werden mit dem Werkschutz sprechen und –«

»Werden wir selbstverständlich, Köster. Aber vorher bringen Sie Ihrem IT-Mann sein Lieblingsessen vorbei, damit er alles

stehen und liegen lässt und sich sofort mit unserem Fall befasst. Massieren Sie ihm die Füße, falls ihn das anspornt.«
Dazu sagte Köster nichts mehr. Johanna lächelte.
Als sie wenig später das Büro des Kollegen betrat, beendete der gerade ein Telefonat.
»Der Stick von der Minikamera ist komplett gelöscht, professionell gelöscht«, berichtete er, kaum dass sie Platz genommen hatte. »Aber noch ist nicht aller Tage Abend ...« Er nickte grimmig. »Der Kollege meint, dass Griegors PC noch was hergeben könnte.«
Johanna verschränkte die Hände im Nacken. »Inwiefern?«
»Er hat die Fotos mit großer Wahrscheinlichkeit von der Kamera auf den PC übertragen, eventuell ausgedruckt oder per Mail verschickt, wie auch immer. Da kann man jedenfalls noch mal genauer nachforschen. Vielleicht ist er dabei nicht ganz so gründlich vorgegangen.«
»Okay, soll er prüfen. Wir jedenfalls sind gründlich.« Johanna hob die Nase. »Rieche ich etwa frischen Kaffee?«
Köster sprang sofort auf und holte ihr eine Tasse.
»Hat er nach einem Anwalt verlangt?«, fragte Johanna nach zwei Schlucken.
»Nein. Er weiß allerdings auch noch nicht, was wir gefunden haben.« Köster gönnte sich ein grimmiges Lächeln. »Ich habe ihn höflich gebeten mitzukommen, um das Protokoll für die kriminaltechnische Untersuchung zu unterschreiben. Das findet er natürlich absolut nervig – eine regelrechte Zumutung.«
»Mir kommen gleich die Tränen.«
»Ich habe meine schon getrocknet.«
»Gut.« Johanna trank ihren Kaffee aus, ließ sich frischen nachgießen und ging mit Köster in den Vernehmungsraum, wo Griegor bereits Platz genommen hatte. Er wirkte nicht mehr ganz so mitgenommen wie in den vergangenen Tagen – er war zwar nach wie vor blass und machte den Eindruck eines Menschen, der viel zu wenig und alles andere als gut schlief, aber sein Blick war munterer, und seine Haltung verriet konzentrierte Wachheit. Der Körper gewöhnt sich an die Aufregung und den Stress, dachte Johanna, er pegelt sich darauf ein.

Außerdem schien Griegor keineswegs mit Ärger oder neuen Fragestellungen zu rechnen.

Sie rückte ihren Stuhl zurecht und grüßte freundlich, worauf er mit einem winzigen Lächeln reagierte. »Hat sich der Aufwand gelohnt, Frau Kommissarin?«

»Das kann ich im Moment noch nicht abschließend sagen. Unsere Fachleute prüfen und werten noch aus, und das dauert natürlich eine Weile.« Das war nicht mal gelogen.

»Aha. Und warum soll ich jetzt ein Protokoll unterschreiben?«, entgegnete er. »Ich habe keine Ahnung, was Ihre Leute alles durchgeschnüffelt haben, und vor allen Dingen, warum das überhaupt ein zweites Mal nötig wurde.«

»Wie gesagt, die Kollegen aus der Kriminaltechnik prüfen nun die Details, und währenddessen lassen wir die Geschehnisse, die all diese Untersuchungen und Überprüfungen ausgelöst haben, noch einmal gemeinsam Revue passieren«, meinte Johanna lapidar.

Griegor legte seine Hände auf den Tisch und starrte sie mit zusammengezogenen Brauen an. »Wie?«

»Wir fangen mit der Geburtstagsfeier Ihrer Frau an.«

»Wollen Sie mich veräppeln?«

»Ich habe weitaus Besseres zu tun, Herr Griegor. Das kann ich Ihnen guten Gewissens versichern.«

»Das wage ich zu bezweifeln.«

Die Wut schnellte wie ein Giftpfeil in ihr hoch. Tief atmen, zwei Fäuste in der Tasche machen, hatte Käthe ihr immer geraten. Ein Lächeln, wenn es irgendwie machbar war. Johanna setzte sich langsam gerade auf. »Herr Griegor, Ihre Frau wurde das Opfer einer Gewalttat, die nach ersten Ermittlungen Ihrer Tochter zugeschrieben wird. Emma befindet sich auf der Flucht. Wir wissen jedoch aus sicherer Quelle, dass sie die Tat bestreitet, und zwar trotz aller belastenden Indizien energisch und zunehmend überzeugend. Darüber hinaus gibt sie an, während jener Feier vor zwanzig Jahren vergewaltigt worden zu sein, und zwar von ihrem Onkel, Ihrem Schwager Michael Beisner. Dieser wurde von Ihrer Frau gedeckt, was Emma kürzlich durch Zufall erfuhr.«

Sie referierte dies in leisem, aber scharfem Ton, ohne den Blick auch nur für Sekundenbruchteile von Griegor zu nehmen. »Klingt ganz nach besonders widerlicher Familiensoße, oder? Auf jeden Fall haben diese Geschehnisse, die im Übrigen auch Straftaten darstellen, eine Menge Fragen aufgeworfen, und die Ermittlungsbehörden gehen jedem einzelnen Aspekt nach – auch mehrfach – und werden dabei sogar von einer Ermittlerin des BKA, nämlich von mir, unterstützt. Ob Ihnen das passt oder nicht, peinlich ist oder nicht oder ob Sie sich vor alldem am liebsten verkriechen oder davonradeln möchten.« Sie senkte Kopf und Stimme. »Es ist mir scheißegal, ob wir Ihnen auf die Nerven gehen oder nicht. Sie werden unsere Fragen beantworten. Habe ich mich klar ausgedrückt?«

Köster räusperte sich leise, während Griegor den Kragen an seinem kurzärmligen Hemd lockerte und dann umständlich seinen Stuhl zurechtrückte.

»Ich will wissen, wer auf der Feier war, wer sich merkwürdig verhalten hat, wann und wie Sie Ihre Tochter erlebt haben und so weiter und so fort.«

Griegor räusperte sich. »Ja, gut, ich kann nachvollziehen, worauf Sie hinauswollen, aber Sie müssen mich auch verstehen …«

»Das tue ich seit Tagen – weiter!«

Er schluckte. »Ich kann mich kaum noch an die einzelnen Gäste erinnern, und von der … Vergewaltigung habe ich nichts mitbekommen. Das müssen Sie mir glauben.«

Gar nichts muss ich, dachte Johanna. Außer sterben. Man soll mich auch im Friedwald beerdigen. Wo liegt eigentlich Peter?

»Zugegeben, meine Tochter war in den Tagen danach irgendwie merkwürdig. Ich habe nichts darauf gegeben, und das war ein schwerer Fehler, wie ich heute weiß.«

»Da kann ich Ihnen nur recht geben.«

»Und dass Michael das gemacht haben soll, ist … unfassbar für mich. Ich habe keine Ahnung, wie ich damit umgehen soll.«

»Emma auch nicht«, gab Johanna ungerührt zurück.

Er schluckte, und sie verkniff sich einen weiteren scharfen

Kommentar. »Wir sind nach ersten Gesprächen mit damaligen Gästen weiterhin auf der Suche nach möglichen Zeugen, Leuten, die auf der Veranda herumstanden und sich vielleicht doch an etwas Ungewöhnliches erinnern, was bedeutsam für die Erhellung der Hintergründe sein könnte«, fuhr sie deutlich sachlicher fort. »Waren nicht auch Arbeitskollegen von Ihnen eingeladen?«

»Möglich.« Griegor zögerte deutlich. »Wir haben damals ziemlich groß gefeiert.«

Johanna blickte in die Akte. »Hier ist zum Beispiel von einem Richard die Rede.«

»Ach?«

»Dirk Collberg erwähnte ihn«, log Johanna beherzt. »Der Mann war Raucher und hat sich hin und wieder auf die Terrasse zurückgezogen, wurde uns berichtet.«

»Ja, richtig, Richard war ein Arbeitskollege, als er noch im Werk war. Ist schon lange her.«

»Bis ungefähr Ende der neunziger Jahre, oder?«

Griegor warf ihr einen verblüfften Blick zu. »Stimmt.«

»Haben Sie noch Kontakt zu ihm?«, schob sie nach und war neugierig, wann er beginnen würde, den Braten zu riechen.

»Selten.«

»Was heißt das?«

»Das heißt, dass man sich hin und wieder mal über den Weg läuft oder alle Jubeljahre mal telefoniert.«

Das klang nach Absprache. »Ach so«, erwiderte Johanna. »Hatten Sie in letzter Zeit mal Kontakt?«

»Du liebe Güte – keine Ahnung. Kann sein, kann nicht sein. Die letzten Wochen waren verdammt stressig. Ich erinnere mich nicht an jedes Gespräch oder jedes Telefonat. Warum ist das wichtig?«

Gute Antwort, dachte sie. Nur nicht festlegen. Vielleicht hatte Mieranth ihn gewarnt, vielleicht auch nicht. Der umtriebige Ingenieur aus Braunschweig dürfte in der Befragung den Eindruck gewonnen haben, dass es ausschließlich um Ruth Griegor ging. »Wir werden sehen.«

Sie blätterte eine Seite in ihrer Akte um, trank einen Schluck, blätterte eine weitere Seite um. »Ach, sagen Sie mal, wussten Sie eigentlich, dass Ihr Exkollege vor zwei Jahren einen Autounfall hatte, direkt hinter der österreichischen Grenze?«

Sein Zusammenzucken war unübersehbar und das Bemühen, es eiligst zu kaschieren, ebenfalls. »Stimmt«, entgegnete er stockend. »Jetzt, wo Sie es sagen ...«

»Sie waren gemeinsam in Österreich.«

»Ja?«

»Ja.«

»Das ist ja nicht verboten.«

»Auf gar keinen Fall«, stimmte Johanna trügerisch freundlich zu und lächelte vergleichsweise herzlich. »Allerdings verstehe ich nicht, warum Sie Mieranth als flüchtigen Bekannten bezeichnen. Ein gemeinsamer Trip nach Österreich klingt nach echter Männerfreundschaft.«

»Das ist Auffassungssache«, wehrte Griegor ab. »Zwei Jahre ist ja auch schon wieder eine Weile her.«

»Was haben Sie in Österreich gemacht?«

»Wir haben uns ein bisschen umgesehen, Sightseeing und so weiter – was man eben als Tourist so macht.« Er schlug ein Bein über das andere. »Wieso interessiert Sie das eigentlich? Und was hat das alles mit Ruths Tod zu tun?«

Johanna blies die Wangen auf. »Das weiß ich noch nicht. Ich bin von Natur aus neugierig und will bei meiner Arbeit alles, was auch nur am Rande mit Straftaten zu tun hat oder zu tun haben könnte, wissen. Verstehen Sie?«

Griegor wiegte den Kopf. »Na ja. Wenn Sie meinen ...«

»Wenn Sie einen neuen Motor entwickeln, müssen Sie doch auch wissen, welche Auswirkungen er zum Beispiel auf die Bremsleistung haben wird, oder?«

Das Beispiel schien Griegor nicht zu überzeugen, und auch Köster zog eine bedenkliche Miene.

»Nun, wie dem auch sei.« Johanna winkte gleichmütig ab. »Fest steht, dass Sie in Wien über ein Konto verfügen, auf dem sich eine ansehnliche Geldsumme befindet.«

Diesmal hatte Griegor sichtlich Mühe, nicht die Fassung zu verlieren. Erneut schien sein Kragen zu eng. Er atmete tief aus und warf ihr einen konsternierten Blick zu. »Ich habe Geld in Österreich angelegt, ja, das gebe ich zu. Es bleibt mir wohl nichts anderes übrig.«

»Stimmt, und es handelt sich um viel Geld, Herr Griegor.«

»Ich hatte einiges zusammengespart. Die Konditionen sind dort sehr günstig, und ich habe die Zinsen nicht bei der Steuer angegeben – da haben Sie mich erwischt. Auch das gebe ich zu.«

»Man könnte also sagen, dass Sie Ihren Sparstrumpf nach Österreich gebracht haben?«

»So ist es. Es muss ja nicht immer die Schweiz sein.« Er rang sich eine Art Lächeln ab.

»Einen Sparstrumpf mit satten hunderttausend Euro.«

»So viel ist im Laufe der Jahre daraus geworden, ja. Mein Gehalt ist nicht schlecht, und Ruth hat ebenfalls gut verdient. Das Haus ist abbezahlt – da bleibt einiges übrig.«

»Wie schön für Sie.« Johanna blätterte erneut in der Akte und ließ sich Zeit damit. Sie spürte, dass Griegor der Schweiß ausgebrochen war. Schließlich nahm sie das Foto vom präparierten Benzinkanister heraus. »Werfen Sie bitte mal einen Blick auf dieses Bild, Herr Griegor.«

Emmas Vater zog eine verblüffte Miene. »Ja, und?«

»Den haben die Kollegen in Ihrer Garage entdeckt«, erläuterte sie. »Lassen wir die Spielerei – das ist kein gewöhnlicher Benzinkanister. Knapp zehntausend Euro hatten Sie darin versteckt.«

»Woher wollen Sie wissen, dass ich das getan habe?«

»Falls Sie vorhaben, diese seltsame Idee von einer Sparbüchse posthum Ihrer Frau unterzujubeln, werden wir uns die Mühe machen und den Kanister auf Fingerabdrücke untersuchen«, herrschte Johanna ihn an.

»Schon gut«, wiegelte er ab. »Das war halt mein Versteck. Ruth sollte nichts davon wissen.«

»Aha. Wollten Sie nicht mit ihr teilen?«

»Darum ging es nicht.«

»Worum ging es dann?«

»Jeder hat so sein kleines Geheimnis.«

Johanna verengte ihre Augen zu schmalen Schlitzen. »Ich persönlich finde Ihre Bemerkung nach allem, was wir inzwischen in Ihrer Familie aufgedeckt haben, ziemlich geschmacklos«, sagte sie leise. Sie wunderte sich nicht zum ersten Mal darüber, dass ein Elternpaar wie Ruth und Konrad eine derart charmante, gradlinige und aparte Tochter zustande gebracht hatte.

Griegor wandte den Blick ab. »Schon gut. Vergessen Sie es.«

Das werde ich ganz bestimmt nicht. Sie sah auf, als Kösters Handy klingelte. Er lauschte einen Moment andächtig, dann tauschte er einen Blick mit Johanna und nickte ihr kaum wahrnehmbar zu, bevor er in die Akte griff und mehrere Fotos von dem wuchtigen Kugelschreiber herauszog.

»Geschmacklos hin oder her, machen wir damit weiter«, entschied er lässig und schob die erste Aufnahme über den Tisch. »Können Sie uns dazu ein bisschen was erzählen?«

Diesmal erbleichte Griegor. Schweigend starrte er das Foto an.

»Oder fällt das auch in die Kategorie ›kleines Geheimnis‹?«, fragte Johanna süffisant.

Griegor knetete seine Finger. »Schon gut – der Kuli enthält eine Kamera«, meinte er schließlich mit gepresster Stimme. »Das haben Sie ja wohl längst herausgefunden, aber es ist nicht verboten, so etwas zu besitzen, oder?«

»Nein. Was haben Sie damit fotografiert?«

»Darüber muss ich nicht mit Ihnen reden.«

»Stimmt«, bestätigte Johanna nachdenklich. »Wir haben natürlich inzwischen unsere Vermutungen über den Einsatz einer derartig professionellen Minikamera angestellt, wie Sie sich vielleicht denken können.«

»Ach ja?«

»Herr Griegor, es ist sinnvoller, mit uns zu kooperieren, als immer erst dann etwas zuzugeben, wenn wir es längst beweisen können.«

»Es gibt nichts zu kooperieren. Ich hätte gerne ein Glas Wasser.«

»Das kriegen Sie«, sagte Johanna. »Wir machen außerdem

eine kleine Pause, die Sie bitte dazu nutzen, Ihre Haltung zu überdenken.«

Griegor sagte kein Wort, als Köster ihm ein Glas Wasser bereitstellte.

»Hat Ihr IT-Kollege Neuigkeiten?«, fragte Johanna, als die Tür hinter ihnen ins Schloss gefallen war und sie den Flur hinuntergingen.

»Ja. Er hat ein Dokument vom PC wiederherstellen können – dabei handelt es sich um das Protokoll zu einer internen Besprechung in der Motorenentwicklung. Es geht um die Auswertung von Testläufen des Golf VII sowie eventuell nötig werdende Veränderungen.«

Johanna zog eine Braue hoch. »Oh.«

»Das sehe ich genauso. Wie brisant das Papier tatsächlich ist, können jedoch nur VW-Leute beurteilen.«

Johanna kaute auf ihrer Unterlippe. »Wie ich ihn nach den bisherigen Befragungen einschätze, wird er sich wahrscheinlich zunächst damit herausreden wollen, dass er sich auf diese Weise Unterlagen zur Bearbeitung mit nach Hause genommen hat.«

»Wir können behaupten, dass wir es besser wissen«, schlug Köster vor. »Und ein Kontakt zu VW ist sehr schnell hergestellt. Der Werkschutz versteht diesbezüglich überhaupt keinen Spaß, habe ich mir sagen lassen.«

Sie bogen in Richtung Cafeteria ab, und Johanna hing eine Weile ihren Gedanken nach, während Köster sich nach Kaffee und Kuchen anstellte. Sie ging inzwischen davon aus, dass Griegor und Mieranth gemeinsame Sache machten – das Geschäft mit VW-Interna aus der Abteilung für Forschung und Entwicklung, die der unauffällige Konrad besorgte, dürfte seit Jahren hervorragend laufen. Für derlei Informationen aus erster Hand zahlte die Konkurrenz im In- und Ausland sicher gute Preise. Mieranth war einige Male nicht vorsichtig genug gewesen und hatte sein Geld zu auffällig in die Firma eingeschleust, sodass die Steuerfahnder misstrauisch geworden waren, aber letztlich war alles gut gegangen – niemand hatte ihm etwas nachweisen können, geschweige denn einen Zusammenhang zu Konrad Griegor und VW hergestellt.

Die bisherigen Schnittstellen zwischen Richard und Konrad waren der Geburtstag von Ruth und jener Unfall hinter der österreichischen Grenze. Falls Konrad sich in die Ecke treiben ließ und bereit war, gegen Mieranth auszusagen oder ihn zumindest mit zu belasten, könnte dieser Fall von Industriespionage in Kürze aufgerollt werden – die Spezialisten der entsprechenden Ermittlungsbehörden würden sich die Hände reiben. Und ich habe was gut bei VW, dachte Johanna. Aber Emma ist damit immer noch nicht geholfen. Sie blickte auf, als Köster vor ihr stand.

»Streuselkuchen mit Sahne?« Er hielt ihr einen Teller entgegen.

»Sehr gute Wahl, danke.«

Sie aßen einige Augenblicke ebenso schweigend wie genussvoll. Als Johanna ihren Kuchen vertilgt hatte, setzte sie sich mit Annegret Kuhl in Verbindung, um sie über die neueste Entwicklung in Kenntnis zu setzen und die Staatsanwältin zu bitten, die Vorbereitungen dafür zu treffen, dass Mieranth kurzfristig nach Wolfsburg gebracht wurde – falls die weitere Vernehmung von Griegor eine derartige Maßnahme zuließ, woran Johanna nicht oder kaum zweifelte.

»Ich kümmere mich darum«, sagte Kuhl nach kurzem Überlegen. »Falls sich der Verdacht bestätigt, ist das aber ein völlig neuer Fall, Kommissarin Krass. Zuständig wären dann die Kollegen von der Wirtschaftskriminalität.«

»Ich weiß. Die können dann gerne unsere Erkenntnisse nutzen und sich richtig austoben. Unter Umständen gibt es aber doch noch eine Verbindung zu Emma und dem Mord an ihrer Mutter. Ich möchte das auf gar keinen Fall ausschließen.«

»Und wo sehen Sie diesen Zusammenhang?«

Johanna unterdrückte ein Seufzen. Sie konnte Kuhls Nachfrage gut verstehen. Notfalls musste sie eine mögliche Verbindung konstruieren, um eine weitere Ermittlung und die Vernehmungen zu rechtfertigen. »Mieranth war auf dem Geburtstag, und Emma ist ihm aufgefallen. Darüber hinaus beschäftigt mich seine mögliche Beteiligung an dem Gewaltverbrechen, bei dem die Prostituierte ums Leben kam.«

»Das ist sehr dünn.«

»Und gewagt, zugegeben. Aber ich möchte nachhaken und den beiden darüber hinaus keine Möglichkeit geben, in Kontakt zu treten, sich abzusprechen und Beweise verschwinden zu lassen.«

»Gut, weil Sie es sind.«

»Danke.« Sie legte ihr Handy beiseite und sah Köster an. »Das könnte eine lange Nacht werden.«

SIEBZEHN

Sie hatte sich Zeit gelassen, um ganz in ihrer Rolle und ihrer neuen Vita aufzugehen. Felipe Kropac war nicht nur vorsichtig und schlau, sondern galt auch als grausam; und er fackelte nicht lange, wie sich herumgesprochen hatte. Der letzte verdeckte Ermittler stammte aus den Reihen des Verfassungsschutzes, und er hatte sich Kropac nach dessen Gefängnisaufenthalt an die Fersen geheftet, übereifrig, wie zu mutmaßen war. Seit über einem halben Jahr war er spurlos verschwunden, und es gehörte nicht viel Phantasie dazu, sich auszumalen, dass der Mann nicht mehr lebte und auf unerfreuliche Weise gestorben war.

BKA-Fahnderin Lucy Gohlert hatte sich dennoch entschlossen, den Job anzunehmen. Kropac war eine echte Herausforderung, eine Aufgabe, der sie sich mit Haut und Haaren verschreiben musste und bei der sie niemals vergessen durfte, mit wem sie es zu tun hatte.

Felipe Kropac handelte mit allem, was Geld einbrachte, vornehmlich mit Insiderwissen, Stichwort: Wirtschaftsspionage. Für diesen Verdacht gab es bislang allerdings keine gerichtstauglichen Beweise. Der Mann verfügte über hervorragende Kontakte in die Tschechische Republik sowie in die GUS-Staaten, zu Behörden und Unternehmen und hatte sich Ermittlungsansätzen immer wieder geschickt entzogen. Seine Tarnung bestand in Geschäftsbeteiligungen an verschiedenen kleinen Firmen entlang der Grenze zur Tschechischen Republik – dazu gehörten Reisebüros, Kfz-Betriebe, Beratungsunternehmen, Immobilienverwaltungen, Baufirmen. Wenn es in den vergangenen Jahren tatsächlich einmal eng geworden und jemand aufgeflogen war, der mit ihm zusammenarbeitete, hatte Kropac keine Mühe gehabt, sich ein wasserdichtes Alibi zu besorgen, Zeugen einzuschüchtern oder auch Beweise spurlos verschwinden zu lassen.

Die Sache mit der Prostituierten war ein Ausrutscher gewesen, ein Fehler, der sich nicht wiederholen würde – davon war

Lucy überzeugt. Kropac war ihrer Ansicht nach nur erwischt und tatsächlich angeklagt worden, weil er sich an jenem Abend nicht rechtzeitig abgesichert hatte und es zu spät gewesen war, Zeugenaussagen zu kaufen und die entscheidenden Leute unter Druck zu setzen. Wahrscheinlich war er sogar heilfroh gewesen, dass er sich für Totschlag und Vergewaltigung verantworten musste, seine üblichen geschäftlichen Aktivitäten jedoch nicht zur Sprache gekommen waren. Außerdem war es ihm gut gegangen im Knast, und wegen hervorragender Führung hatte man ihm mehr als die Hälfte erlassen.

Lucy hatte die Fotos von der toten Frau gesehen. Hätte sie etwas zu sagen gehabt, wäre keiner der beteiligten Männer vor Erreichen des Rentenalters freigekommen.

»Nur damit du weißt, mit wem du es zu tun bekommst«, hatte ihr Vorgesetzter gesagt, als er ihr die Bilder zeigte. »Kropac fügt gerne Schmerz zu. Dem macht das richtig Spaß.«

»Ich hab's verstanden.«

Lucy ließ sich als Bürokauffrau in eine Beratungsfirma in Chemnitz einschleusen, an der Kropac satte achtzig Prozent der Gesellschaftsanteile hielt und deren alleiniger Geschäftsführer er war. Ihre Vita war unauffällig, leicht zu merken, langweilig, der Job ebenso. Sie tippte betriebswirtschaftliche Gutachten, kopierte Exceltabellen, half hin und wieder in der Buchführung aus und machte ebenso pünktlich Feierabend wie sie morgens am Schreibtisch Platz nahm. Kropac kam in der Regel ein- bis zweimal in der Woche vorbei, manchmal auch häufiger, ließ sich wichtige Vorgänge und Abrechnungen zeigen, zeichnete Verträge ab, führte Personal- und Mandantengespräche und gab sich dabei leger, freundlich, sachlich.

Der Mann war genauso unauffällig wie Lucys zusammengebastelte Vita – er war Ende vierzig, mittelgroß, schlank, hatte braunes, welliges Haar, sehr schöne dunkle Augen, und er trug meistens Anzug und Wildlederschuhe. Lucy hatte Mühe, sich den Geschäftsmann als gefährlichen und gewalttätigen Kriminellen vorzustellen, aber gerade dieser Umstand sollte ihr eine Warnung sein. Sie konnte sicher sein, dass er ihre Bewerbung sehr intensiv geprüft hatte und sie im Auge behielt. Niemand war so erfolgreich wie er und führte Fahnder derart lange an der Nase herum, wenn er nicht stets hellwach und misstrauisch war.

Lucys kaufmännische und PC-Kenntnisse waren weit mehr als durchschnittlich, aber sie verbot es sich, unverzüglich nach Antritt ihrer Arbeitsstelle ihre Fühler auszustrecken. Niemand durfte wissen, dass sie eine Bilanz interpretieren, Kostenstellen zuordnen und Geldbewegungen nachverfolgen konnte. Und solange sie noch die Neue war, der man alles dreimal erklären musste, interessierte sie sich niemals für eine Akte, die sie nichts anging. Außerdem hielt sie es für sehr wahrscheinlich, dass Kropac seine Leute bespitzelte, verdeckt filmen und Computeraktivitäten aufzeichnen ließ, zumindest stichprobenweise.

Nach drei Monaten erhielt sie das Angebot, vertretungsweise in der Buchhaltung zu arbeiten, wo eine Kollegin ihren Schwangerschaftsurlaub angetreten hatte. Sie nahm sofort an, ließ sich aber keine große Euphorie anmerken. Wenige Wochen später hatte sie erstmals Gelegenheit, Geschäftsvorgänge genauer unter die Lupe zu nehmen. Was sie entdeckte, war durchaus aufschlussreich.

Die Buchführung aller Firmen, in denen Kropac das Sagen hatte, erfolgte in der Unternehmensberatung, und es wunderte Lucy nicht sonderlich, dass sich die Unternehmen gegenseitig Rechnungen stellten. Das allein war natürlich noch lange kein Straftatbestand. Ernst wurde es erst, wenn hinter dem Geldfluss keine erbrachte Leistung zu erkennen war, sondern beispielsweise die Motivation, Steuerfälligkeiten nach Belieben hinauszuschieben oder die Liquidität ohne tatsächliche Grundlage zu erhöhen – auf gut Deutsch: Geld weißzuwaschen, das aus ganz anderen Quellen stammte. Und das einem Typen wie Kropac eindeutig zu beweisen war ein langer, mühsamer und gefährlicher Weg.

Lucy fiel bei einer ersten Sichtung neben einer Firma in Süddeutschland auch ein Betrieb in Braunschweig auf, ein Ingenieurbüro, das regelmäßig saftige Honorare für umwelttechnische Gutachten im Zusammenhang mit Bauvorhaben in Rechnung stellte, die bislang kaum auf dem Papier existierten, wie sie sich vergewisserte. Kropac rechnete regelmäßig mit tschechischen und russischen Unternehmen ab, die er angeblich betriebswirtschaftlich beriet. Hin und wieder fanden sich Abrechnungen für Vorträge zum Thema »Moderne Unternehmensstrategie«, die dazugehörigen Reisekosten waren penibel aufgelistet.

Als sie ihren Kontaktmann das nächste Mal in Dresden traf, um ihm Bericht zu erstatten, wies sie ihn auch auf die Spur nach Braunschweig hin.

»Interessant«, erwiderte der lakonisch. »Eine Kollegin von dir ermittelt gerade vor Ort in einem anderen Fall, bei dem dieses kleine Ingenieurbüro eine Rolle spielt, wie ich gerade heute erfahren habe. Der Name Mieranth ist dabei gefallen. Möglicherweise könnte ein Austausch sinnvoll sein.« Er griff in die Seitentasche seiner Weste, zog ein Handy heraus, das vielleicht vor zehn Jahren modern gewesen war, und legte es beiläufig auf den Tisch. »Die Nummer ist unter ›J‹ gespeichert. Rede mit ihr.«

»Mach ich.«

»Sonst alles okay?«

»Ja.«

»Du bist vorsichtig? Gerade jetzt nach deiner Quasi-Beförderung musst du besonders aufpassen.«

»Ist mir klar.«

Lucy wartete zehn Minuten, nachdem ihr Kontaktmann das Café verlassen hatte, dann bezahlte sie und schlenderte zur Tür hinaus. Eine späte Augustsonne stand bereits tief am Horizont. Sie setzte ihre Brille auf und schlenderte durch die Altstadt in Richtung Blüherpark. Der Mann mit den ausgewaschenen Jeans und dem schwarzen T-Shirt fiel ihr einige Minuten nach dem Verlassen des Lokals auf. Die nächste Viertelstunde war von entscheidender Bedeutung. Ihr Verfolger durfte auf keinen Fall mitbekommen, dass sie ihn bemerkt hatte, und sie musste ihn auf eine Weise abschütteln, die beileibe nicht professionell wirkte. Wenn sie am nächsten Tag noch lebte, war ihr das gelungen.

★★★

»Wir haben etwas auf Ihrem Rechner gefunden, das Sie uns erklären sollten, Herr Griegor«, sagte Johanna, kaum dass sie sich wieder gesetzt hatte. Es gelang ihr sogar, einen verwunderten Tonfall anzuschlagen.

»Was genau meinen Sie?«

»Ich meine das Protokoll einer internen Besprechung, Stichwort: Motorenentwicklung des Golf VII und die Auswertung von Testläufen, nach denen eventuell nötig werdende Verbesserungen beziehungsweise bauliche Änderungen im Detail erörtert wurden. Interessante Lektüre, sofern man etwas von der Materie versteht.«

Griegors Gesichtsfarbe wechselte in ein Mattweiß, das alles andere als gesund aussah. Mitleid empfand Johanna trotzdem nicht. »Die Datei war gelöscht, konnte aber wiederhergestellt werden. Wir gehen davon aus, dass ein derartiges Dokument nicht auf Ihren privaten PC gehört, und wir wissen darüber hinaus, dass Sie es mit Ihrer niedlichen Minikamera fotografierten und dann auf Ihrem Computer speicherten«, fuhr sie fort. Von Wissen konnte natürlich keine Rede sein, aber Griegor fiel auf die Behauptung herein – zumindest erhob er keine Einwände.

»Möchten Sie nichts dazu sagen?«, fuhr Johanna fort, als Griegor den Kopf zur Seite drehte und die Wand neben sich anstarrte. »Ist Ihnen eigentlich klar, dass es hier inzwischen um Wirtschaftskriminalität geht?« Sie beugte sich vor. »Mieranth ist der Drahtzieher, oder?«

Er fuhr zusammen. »Ich werde nichts mehr sagen.«

»Das ist Ihr gutes Recht. Allerdings wäre es wesentlich schlauer, die Fakten auf den Tisch zu legen. Damit könnten Sie sich eine bessere Ausgangsposition vor Gericht verschaffen – und glauben Sie mir, das ist nötig.«

Er warf ihr ein müdes Lächeln zu.

»Worauf warten Sie eigentlich? Dass Mieranth Sie belastet und Ihnen ohne jegliche Skrupel Straftaten in die Schuhe schiebt, die weit über das hinausgehen, was Sie getan haben?«

Köster tauschte einen Blick mit Johanna, als Griegor erneut die Wand anstarrte und beharrlich schwieg, dann beugte er sich vor. »Ihr sauberer Kollege hat sich vor einigen Jahren in das Ingenieurbüro von Simon Greif eingekauft«, erläuterte er. »Der kleine Betrieb lief inzwischen richtig gut. Doch kaum war Mieranth mit von der Partie, wurde er stetig umfunktioniert zu einer gut getarnten Abrechnungsstelle für die Einkünfte aus Ihren gemeinsamen Aktivitäten – Aktivitäten, die in allernächster Zeit die Spezialisten verschiedener Ermittlungsbehörden umfassend beschäftigen werden. Die Steuerfahnder haben Mieranth bislang leider nichts Eindeutiges nachweisen können, aber ...«

Griegor wandte den Kopf. »Na sehen Sie. Nichts als Spekulationen und Schaumschlägerei.«

»Es ist weit mehr als das. Das dürfte Ihnen längst klar sein. Wussten Sie eigentlich, dass Simon Greif aus seinem eigenen Betrieb hinausgedrängt wurde? Warum? Ich hätte da eine Idee: Vielleicht wollte er bei den schmutzigen Geschäften nicht mitspielen, hatte aber nicht die Kraft, sich gegen Mieranth durchzusetzen. Ist Ihnen zu Ohren gekommen, dass er letztes Jahr Suizid begangen hat?«

»Warum erzählen Sie mir das alles?«

»Weil ich Ihnen klarmachen will, dass Mieranth ein Mann ist, der keine Rücksicht nehmen wird, wenn es darum geht, seinen eigenen – Verzeihung – Arsch zu retten. Und von den Geschäftspartnern, mit denen er sonst noch zusammenarbeitet, darf man getrost eine ähnliche Haltung erwarten.«

»Was wollen Sie eigentlich?«, wehrte Griegor müde ab. »Mit dem Dokument auf meinem Rechner und dem bisschen Bargeld, das nicht in meiner Steuererklärung auftaucht, haben Sie mich noch lange nicht überführt. Und ich kann Kameras besitzen, so viel ich will. Das ist nicht verboten.«

»Das bisschen Bargeld? Glauben Sie das wirklich?« Johanna sah Köster an. »Rufen Sie bitte in Braunschweig an?«

»Mach ich.« Der Kommissar stand auf und verließ den Raum, um kurz darauf wieder seinen Platz einzunehmen. »Alles in Vorbereitung.«

»Sehr gut.« Johanna fixierte erneut Griegor. »Wie und wann hat das eigentlich alles angefangen? Wer hatte die glorreiche

Idee, sich bei VW zu bedienen, die Infos zu verhökern und ein lukratives Geschäft daraus zu machen?«

Griegor hob kaum wahrnehmbar die Schultern.

»Sagt Ihnen eigentlich der Name Felipe Kropac etwas?«

»Nein.«

»Haben Sie auch nur einen blassen Schimmer, was alles auf Sie zukommt, wenn sich die Verdachtsmomente auch nur ansatzweise bestätigen?«

»Nein.«

Innerhalb weniger Wochen steht der Mann vor dem Scherbenhaufen seines Lebens, fuhr es Johanna durch den Kopf. Seine Frau ist tot, seine Tochter des Totschlags verdächtigt, und im Zuge der Ermittlungen werden seine Straftaten aufgedeckt. Er ist seinen Job los und kann getrost mit einer Gefängnisstrafe und empfindlichen Schadenersatzklagen rechnen. »Wir haben U-Haft für Sie beantragt – aufgrund von Verdunkelungsgefahr. Sie sollten unbedingt mit uns reden.«

»Sie wiederholen sich, Frau Kommissarin.«

Wir kommen nicht weiter, wenn wir ihn bedrängen und unter Druck setzen, dachte Johanna. Dem ist doch inzwischen ohnehin alles völlig egal. Vielleicht steht er sogar unter Schock, und ich merke das nicht, weil ich voreingenommen bin.

»Ist es wirklich so einfach?«, fuhr sie nach kurzer Pause in ruhigem Plauderton fort. »Ich meine, mal so ganz allgemein gesprochen – kann man mit einer gut getarnten Kamera ins Werk spazieren und fotografieren? Dokumente und interne Infos klauen, Datenmaterial mitgehen lassen, was auch immer? Wie sieht es mit den Sicherheitsvorkehrungen aus? Gerade in Ihrer Abteilung dürften und müssten die doch ausgesprochen umfangreich und hochprofessionell sein.«

Griegor nickte langsam. »Sind sie auch«, entgegnete er zögernd.

»Aber?«

»Die Aufgaben des Werkschutzes sind umfangreich und vielfältig, und das Werk ist wie eine eigene große Stadt, in der sie natürlich nicht ständig alles im Blick haben und jeden, der hinausspaziert, kontrollieren können«, erläuterte er. »Es wird immens viel geklaut – letztens verschwanden Dutzende von Zündschlüsseln in Halle 54, davon werden Sie vielleicht gehört haben –, in Büros eingebrochen, demoliert und so weiter. Wenn man sich geschickt und unauffällig verhält und nicht übermütig wird, das ist besonders wichtig ...« Er brach ab und runzelte die Stirn.

Der Mann ist der Inbegriff von Unauffälligkeit und Umsichtigkeit, zugleich besetzt er seit ewigen Zeiten eine wichtige Stelle, die ihm tiefe und umfassende Einblicke ermöglicht, dachte Johanna. Er ist perfekt für einen Spionagejob. Sie erfasste mit einem Seitenblick, dass Köster den gleichen Gedanken hegte.

»War es seine Idee?«

Griegor schwieg.

»Wie lange sind Sie bei VW? Knapp vierzig Jahre?«, ergriff Köster wieder das Wort. »Sie haben eine winzige Chance, die Ausgangsbedingungen für den Prozess günstiger zu gestalten, indem Sie auspacken, Namen nennen, Ihre Vorgehensweise erläutern und die Partnerschaft mit Mieranth aufkündigen – und zwar sofort!«

Griegor trank sein Glas aus und richtete den Blick auf seine Hände. Johanna ließ ihm volle drei Minuten Zeit, sich eines Besseren zu besinnen, dann brach sie die Vernehmung ab und bat einen uniformierten Kollegen, sich zu ihm zu setzen. Wenn Mieranth genauso beharrlich blockte, würde sie den Fall abgeben müssen und konnte bezüglich Emma wieder bei null anfangen. Na ja, nicht ganz, aber der Umweg über die aufgedeckten Wirtschaftsdelikte hätte dann keinerlei Licht ins Dunkel des Tatgeschehens gebracht, geschweige denn einen möglichen Zusammenhang mit dem Gewaltverbrechen oder gar der Vergewaltigung hergestellt.

Sie seufzte, Erschöpfung machte sich in ihr breit. Köster berührte sie kurz am Arm. »Das kriegen wir schon hin«, meinte er und entlockte Johanna ein Lächeln. »Holen wir uns noch einen Kaffee?«

Richard Mieranth gab sehr überzeugend den rundum eingespannten Geschäftsmann, der sich nur ungern aus dem Rhythmus bringen ließ. »Hatten wir nicht alles besprochen?«, fragte er unwillig und blickte auf seine Uhr, als Johanna und Köster sich zu ihm setzten. »Ich habe noch einen sehr wichtigen Termin, den ich nicht absagen kann. Und warum lassen Sie mich nach Wolfsburg bringen?«

»Möchten Sie etwas trinken?«, fragte Johanna höflich.

»Nein, danke.« Er winkte ungeduldig ab und schob seine schicke Brille zurecht. »Lassen Sie uns unverzüglich zur Sache kommen. Ich wiederhole und unterschreibe auch gerne, dass mir an jenem Abend auf dem Geburtstagsfest eine ausgelassene Emma aufgefallen ist, die aufreizend getanzt hat und später mit einem männlichen Gast im Garten herumknutschte. Von einem Gewaltverbrechen habe ich nichts mitbekommen. Ende der Durchsage.«

Köster tat so, als notierte er sich ein paar Stichpunkte, obwohl er längst das Aufnahmegerät in Gang gesetzt hatte. »Sie haben gesehen, dass Emma in den Garten ging, als Sie auf der Terrasse rauchten – ist mir das von unserem Gespräch in Ihrer Firma in Braunschweig richtig in Erinnerung geblieben?«

»Ist es.«

»Die beiden Fotos hatten wir Ihnen gezeigt, nicht wahr?« Köster nahm die Bilder von Collberg und Beisner aus der Akte.

»Richtig. Und ich hatte dazu bemerkt, dass ich nach so langer Zeit niemanden mehr identifizieren könnte.«

»Ach ja. Und Sie bleiben bei dieser Meinung?«

»Unbedingt. Ich ändere meine Ansicht nicht innerhalb von einem Tag.«

»Gut zu wissen.«

Köster lächelte, als Mieranth ihm einen scharfen Blick zuwarf. »War es das jetzt? Wo muss ich unterschreiben?«

Johanna räusperte sich. »Lassen Sie uns noch mal auf Konrad Griegor, Ihren Exkollegen, zu sprechen kommen.«

»Warum?«

»Weil weitere Fragen aufgetaucht sind, die wir erörtern müssen, und zwar jetzt.«

»Tatsächlich?« Erneut der bedeutungsvolle Blick auf die Uhr.

»Würden Sie bitte noch einmal die Art Ihrer Bekanntschaft mit ihm charakterisieren, fürs Protokoll?«

Mieranth atmete angestrengt aus. »Wir waren langjährige Kollegen im Werk und hatten seinerzeit auch hin und wieder privaten Kontakt. In diesem Zusammenhang erfolgte beispielsweise die Einladung zum Geburtstagsfest seiner Frau. Inzwischen sehen wir uns manchmal zufälligerweise oder telefonieren hin und wieder. Wie das so ist nach so vielen Jahren.« Er strich sich durchs Haar. »So könnte man unsere Bekanntschaft charakterisieren.«

»Ich verstehe. Griegor ist demnach alles andere als ein enger Freund. Würden Sie der Ausdrucksweise zustimmen?«

»Natürlich, das betonte ich doch gerade.«

»Wie sieht es aus mit gemeinsamen Reisen oder auch Wochenendtrips?«

»Wie bitte?«

Johanna streckte ihren verspannten Rücken und lächelte erstaunt. »Haben Sie die Frage etwa nicht verstanden, Herr Mieranth?«

»Natürlich habe ich die Frage verstanden – ich weiß allerdings nicht, worauf Sie hinauswollen.«

»Ich möchte von Ihnen wissen, warum Sie Konrad Griegor als flüchtigen Bekannten beschreiben, aber dennoch mit ihm gemeinsam nach Österreich reisen – die genauen Daten erhalte ich in Kürze von einer Kollegin«, schob sie sanft hinterher. »Ahnen Sie jetzt, worauf ich hinauswill?«

Er stutzte und machte dann eine wegwerfende Handbewegung. »Ach ja, meine Güte – wir haben uns mal ein gemeinsames Wochenende in Wien gegönnt. Und? Ich würde Konrad dennoch nicht als engen Freund bezeichnen. Wo ist das Problem?«

»Mal sehen. Waren Sie gemeinsam in Wien, um Geld einzuzahlen?«

Mieranth ließ sich in die Stuhllehne fallen, die ein deutliches Ächzen von sich gab, und stierte sie konsterniert an. Sein Blick sprach Bände. Für einen Moment badete Johanna darin. Wieder mal ein Typ, der mich total unterschätzt hat, dachte sie. Der

Gedanke gefiel ihr, der leise Triumph, der mit ihm einherging, auch, aber sie verkniff sich ein Lächeln.

»Worum geht es hier eigentlich?«, fragte Mieranth mit leise vibrierender Stimme.

»Es geht um Geld, es geht um gemeinsame Geschäfte, sehr lukrative Geschäfte – krimineller Art übrigens.«

»Keine Ahnung, was Sie mir unterstellen wollen, aber ich werde dazu nichts mehr sagen.«

»Das ist selbstverständlich Ihr gutes Recht. Sie können übrigens auch Ihren Anwalt hinzuziehen – allerdings sind inzwischen keine Bürozeiten mehr, sodass Sie sich wohl bis morgen gedulden müssen.« Johanna tippte auf ihre Armbanduhr und deutete eine bedauernde Geste an. »Es wäre jedoch wesentlich schlauer, wenn Sie offen mit uns reden würden. Seit wann besteht Ihre gemeinsame VW-Kooperation mit Konrad Griegor?«

»Sie sollten unbedingt konkreter werden.«

»Gerne. Was halten Sie zum Beispiel von einer getarnten Minikamera und dem Protokoll einer internen VW-Sitzung in der Abteilung für Forschung und Entwicklung mit durchaus brisantem Inhalt, soweit wir das bereits auf den ersten Blick behaupten können? Einzelheiten werden uns in Kürze die Fachleute mitteilen.«

Mieranth machte eine wegwerfende Handbewegung. »Was soll ich davon halten? Sie wissen doch, dass ich schon längst nicht mehr im Werk arbeite.«

Johanna lächelte verständnisvoll. »Seit Ende der Neunziger, um das an dieser Stelle auch noch einmal zu betonen. Ansonsten verfügen wir inzwischen über eine detaillierte Aussage von Konrad Griegor. Wissen Sie, der Mann macht gerade reinen Tisch – nach allem, was er in den letzten Wochen durchmachen musste, ist es wohl nur allzu verständlich, dass er keinen zusätzlichen Ballast mit sich herumschleppen will. Sein Gewissen zu erleichtern kann unglaublich befreiend wirken. Darüber hinaus hat er begriffen, dass es von großem Vorteil ist, eine Zusammenarbeit mit den Behörden anzustreben, statt sich in Schweigen zu hüllen oder in Widersprüche zu verwickeln«, flunkerte sie ungeniert.

»Ach ja?«

»Sie sollten seinem Beispiel folgen, wenn ich mir den Ratschlag erlauben darf.«

»Dürfen Sie nicht«, wehrte Mieranth scharf ab. »Ich bin ganz bestimmt nicht scharf auf ausgerechnet Ihren Rat. Was hat das Ganze eigentlich mit Ihrer Ermittlung zum Tod von Konrads Frau zu tun?«

»Das zu klären überlassen Sie bitte uns.«

»Na dann machen Sie mal Ihre Arbeit – von mir erfahren Sie jedenfalls nichts mehr.«

»Schade.« Johanna seufzte. »Berücksichtigen Sie aber bitte, dass Sie wegen Verdunkelungs- und Fluchtgefahr in Polizeigewahrsam bleiben werden und U-Haft beantragt ist.«

Mieranth wischte sich mit dem Handrücken über den Mund.

»Und noch was: Ihren Termin sollten Sie verschieben.«

Johanna ließ Mieranths wütenden Blick gelassen über sich ergehen, als ihr Handy vibrierte – ein unbekannter Anrufer, wie sie der Displayanzeige entnahm. »Wir machen eine kurze Pause«, wandte sie sich an Köster. »Vielleicht besinnt Herr Mieranth sich ja doch noch.«

★★★

Lucy hatte eine Runde im Blüherpark gedreht und schließlich die Richtung zum nahe gelegenen Hauptbahnhof eingeschlagen. Der Mann im schwarzen T-Shirt blieb hinter ihr. Sie kaufte in einem kleinen Lebensmittelgeschäft ein, futterte Kirschen aus einer großen Tüte und spuckte unbekümmert die Kerne aus, während sie langsam zu ihrem Wagen zurückschlenderte, den sie am Altstadtmarkt geparkt hatte. Aus den Augenwinkeln bekam sie mit, dass der Typ fünf Autos hinter ihr sein Motorrad abgestellt hatte, und sie gratulierte sich zu der spontanen Entscheidung, doch nicht in irgendeinen Zug gestiegen zu sein. Damit hätte sie sich sofort verdächtig gemacht. Es waren manchmal die unbedeutend scheinenden Kleinigkeiten, die einen verdeckten Ermittler auffliegen lassen konnten. Zwanzig

Kilometer vor Chemnitz überholte der Motorradfahrer, gab Gas und verschwand.

Lucy pustete eine Haarsträhne aus ihrem Gesicht und atmete tief durch. Ihre Wohnung dürfte nicht mehr sicher sein. Dass tatsächlich jemand herumspioniert hatte, erkannte sie wenig später an einem winzigen Detail: In der Schreibtischschublade lag ihr Lieblingsstift rechts von den Briefumschlägen statt auf der linken Seite. Ab jetzt musste sie davon ausgehen, dass sie ausspioniert wurde, und das Wissen darum war von nun an ihr wichtigstes Kapital.

Sie ging pfeifend unter die Dusche und führte dann ein fingiertes Telefonat mit einer Freundin, der sie begeistert und ausführlich von ihrem Ausflug nach Dresden erzählte und deren spontane Einladung sie annahm. Eine Stunde später setzte sie sich in ihr Auto, fuhr eine Runde um den Block und rief die Kommissarin an, deren Nummer unter »J« gespeichert war.

★★★

Johanna stellte die Verbindung her.

»Können Sie ungestört sprechen, Kollegin?« Eine Frauenstimme, jung, sympathisch, ruhig. »Stichwort: Felipe Kropac.«

Johannas Puls beschleunigte sich abrupt. »Ich suche mir ein freies Büro.«

Als Johanna das Telefonat fünfzehn Minuten später beendete, war sie davon überzeugt, dass die verdeckte Ermittlerin den Austausch ähnlich inspirierend empfunden hatte wie sie selbst. Sie besorgte sich den schätzungsweise dreizehnten Kaffee und kehrte mit neuem Schwung in den Vernehmungsraum zurück.

ACHTZEHN

»Lassen Sie uns doch mal über Felipe Kropac sprechen«, meinte Johanna, und in diesem Moment schien Mieranth zu begreifen, wie ernst seine Lage war. Er setzte seine Brille ab. In seinem Blick spiegelte sich Fassungslosigkeit.

»Sie pflegen eine lebhafte Geschäftsbeziehung zu dem Mann und seinen diversen Unternehmen. Ich bin sicher, dass die genaue Überprüfung jedes einzelnen Deals sowie jeder Abrechnung und Honorarvereinbarung aussagekräftige Details zutage fördern und dem Verdacht der Wirtschaftsspionage in Tateinheit mit finanziellen Transaktionen, die wir gemeinhin als Geldwäsche bezeichnen, neue, gehaltvolle Nahrung geben wird, die jeden Richter überzeugen dürfte.«

Sie lauschte ihren Worten einen Moment nach, dann beugte sie sich vor. »Es ist schon sehr spät, Herr Mieranth, darum lassen Sie uns zügig zum Punkt kommen: Konrad Griegor, altgedienter Ingenieur in der FE von VW Wolfsburg, hat im Werk geschnüffelt und Informationen gesammelt, was das Zeug hält. Er hat fotografiert, kopiert und geklaut, um es auf den Punkt zu bringen. Sie haben die Infos und Daten weitergegeben, und Kropac verhökerte alles, vornehmlich in den Osten. Gelohnt hat sich das Spiel für alle Beteiligten, seit Jahren – bis auf den geschädigten VW-Konzern natürlich, aber wen interessiert das denn schon? Möglicherweise ist das Werk aber gar nicht das einzige Unternehmen, dem Forschungs- und Entwicklungsergebnisse sowie Betriebsgeheimnisse geklaut wurden. Wer weiß, wer sonst noch mit Ihnen zusammenarbeitet … Nun, das werden wir bald genauer wissen. Die Spezialisten, die sich mit Wirtschaftskriminalität, Industriespionage und so weiter befassen, stehen bereits in den Startlöchern. Aber das nur so ganz nebenbei.«

Mieranth setzte seine Brille wieder auf. Seine Lippen waren weiß und wirkten fast durchscheinend.

»Sie betonten eingangs, dass Sie Ihre Ansicht nicht so schnell zu ändern pflegen. Aber Ausnahmen bestätigen die Regel, nicht wahr? Vielleicht überprüfen Sie Ihre Haltung noch einmal und werden ein wenig gesprächiger.«

Mieranth hatte ein nachdenkliches Gesicht aufgesetzt. »Sagen Sie mal – all Ihre Fragen zu Ruth Griegors Tod und ihrer Geburtstagsfeier waren also lediglich ein Vorwand, um nach ganz anderen Spuren zu suchen?« Er klang verblüfft, fast schlich sich so etwas wie Anerkennung in seine Stimme.

»Ganz und gar nicht«, widersprach Johanna. »Wir sind bei unseren Ermittlungen jedoch auf Zusammenhänge gestoßen, nach denen wir zumindest anfänglich gar nicht gesucht hatten. Wie es manchmal so kommt.«

Mieranth strich sich mit beiden Händen das Haar zurück.

»Abgesehen davon beschäftigt mich zum Beispiel die Frage, ob Sie nicht doch wesentlich mehr mit dem Überfall auf Emma zu tun hatten, als Sie uns glauben machten.«

»Wollen Sie mir das etwa auch noch anhängen?«

Johanna schlug mit einer Hand auf den Tisch. »Ich hänge Ihnen gar nichts an! Das ist überhaupt nicht nötig, denn Sie haben genug Dreck am Stecken«, fuhr sie ihn an. »Haben Sie zugesehen, als Kropac und einige andere fiese Typen die Prostituierte in Dresden fertiggemacht haben? Kropac gilt als ausgesprochen brutal. Gefällt Ihnen so etwas?«

Mieranth zuckte zusammen.

»Kropac hat mit seiner Aussage höchstpersönlich dafür gesorgt, dass Sie seinerzeit verschont blieben. Einer musste ja das Geschäft in Gang halten, nicht wahr? Vielleicht haben Sie auch zugesehen, als Emma vergewaltigt wurde, und vielleicht haben Sie darüber hinaus sogar noch viel mehr mit Ruths Tod zu tun, als bisher thematisiert wurde.«

»Aber warum sollte ich Konrads Frau töten?«, gab er perplex zurück. Die Erschütterung war ihm deutlich anzusehen.

»Sie könnte etwas mitbekommen haben von Ihren Geschäften«, meinte Johanna. »Etwas Wichtiges, was Konrad und natürlich auch Ihnen geschadet hätte. Ich bin jedenfalls der Meinung, dass wir Ihr Alibi überprüfen sollten. Wie sah Ihr Tagesablauf aus am ...« Sie wandte sich an Köster, der sofort die Akte aufschlug.

»Vor genau drei Wochen, am 6. August«, ergänzte er.

Mieranth zückte ohne Umschweife sein Smartphone und öffnete die Kalenderfunktion. »Ich hatte verschiedene Besprechungen, wie meistens zu Beginn einer Woche«, teilte er kurz darauf mit. »Das können Sie gerne überprüfen.«

»Werden wir, und zwar gründlich«, erwiderte Johanna. »So wie wir Ihre DNA-Probe mit den Spuren an der Leiche abgleichen.«

»Sie werden nichts finden«, behauptete er.

»Na schön – kommen wir zurück zu Emma. Konrads Tochter vor zwanzig Jahren. Sie gefiel Ihnen, oder?«

»Ja, das sagte ich schon, aber ich habe ihr nichts getan«, wehrte Mieranth ab.

Johanna hob eine Braue. »Warum sollte ich Ihnen auch nur ein einziges Wort glauben?«

»Weil es die Wahrheit ist.«

»So ein großes Wort aus Ihrem Mund. Das überzeugt mich nun wirklich nicht.« Eher wird mir schlecht, dachte sie.

Mieranth verzog den Mund. »Nun gut, aber vielleicht überzeugt Sie etwas anderes: Ich weiß, wer es war.«

Johanna starrte ihn entgeistert an. Sie hörte, dass Köster scharf einatmete.

»Zeigen Sie mir bitte noch einmal die Fotos der beiden Männer«, forderte Mieranth nach kurzer Pause und beugte sich mit konzentrierter Miene über die Porträts, sobald Köster sie ihm gereicht hatte.

»Ich könnte ein paar Pluspunkte sammeln mit einer Aussage, nicht wahr?« Er war dabei, sich zu fangen. Ein winziges Lächeln huschte über sein Gesicht.

»Falls sich ein Hinweis von Ihnen als hilfreich erweist, können wir allenfalls vereinbaren, dass ich Ihnen in diesem Fall die detaillierte Ermittlung, die auch eingehende Befragungen Ihrer Familie sowie im Geschäfts- und Freundeskreis einschließen würde, erspare«, entgegnete Johanna ruppig. »Also – hören Sie auf zu taktieren! Was ist passiert?«

»Schon gut«, wiegelte er ab. »Der hier«, er zeigte auf Dirk Collberg, »hat mit ihr in dem Gartenschuppen herumge-

knutscht und ist nach ein paar Minuten abgehauen. Ich habe das Ganze durch ein Fenster beobachtet. Später kam der andere Mann ...« Er tippte auf das Foto von Michael Beisner.
»Sind Sie sicher?«
»Zu fünfundneunzig Prozent.«
»Was ist mit den übrigen fünf Prozent?«
»Es war dunkel, und das Ganze ist ewig her.« Er nickte zur Bekräftigung. In seinem Blick lag ein dunkles Glitzern. »Fünfundneunzig Prozent sind unter den Umständen eine ganze Menge.«
»Und das würden Sie vor Gericht aussagen?«
»Würde ich.«
Johanna lehnte sich zurück und atmete tief aus. Reichte das? Möglicherweise. Damit konnte sie Beisner zumindest konfrontieren und gewaltig unter Druck setzen. »Warum haben Sie damals nichts unternommen, um dem Mädchen zu helfen, das Sie so reizend fanden?«
»Ich habe gedacht, dass es sich um ein Spiel handelt«, antwortete er prompt.
»Das Mädchen ist vergewaltigt worden, und Sie gingen von einem Spiel aus?« Johannas Stimme schraubte sich in die Höhe. Sie hatte allergrößte Mühe, ruhig zu bleiben.
»Ja. Ein Spiel mit Gewalt. So etwas gibt es.«
»Sie war siebzehn!«
Er hob die Hände. »Der Gedanke war mir trotzdem gekommen, auch wenn Sie das nicht schick finden.«
»Glauben Sie mir – ›schick‹ ist die letzte Bezeichnung, die mir dazu einfällt.« Was für ein Schwein, dachte sie. Wie war das gleich noch? Zwei Fäuste in den Taschen machen? »Kennen Sie den Mann eigentlich, den Sie nun im Lichte der genaueren Überprüfung Ihres damaligen Eindrucks von der Situation der Vergewaltigung bezichtigen?«
»Nein, das heißt – er war auch auf der Feier, aber ich erinnere mich nicht einmal an seinen Namen. Allerdings habe ich ihn mal in Braunschweig getroffen beziehungsweise von Weitem gesehen, vor ein paar Jahren auf einem Straßenfest. Ich bin absolut sicher, dass er es war.«

»Und?«
»Der Typ hat es faustdick hinter den Ohren. Der stand offenbar auf Mutter und Tochter.«
»Was?«
»Er war zusammen mit Konrads Frau unterwegs – die beiden gaben ein hübsches Paar ab, wenn die Bemerkung erlaubt ist ...« Er räusperte sich süffisant.
Johanna hielt kurz den Atem an. »Könnten Sie die Bemerkung bitte erläutern?«
»Nun, für mich sah es ganz danach aus, als wären die beiden ein Liebespaar.«
Das ist es, fuhr es Johanna durch den Kopf. An der Stelle fügte sich einiges, wenn auch nicht alles, zusammen, was sie bisher immer wieder irritiert hatte.

Sie wartete in Kösters Büro, während Mieranth abgeführt wurde und der Kollege sich in Begleitung zweier Beamter auf den Weg machte, um Michael und Julia Beisner abzuholen.
»Warum beide?«, hatte er verblüfft nachgefragt.
»Sie hat ein Motiv, und ich traue ihr die Tat zu.«
»Ich auch, aber sie haben beide ein Alibi, noch dazu ein ziemlich perfektes – so sieht es zurzeit jedenfalls aus.«
»Ich weiß – das Weinseminar. Aber ich werde trotzdem kräftig daran rütteln.«
»Gut, wie Sie meinen.«
Es war spät. Johanna hatte ihre Erschöpfung überwunden, wozu Mieranths Erläuterungen wesentlich beigetragen hatten. Ein Geschwister-Liebespaar. Eifersucht. Angst vor Entdeckung. Ruths Zerrissenheit. Erpressung. Aber wie genau sollte die noch nach all den Jahren funktioniert haben? Ruth hätte sich auch selbst belastet, wenn sie Michaels Tat oder ihre Beziehung aufgedeckt hätte. Wäre ihr das egal gewesen? Warum? Ging es lediglich um ein perfides, unterschwellig funktionierendes Machtspiel? Johanna stellte diese Fragen zurück und loggte sich in ihren Mailaccount ein. Emma hatte eine Nachricht geschrieben, die aus einem einzigen Satz bestand: »Wie kommen Sie voran?«

»Gut«, antwortete Johanna umgehend. »Ein wenig Geduld und Ermittlungsarbeit sind aber noch nötig.« Nach dem Versenden löschte sie beide Mails und loggte sich wieder aus.

Kurz darauf steckte Köster seinen kahlen Schädel zur Tür herein. »Sind Sie bereit?«

»Und ob.«

»Mit wem möchten Sie beginnen?«

»Mit ihm.«

»Gute Idee.« Er lächelte verschmitzt. »Ich habe eben gerade mit dem letzten Mann auf der Alibiliste telefoniert – der Mann ist vor einer Stunde von seiner Geschäftsreise zurückgekehrt. Er möchte es zwar nicht beschwören, aber er ist ziemlich sicher, dass Beisner zwischendurch mindestens eine halbe Stunde unterwegs war, eher noch länger.«

»Ach? Das hat bislang aber niemand ausgesagt.«

»Nein, er meinte, in dem allgemeinen Gewimmel sei es ihm auch nur aufgefallen, weil er aus dem Fenster guckte und Beisners Wagen vom Hof fahren sah. Und das wiederum sei ihm erst jetzt eingefallen.«

»Konnte er eine Uhrzeit nennen?«

»Leider nicht.«

»Na schön. Mal sehen, wie Beisner darauf reagiert.«

Michael Beisner empfing sie mit starrem Blick. »Ich hoffe sehr, dass Sie Ihr Vorgehen gut begründen können –«

»Die Hoffnung stirbt ja bekanntlich zuletzt«, unterbrach Johanna ihn, während sie sich setzte. »Aber in dem Fall liegen Sie goldrichtig, Herr Beisner. Im Übrigen unterlassen Sie jetzt besser dieses kindische Theater. Es ist schon ziemlich spät, wir sind seit unzähligen Stunden im Einsatz, und, ganz entscheidend, wir haben mehr als einen begründeten Verdacht – sonst würde ich mir nicht meinen Feierabend versauen, um sie zum wiederholten Mal zu befragen. Ich bin da genauso wenig scharf drauf wie Sie, das dürfen Sie mir glauben.«

Er verschränkte die Arme vor der Brust.

»Sie haben vor zwanzig Jahren Ihre Nichte vergewaltigt, und Ruth hat Ihnen geholfen, ungeschoren davonzukommen.«

Beisner schloss kurz die Augen. »Das hatten wir doch schon.«

»Richtig. Inzwischen ist es uns jedoch gelungen, einen Gast ausfindig zu machen, der als Zeuge zur Verfügung stehen und seine Aussage vor Gericht wiederholen wird.«

Beisner starrte sie blicklos an.

»Der Mann hat gesehen, wie Emma in den Garten gegangen ist, um mit Dirk Collberg allein zu sein. Die beiden haben sich in den Schuppen zurückgezogen, wie Sie ja wissen. Sie waren aber nicht der Einzige, der das mitbekommen hat. Der Zeuge hat beobachtet, dass Dirk verschwand und stattdessen plötzlich Sie auftauchten, maskiert. Er hat beobachtet, was Sie getan haben. Was sagen Sie dazu?«

»Unsinn«, erwiderte Beisner mit flacher Stimme. »Das sage ich dazu.«

»Kein Unsinn, und das wissen Sie.«

»Und warum rückt er erst jetzt damit raus? Warum —«

»Keine schlechte Frage, zugegeben«, fiel Johanna ihm ins Wort. »Aber mir genügt im Moment, dass der Zeuge sehr glaubwürdig Ihr Handeln und Ihr brutales Vorgehen darstellt, zumal seine Schilderung Emmas Bericht bestätigt, und zwar in allen Einzelheiten«, trug sie ein bisschen dick auf.

Sie überlegte kurz, dann fiel ihr die Aussage der Nachbarin wieder ein. »Es gibt sogar eine Zeugin, die mitbekommen hat, dass Ruth Ihnen in der Küche eine schallende Ohrfeige verpasste, um wenig später irritierenderweise zu behaupten, dass Sie längst gegangen seien. Sie müssen mit einer Anklage rechnen, Herr Beisner, und das wird in jeder Hinsicht unerfreulich für Sie, Ihre Frau, Ihr Geschäft, Ihr soziales Umfeld und so weiter. Selbst Ihre Facebook-Freundesliste dürfte in Kürze arg zusammenschrumpfen. Darüber hinaus haben sowohl Ihre Frau als auch Sie ein starkes Motiv im Hinblick auf Ruth.«

»Wir waren zur Tatzeit gemeinsam im Geschäft, das ist längst überprüft worden, wie Sie wissen«, entgegnete Beisner.

»Ja, schon, doch bei einer neuerlichen Überprüfung der Aussagen hat sich herausgestellt, dass Sie zwischenzeitlich das Weinseminar verlassen haben«, wandte Johanna ein.

Beisner runzelte die Stirn. »Mein Gott, ich glaube, ich habe noch einen Einkauf erledigt. Wir hatten zu wenig Käse besorgt.«

»Ach du liebe Güte!« Johanna wandte den Blick zur Decke. »Wer soll das denn glauben?«

»Ich habe mit EC-Karte bezahlt – anhand meiner Abrechnung können Sie nachvollziehen, dass das stimmt.«

»Und ob wir das nachprüfen werden. Was ist mit Ihrer Frau? War sie zwischendurch auch mal unterwegs, weil ein paar Snacks fehlten?«

»Lassen Sie endlich meine Frau aus dem Spiel!«

»Erzählen Sie mir bitte nicht, wie ich meine Arbeit zu machen habe«, blaffte Johanna ihn an. »Vielleicht hat Ihre Frau ebenfalls das Gespräch zwischen Ruth und Ihnen mitbekommen, das Ihrer Nichte klarmachte, was seinerzeit passiert war, und sich ihren Teil gedacht, und zwar nicht nur im Hinblick auf Emma.«

»Worauf wollen Sie hinaus?«

Johanna schaute auf ihre Hände und wieder hoch zu Beisner. Sie hielt seinen Blick fest. »Vielleicht hat Ihre Frau auf diese Weise erfahren oder sich zusammengereimt, dass Sie eine Liebesbeziehung mit Ihrer Schwester hatten. Ich nenne das ein verdammt gutes Motiv.«

Beisner hielt den Atem an. Seine Hände begannen zu zittern, und er versteckte sie eilig unter dem Tisch. »Woher wissen Sie das?«, flüsterte er.

»Das ist nicht die entscheidende Frage. Weiß Julia davon?«

»Nein!«

»Sind Sie sicher?«

Er fuhr sich mit beiden Händen durchs Haar.

»Also nicht«, resümierte Johanna. »Dann liege ich ja ganz gut mit meiner Einschätzung. Wie könnte sie es erfahren haben? Überlegen Sie bitte gut.«

»Keine Ahnung. Aber … selbst wenn – niemand von uns war an jenem Tag in Nordsteimke. Wir waren gemeinsam im Geschäft, mit den Seminarteilnehmern, ich habe zwischendurch noch einige Besorgungen erledigt, das stimmt, doch ansonsten …«

Köster seufzte leise. Es gab keinen wirklich handfesten Zweifel an dem Alibi der beiden, und Johanna traute insbesondere Julia bezogen auf Ruth zwar einige Missetaten zu, aber dass sie jemanden beauftragt hatte, ihre Schwägerin zu beschatten und in einem günstigen Moment zu töten, war eine kaum zu vertretende Theorie, für die nicht einmal Annegret Kuhl Verständnis aufbringen würde.

»Auf welche Weise hat Ihre Schwester Sie unter Druck gesetzt?«, hob Johanna erneut an, und im gleichen Moment schoss ihr Collbergs Bemerkung durch den Kopf: Michael hatte für sie da zu sein und musste stets nach ihrer Pfeife tanzen. Das war dem Freund seinerzeit aufgefallen.

Beisner setzte sich gerade auf. »Sie ließ mir keine Chance, mich endgültig von ihr zu lösen«, erwiderte er leise. »Wissen Sie, sie hat immer nur mich geliebt, und sie hat sich selbst dafür gehasst, war aber nie in der Lage, ihre Gefühle grundsätzlich und langfristig zu ändern – die Gefühle mir gegenüber, meine ich. Ihre Ehe mit Konrad war eine einzige Farce, das können Sie mir glauben …« Er brach ab. »Wie dem auch sei – ich habe sie nicht getötet und Julia auch nicht.«

Diese ganze Familie ist eine einzige Farce, dachte Johanna. Ein zusammengewürfelter Haufen von Menschen, die sich gegenseitig das Leben zur Hölle machten – und mittendrin Emma, die nie verstanden hatte, was warum mit ihr geschah. Genauer betrachtet war Ruth wohl die Einzige gewesen, die stets in vollem Bewusstsein aller Zusammenhänge und Abhängigkeiten gehandelt und vor allen Dingen geschwiegen hatte.

Köster brachte Beisner kurz darauf zur erkennungsdienstlichen Behandlung und kehrte anschließend mit dessen Frau zurück. Wenn Julia Beisner längst alles wusste, war ihr mit dem Überraschungseffekt nicht mehr beizukommen, überlegte Johanna und ließ den taxierenden Blick der Frau an sich abperlen. Interessant war lediglich noch, woher sie ihre Kenntnisse hatte und ob sich daraus Querverbindungen ergaben, die für das Geschehen bedeutsam sein könnten.

»Lassen Sie uns gleich zum Punkt kommen. Wir wissen

inzwischen aus sicherer Quelle, dass Ihr Mann seine Nichte vor zwanzig Jahren vergewaltigt hat – es gibt einen Zeugen, der seine Aussage vor Gericht wiederholen wird«, erklärte Johanna einleitend und mit beinahe sanfter Stimme.

Julia Beisners Gesicht blieb regungslos. Sie hatte sich hervorragend unter Kontrolle. Besser als ich, dachte Johanna.

»Sie können viel erzählen ...«

»... wenn der Tag lang ist, und das war er, zweifellos. Aber dadurch wird die Staatsanwaltschaft sich nicht überzeugen lassen, von einer Anklage abzusehen. Das dürfte Ihnen auch klar sein.«

»Ein Zeuge, der sich entschließt, nach so vielen Jahren eine Aussage zu machen, dürfte auch nicht sonderlich überzeugend sein«, bemerkte Beisner kühl.

Damit lag sie vom Ansatz her gar nicht mal so falsch. »Mag sein, dass seine Stellungnahme sehr genau und besonders kritisch geprüft wird«, gab Johanna zu. »Aber die Aussage wird dem standhalten, zumal sie mit anderen Angaben übereinstimmt. Entscheidend ist für uns und natürlich für Emma, dass die Tat endlich vor Gericht kommt. Ein hässliches Familiendrama schlägt natürlich immer hohe Wellen, egal, wie lange es zurückliegt, und unabhängig davon, warum manche Zeugen sich so viel Zeit ließen, Stellung zu beziehen und eine Aufklärung zu ermöglichen.«

Beisner zuckte mit keiner Wimper. »Warum verwendet die Polizei eigentlich so unglaublich viel Mühe darauf, uralte Geschichten auszugraben, statt sich darum zu kümmern, dass die Täterin endlich gefasst wird?«

»Wir sind stets an den Hintergründen, die möglicherweise zu einer Tat geführt oder sie wesentlich beeinflusst haben, interessiert. Darüber hinaus darf ich Sie korrigieren – die bislang mutmaßliche Täterin.«

»Mutmaßlich oder nicht ... Was hat sich geändert? Sie war am Tatort, sie hatte ein Motiv und Streit mit ihrer Mutter, wofür es Zeugen gibt, kurz darauf stirbt Ruth Griegor. Was braucht die Polizei denn noch?« Julia Beisner betrachtete ihre Fingernägel. »Eigentlich ist der Fall gelöst.«

»›Eigentlich‹ ist ein schönes Wort. Es schwingt so viel mit, finden Sie nicht? Sie haben auch ein Motiv.«

»Ach ja?« Ein kühles Lächeln kräuselte ihre Oberlippe. »Gut – ich hatte nie viel für sie übrig, das gebe ich zu – sie für mich übrigens auch nicht. Wenigstens darin waren wir uns einig.«
»Schon klar. Inzwischen wissen wir aber auch, warum.«
»Sie war eiskalt und autoritär. Viele mochten sie nicht.«
»Ihr Mann schon, und zwar auf ungewöhnlich intensive Weise.«
Stille.
»Die beiden waren ein Liebespaar, und zwar auch noch, als Sie längst mit Michael verheiratet waren«, fuhr Johanna in gleichmütigem Ton fort. »Wir wissen inzwischen von der Beziehung, die im Übrigen auch Ihr Mann eben gerade nicht bestritten hat, und wir gehen von der berechtigten Annahme aus, dass auch Sie Kenntnis davon hatten. Auf gut Deutsch: Sie haben ein sehr starkes Motiv.«
Julia Beisner hielt ihrem Blick mehrere Sekunden stand. »Sie haben recht«, sagte sie dann. »Ich habe sie gehasst, und wenn ich eher erfahren hätte … Aber lassen wir das. Fest steht nur eines: Ich war es nicht.«
»Wie haben Sie von der Beziehung erfahren?«
»Zufall.«
»Heißt der Zufall möglicherweise Konrad Griegor?«
»Das müssen Sie schon alleine ermitteln«, entgegnete Beisner.
»Werden wir. Und wir fangen mit Ihren Geschäftspartnern und Kunden an …«
»Was haben die damit zu tun? Wollen Sie mich unter Druck setzen?«
»Das ist doch gar nicht mehr nötig – also: Wie haben Sie von der Beziehung erfahren?«
»Kümmern Sie sich lieber um Konrad und seine … Geschäfte«, erwiderte Julia Beisner mit erhobenem Kinn.
»Keine Sorge, darum kümmern sich schon andere, Spezialisten, um genau zu sein.«
In Beisners Blick spiegelte sich Überraschung, zumindest für Sekundenbruchteile. »Ich sage jetzt gar nichts mehr. Was soll das auch bringen? Michael könnte sich im Zuge der Ermittlungen entschlossen haben, mir reinen Wein einzuschenken …«

»Hat er nicht«, widersprach Johanna.
»Nein?«
»Er ist zu feige für die Wahrheit.«
Beisner verzog den Mund. »Wie auch immer. Ruth Griegor hatte viele Feinde. Niemand trauert großartig um sie. Ich habe sie nicht getötet, mein Mann wie auch Konrad waren es nicht, und falls Emma als Täterin ebenfalls nicht in Frage kommt, was die Polizei offenbar für möglich hält, muss es logischerweise jemand anderes gewesen sein. Jemand, der nicht zur Familie gehört, aber noch eine Rechnung mit ihr offen hatte.«

Johanna beugte sich vor. »Wie soll ich Ihre Schlussfolgerungen interpretieren?«

»Es gibt nichts zu interpretieren. Ich gebe altbekannte Tatsachen wieder. Und ansonsten möchte ich nichts mehr sagen und jetzt gehen.«

Johanna hatte keine Möglichkeit, sie daran zu hindern. »Wir benötigen noch Ihre Fingerabdrücke.«

»Kein Problem.«

Eine halbe Stunde später verließ Johanna die Polizeidienststelle – ohne Köster, der noch einen detaillierten Bericht über Griegors und Mieranths Aktivitäten sowie Kropacs mutmaßliche Rolle dabei an die Staatsanwaltschaft Braunschweig weiterleiten und die Kontaktaufnahme zu VW in die Wege leiten wollte. »Besser jetzt gleich als morgen früh um sieben am Schreibtisch sitzen«, hatte er ihr mit lautem Gähnen versichert. »Und die Infos sind zu brisant, um auch nur noch einen halben Tag zurückgehalten zu werden.«

Daran gab es nichts zu rütteln, aber sie hatte die Nase gestrichen voll. Den neuesten Bericht der KTU hatte der Kollege ihr noch mitgegeben, und sie nahm sich vor, ihn auf dem Balkon zu lesen – bei einem Glas Wein und einem nächtlichen Mahl unter sternklarem Himmel über dem Wolfsburger Schloss.

NEUNZEHN

Köster informierte sie kurz nach dem Frühstück über das Eintreffen eines LKA-Teams, und er klang sehr aufgeregt. Johanna hatte rein gar nichts dagegen, dass er sich in vorderster Linie in der VW-Sache starkmachte.

»Übernehmen Sie das«, sagte sie schlicht. »Ich brauche heute ein bisschen Ruhe.«

»Aber ...«

»Wenn Fragen auftauchen, können Sie sich ja melden.«

»Das tue ich ganz bestimmt ...«

»Und was Kropac angeht, so brauchen die Kollegen sehr viel Fingerspitzengefühl, um die verdeckte Ermittlung nicht zu gefährden.«

»Das habe ich in meinem Bericht natürlich betont.«

»Prima.«

Er räusperte sich. »Es geht um Emma, oder?«

Johanna lächelte. Der Mann hatte ein gutes Gespür für sie entwickelt, das musste sie anerkennen. »Ja. Wir haben alles Mögliche entdeckt, aber leider immer noch nichts Handfestes, was sie entlastet.«

»Ich weiß. Vielleicht müssen wir uns damit abfinden –«

»Nein!«, entgegnete Johanna. »Noch nicht.«

»Kommissarin Krass, ich weiß, was Sie meinen, aber was wollen Sie denn noch unternehmen?«

»Ich gehe die Akte noch einmal durch, ich vergleiche die Zeugenaussagen zum vierten oder auch fünften Mal, und ich fahre noch mal raus nach Nordsteimke. Irgendwo muss es ein Detail geben, das wir bisher übersehen haben, und zwar aus dem einfachen Grund, dass es eine Fülle von Aspekten gab, die uns in eine andere Richtung geführt haben.«

Köster seufzte leise. »Nun gut, aber ...«

»Ich habe nicht mehr viel Zeit, ich weiß.« Kuhl steigt mir aufs Dach, wo Grimich ohnehin schon sitzt und darauf wartet, mir eins auswischen zu können.

Johanna beendete das Gespräch und setzte sich wieder an den kleinen Tisch, auf dem sie die Ermittlungsakte ausgebreitet hatte – Fotos, Zeugenaussagen, Protokolle, kriminaltechnische Aspekte, das vorläufige Gutachten der Rechtsmedizin, ihre eigenen Anmerkungen und so weiter und so fort.

Im Zusammenhang mit ihren Ermittlungen in Königslutter vor einigen Jahren hatte sie in Velpke einen Bogenschießlehrer kennengelernt, einen beeindruckenden Mann, der sie fatal an die Figur des »Weißen« aus Tolkiens »Herr der Ringe« erinnert und ihr gehörigen Respekt eingeflößt hatte. Der Mann hatte Herriegels »Zen in der Kunst des Bogenschießens« zitiert und dessen Kerngedanken der Absichtslosigkeit hervorgehoben. Ein ebenso faszinierender wie, zumindest hinsichtlich der Ermittlung von Kriminalfällen, absurder Gedanke, wie sie seinerzeit stumm festgestellt hatte. Auch wenn sie einen derartigen Einwand ihm gegenüber kaum laut zu äußern gewagt hätte – es gab immer eine Absicht.

Der Meinung war sie nach wie vor, aber vielleicht lag das Geheimnis darin, aus der Absicht, einem Geschehen auf den Grund zu gehen und einen Täter zu entlarven, keinen fokussierten Tunnelblick abzuleiten, also Beobachtungen, Hinweise, einzelne Aspekte nicht von vorneherein zu gewichten, zu bewerten und in eine Schublade zu packen, die vielleicht die falsche war. Kein wirklich neuer Gedanke, auch nicht bei der Aufklärung von Straftaten, aber er vermittelte ihr in diesem Moment das Gefühl, nicht in einer Tretmühle festzustecken und ihr Heil im sinnlosen wiederholten Sichten der immer gleichen Gesichtspunkte zu suchen.

Es war Mittag, als sie sich auf den Weg nach Nordsteimke machte. Köster hatte in der Zwischenzeit zweimal angerufen, und auch der Leiter der mittlerweile gebildeten Sondereinheit vom LKA hatte es sich nicht nehmen lassen, mit ihr zu sprechen und ihr für ihre klugen Ermittlungen zu danken. Der Satz tat gut, aber das war es dann auch schon.

Ruth Griegor hatte sich zahlreiche Feinde gemacht, das zu betonen hatte Julia Beisner sich nicht nehmen lassen, und Johanna erinnerte sich nicht nur an entsprechende Äußerungen von Kolleginnen, sondern auch an Tonys Recherchen bezüglich einer Anzeige gegen einen Nachbarn, der einige Hühner und ein Schwein in seinem Garten gehalten hatte. Ruth Griegor hatte sich belästigt gefühlt. Die Angelegenheit mochte belanglos, vielleicht sogar albern wirken, und Johanna hielt es für denkbar, dass sie ein Gespräch keinen einzigen Schritt weiterbringen würde, aber richtig schlau war man meistens erst hinterher.

Julian Tennstedt war als Psychotherapeut tätig und wohnte mit seiner Frau und zwei Kindern zur rechten Seite der Griegors. Am Tag von Ruths Tod war er allein zu Hause gewesen – er hatte genau wie Karin Mohr ausgesagt, dass er laute Stimmen gehört und von der Terrasse aus mitbekommen habe, wie Emma aus dem Haus gestürmt war. Tennstedt war ein sympathischer Mann um die vierzig, der erfreulicherweise nichts dagegen einzuwenden hatte, erneut mit der Polizei zu sprechen. Er war auch an diesem Tag allein und bat sie in die Küche, wo er gerade sein Mittagessen kochte. Frau und Kinder besuchten die Großeltern, und er hatte erst am Nachmittag wieder einen Termin in seiner Praxis, wie er Johanna sofort bereitwillig erzählte.

»Na ja, kochen ist vielleicht ein bisschen übertrieben ausgedrückt«, erklärte er schmunzelnd und wies auf den Backofen, von dem aus eine imposante Pizza ihr Aroma verströmte. »Die darf keine Minute zu früh oder zu spät aus dem Ofen.«

Johanna lächelte. »Verstehe. Riecht lecker.«

»Hawaii mit extra viel Schinken. Sie können ein Stück abhaben, wenn Sie in zwanzig Minuten noch hier sind.«

»Wenn das kein Angebot ist.«

Tennstedt trug kurze Hosen und Sandalen und hatte sein langes Haar zu einem Pferdeschwanz zusammengebunden. Auf seinem Shirt prangte ein schwarz-weißes Konterfei von C. G. Jung. »Setzen Sie sich doch«, sagte er und zog einen Hocker unterm Küchentisch hervor, während Johanna auf einer gemütlichen Sitzbank mit bunten Kissen Platz nahm. Garantiert sitzen hier sonst die Kinder, dachte sie.

»Mögen Sie etwas trinken?«

Johanna lehnte ausnahmsweise dankend ab, während Tennstedt sich ein Glas Wasser eingoss und ihr schließlich einen fragenden Blick zuwarf. »Ist sie immer noch auf der Flucht?«

»Ich darf Ihnen nichts zu den laufenden Ermittlungen sagen.«

»Ach ja, vergessen Sie die Frage. Wie kann ich Ihnen helfen, Frau Kommissarin?«

»Wir ermitteln nach wie vor intensiv im Umfeld von Ruth Griegor«, erklärte Johanna. »Wir graben alte und neue Geschichten aus. In dem Zusammenhang haben wir auch festgestellt, dass es vor einigen Jahren mal Ärger zwischen Ruth Griegor und Ihnen gab – Stichwort Tierhaltung im Garten.«

»Das stimmt«, entgegnete Tennstedt sofort und deutete ein Kopfschütteln an. »Wir dachten, es sei hier – quasi auf dem Land – kein Problem, ein paar Hühner und ein Schwein zu halten ... Die Kinder waren total begeistert ... Na ja. Das sollte wohl nicht sein.«

»Wie ist das eigentlich abgelaufen?«, fragte Johanna. »Hat Frau Griegor mit Ihnen gesprochen, oder ist sie gleich zur Tat geschritten?«

»Sie hat sich zunächst beschwert – schriftlich – und uns aufgefordert, die Tiere umgehend wegzubringen, sonst würde sie zur Polizei gehen. Daraufhin habe ich das Gespräch mit ihr gesucht, aber sie war nicht bereit, ihre Haltung zu überdenken, um es sachlich auszudrücken. Wir haben es darauf ankommen lassen, aber«, er zuckte mit den Achseln, »ein paar Tage später hat sie tatsächlich Anzeige erstattet.«

»Was genau hat sie denn an den Tieren gestört?«

»Geruch, Lärm ... Sie sollten weg, Ende.«

»Wäre sie damit vor Gericht durchgekommen?«

»Nicht unbedingt. Aber eine gerichtliche Auseinandersetzung wollten wir vermeiden. Wir haben uns entschieden, die Tiere zu den Großeltern nach Gifhorn zu bringen, wo sie niemanden stören und die Kinder sie regelmäßig besuchen können.«

Johanna bedachte Tennstedt mit einem prüfenden Blick.

Der Mann wirkte offen und zupackend, höchstwahrscheinlich war er ein umgänglicher Typ, schon von Berufs wegen, der es sich nicht mit den Nachbarn verderben wollte, und mit Ruth Griegor war nun bekanntermaßen nicht gut Kirschen essen gewesen, aber als konfliktscheu hätte sie ihn keineswegs eingeschätzt.

»Ich weiß genau, was Sie denken.« Tennstedt lächelte. »Um es salopp auszudrücken: Warum zieht er gleich den Schwanz ein? Habe ich recht?«

»Na ja, so ähnlich.« Johanna erwiderte das Lächeln. »Gibt es eine Erklärung für Ihre Zurückhaltung?«

»Ja, die gibt es. Ich bin gewarnt worden.«

»Gewarnt?«

»Karin Mohr, die Nachbarin auf der anderen Seite der Griegors, empfahl mir, die Tiere lieber wegzubringen …« Er runzelte die Stirn. »Sie meinte, dass Ruth kurzen Prozess machen würde, wenn es um Viecher ginge, die sie störten. Dann ist sie in Tränen ausgebrochen.«

»Wie bitte?«

»Ja, sie erzählte, dass Ruth ihre Katzen getötet habe.«

Johanna lehnte sich zurück. »Einfach so?«

»Nein, sie sagt, die Tiere seien verschwunden gewesen – von einem Tag auf den anderen. An einem von ihnen, einem roten Kater, wenn ich mich recht erinnere, hatte Karin ganz besonders gehangen – es war ein sehr schönes, elegantes Tier. Seit dem Tod ihres Mannes waren ihre Katzen ihr Ein und Alles. Sie ist davon überzeugt, dass die Tiere nicht mehr lebten, und hat den Verlust ewig nicht verwinden können.«

»Warum hat sie keine Anzeige erstattet?«

Tennstedt hob die Hände. »So was muss man ja auch erst mal beweisen, und sie war viel zu erschüttert, um ganz sachlich handeln zu können. Auf jeden Fall habe ich mich daraufhin entschlossen, einen Rückzieher zu machen, allein schon wegen der Kinder. Meine Frau war ähnlicher Meinung. Wir hatten keine Lust auf irgendeinen Kleinkrieg.«

»Besonders sympathisch und beliebt war Frau Griegor wirklich nicht.«

»Nein, aber ... ich glaube, die hatte Angst. Ich möchte das bei aller Kritik und Empörung, falls Karin mit ihrer Einschätzung richtigliegt, zumindest nicht ausschließen.«

»Angst vor was?«

»Vor Tieren. Sie wurde fast hysterisch, als ich vor ihrer Tür stand und das Thema anschnitt, und Hysterie kann auch mit Panik zu tun haben – eine echte Panikattacke ist nicht komisch.«

»Und aus der Panik heraus tötet sie Tiere? Schöne, elegante Katzen?«

»Das ist gut möglich«, meinte Tennstedt. »Denken Sie mal an die berühmte Angst vor Mäusen, sie kann zu völlig absurden und hochaggressiven Reaktionen führen, bei denen die Tiere ihr Leben lassen.«

Tennstedt war der Erste, der Ruth Griegors Verhaltensweise hinterfragte und sogar Verständnis für sie aufbrachte, dachte Johanna verblüfft, bevor ihr ein anderer Gedanke kam. Karin Mohr hatte kürzlich im Garten gesessen und mit Katzen gespielt. Tennstedt nickte, als sie ihn darauf ansprach. »Ja, ich weiß, die beiden hat sie aus dem Tierheim geholt.«

»Wann?«

»Keine Ahnung, aber ich würde eine Wette darauf abschließen, dass die Katzen erst nach Ruths Tod bei ihr eingezogen sind.«

Ich auch, dachte Johanna. Die Pizza bräuchte nur noch ein paar Minuten, versprach Tennstedt nach einem Blick in den Ofen, aber sie verabschiedete sich trotzdem.

Karin Mohr öffnete nach dem zweiten Klingeln die Haustür. Offensichtlich hatte sie jemand anderen erwartet, denn ihr Lächeln erlosch augenblicklich. »Sie schon wieder ...«

»Tja, so ist es. Ich habe noch ein paar Fragen, die keinen Aufschub dulden.«

Karin Mohr atmete laut aus und gab sich keine Mühe, ihre Abneigung zu übertünchen. »Ich muss aber in Kürze zur Arbeit.«

»Das werde ich berücksichtigen. Darf ich hereinkommen?«

Mohr führte sie ins Wohnzimmer; abgesehen vom Fernseher und einer Schrankwand beherrschte den Raum ein einziges Thema: Katzen. Bilder an den Wänden, Figuren und Fotos im Regal, Kratz- und Kletterbäume. Die Terrassentür stand auf, und Johanna erhaschte einen Blick auf die beiden Tiere, die eng aneinandergekuschelt in einem Körbchen in der Sonne lagen und schliefen. Frau Mohr bot ihr einen Platz am Esstisch an.

»Arbeiten Sie im Werk, wenn ich fragen darf?«

»Nein. Ich bin gelernte Verkäuferin, arbeite aber als Bürohilfe in einer Fahrschule. Nach dem Tod meines Mannes ...« Sie verzog den Mund. »Wissen Sie, es geht nicht nur ums Geld, es tut mir auch gut, unter Menschen zu kommen.«

»Das kann ich verstehen«, sagte Johanna. Sie blickte auf die Terrasse. »Die Katzen tun Ihnen auch gut, nicht wahr?«

»Oh ja.« Mohr lächelte. »Die beiden sind Geschwister und erst drei Monate alt. Der Kater hat große Ähnlichkeit mit meinem Moritz ...« Sie schluckte. »Er ist schon eine ganze Weile tot.«

»War er krank?«

»Nein. Er war eines Tages verschwunden, wie vom Erdboden verschluckt, so wie Indi auch, seine Gefährtin.« Ihre Stimme war leiser geworden. Sie verschränkte die Finger ineinander.

»Vielleicht sind die Tiere überfahren worden«, schlug Johanna vor. »Ich meine, wenn sie frei herumlaufen ...«

»Das glaube ich nicht«, widersprach Mohr. »Die beiden sind immer sehr vorsichtig gewesen, und ich habe tage-, wochenlang alles abgesucht, die ganze Gegend. Nirgendwo gab es Anzeichen eines Unfalls.« Sie schluckte.

»Was vermuten Sie?«, fragte Johanna.

»Na ja, es gibt Leute, die keine Katzen mögen, jedenfalls keine, die durch die Gegend stromern.«

»Wer hierher aufs Land zieht, dem müsste doch klar sein, dass eine Menge Tiere durch die Gegend stromern«, entgegnete Johanna. Tierkot, dachte sie. Emma hatte erzählt, dass ihre Mutter sich an jenem Tag über Tierkot auf dem Beet und über Maulwurfshügel aufgeregt hatte.

»Eigentlich schon«, nickte Mohr.

Johanna wartete noch einen Moment, aber die Frau verkniff sich einen weiteren Kommentar. Sie nahm den Ordner mit den bei der zweiten kriminaltechnischen Durchsuchung des Hauses angefertigten Fotos aus ihrem Rucksack und blätterte ihn mit konzentrierter Miene durch. Irgendetwas war da gewesen ... »Kriminaltechniker haben kürzlich noch einmal Haus und Grundstück der Griegors gründlich durchsucht«, berichtete sie leise. Plötzlich wusste sie, nach welchem Foto sie suchte – eines, dem sie bislang keine Bedeutung beigemessen hatte. »Dabei haben sie auch das entdeckt.« Sie zeigte Mohr das Bild von einer Tierfalle. »Bisher sind wir davon ausgegangen, dass Griegors diese Falle benutzt haben, um Ratten und Marder zu fangen.«

Mohr starrte das Foto an.

»Kann man darin auch Katzen fangen?«, schob Johanna hinterher.

»Natürlich.« Ihre Stimme war flach.

»Ruth Griegor mochte keine Katzen, stimmt's?«

Karin Mohr stand abrupt auf und ging zum Regal, wo sie nach einem Foto griff. »Das ist Moritz, als er zwei Jahre alt war«, sagte sie und setzte sich wieder. »Ich habe ihn und Indi aus dem Tierheim geholt. Für manche Menschen klingt es albern und versponnen, möglicherweise sogar verrückt, aber ... diese Katze war meinem Herzen so nah wie nur wenige Menschen. Können Sie das verstehen?« Ihre Stimme zitterte.

Johanna erinnerte sich an eine Journalistin, die in Bornum lebte und seinerzeit bei ihren Ermittlungen im Elm wertvolle Hinweise geliefert hatte – genauer gesagt: ihr Hund. Ein Wolfsmischling namens Flow. Sogar an den Namen erinnerte Johanna sich und natürlich an die innige Beziehung der beiden.

»Ich kann mir für mich ganz persönlich eine derart tiefe Bindung zu einem Tier nicht vorstellen, aber ich habe schon erlebt, dass es so etwas gibt«, antwortete Johanna wahrheitsgemäß. »Hatte Ruth Griegor etwas mit dem Verschwinden Ihrer Katzen zu tun?«

»Das halte ich für möglich. Sie mochte grundsätzlich keine Tiere, schon gar keine, die durch ihren Garten liefen. Das hat sie fuchsteufelswild gemacht.«

»Sie meinen, sie könnte sie gefangen und vergiftet haben – zum Beispiel?«

»Zum Beispiel, ja.«

»Das ist furchtbar.«

»Ja. Als Indi verschwunden war, habe ich Moritz nur noch im Haus lassen wollen. Aber ... er war ein Freigänger, ein freiheitsliebendes Wesen. Er war unglücklich im Haus und wollte nur eines: raus. Das hat er mit dem Leben bezahlt.«

»Warum haben Sie Ruth Griegor nicht angezeigt? Ihre Handlungsweise ist strafbar.«

»Sie hätte alles abgestritten«, entgegnete Mohr bitter. »Sie war schlau, wissen Sie?«

»Nun, diese Falle war in ihrem Gartenschuppen.«

»Und? Man hätte ihr den Einsatz beweisen müssen.« Mohr blickte auf ihre Hände. »Indi zu verlieren war schlimm, aber Moritz war mein Sonnenschein. Ich weiß, dass ich pathetisch klinge, aber so war es.«

»Vielleicht hat Ruth Griegor die Tiere lediglich gefangen und irgendwo ausgesetzt«, gab Johanna zu bedenken. »Und vielleicht leben sie noch –«

»Nein. Diese Hoffnung habe ich nicht. Ich spüre, dass sie nicht mehr leben.«

Einen Moment blieb es still. »Nun müssen Sie keine Angst mehr um Ihre Katzen haben«, meinte Johanna dann und blickte erneut in Richtung Terrasse.

»Das stimmt.«

Eine Weile blieb es still.

»Emma hat übrigens eine Aussage gemacht, besser gesagt: Sie hat uns eine Stellungnahme zukommen lassen«, ergriff Johanna schließlich wieder das Wort. »Sie entzieht sich nach wie vor der Festnahme und bestreitet hartnäckig, ihre Mutter erschlagen zu haben.« Sie sah Karin Mohr an und hob die Hände. »Das ist nicht sehr glaubwürdig, weil sie ein starkes Motiv hat, wie wir wissen. Sie beschreibt detailliert, wie sie die Situation an jenem Tag erlebt hat, und führt zum Beispiel aus, dass ihre Mutter im Garten war, als sie eintraf, und sich über Tierkot auf dem Beet aufgeregt habe.«

»Ach?« Mohr zog eine ungläubige Miene.

»Haben Sie etwas Derartiges mitbekommen?«

»So genau habe ich nicht hingehört. Ich bekam lediglich den Streit zwischen den beiden mit und habe gesehen, dass Emma aus dem Haus – ja: flüchtete. Aber was hat denn das eine überhaupt mit dem anderen zu tun?«

»Das ist eine sehr gute Frage.« Johanna legte die Fingerspitzen aufeinander. »Vielleicht gar nichts.« Sie zuckte mit den Achseln. »Emma wird der Polizei irgendwann in die Fänge gehen, so viel steht fest.«

»Sie ist sehr schlau«, warf Mohr ein. »Das zumindest hat sie von ihrer Mutter.«

Der Vater ist auch nicht ohne, dachte Johanna. »Schlau oder nicht schlau, sie kann nicht ihr ganzes Leben lang weglaufen. Und irgendwann wird sie unvorsichtig sein, einen Fehler machen, jemandem auffallen ... Und dann wird sie vor Gericht gestellt und muss für viele Jahre ins Gefängnis. Das ist bitter. Sie ist noch so jung, und falls sie es wirklich nicht getan hat ...«

Mohr stand auf und stellte das Foto von Moritz an seinen Platz zurück.

»Die Kriminaltechnik hat bei ihrer ersten Tatortbesichtigung eine Menge Fingerabdrücke genommen – auch im Keller und auf der Veranda.«

Mohr drehte sich langsam um und starrte sie stumm an.

»Was würde wohl passieren, wenn wir sie mit Ihren Fingerabdrücken vergleichen würden? Ich denke, es gäbe einen Treffer.« Johanna spürte, dass ihr Herz schwer wurde. »Sie sind durch die Terrasse ins Haus geschlichen, als Emma verschwunden war«, fuhr sie leise fort. »Was ist dann passiert?«

»Sie war gestürzt«, flüsterte Karin Mohr. »Sie lag unten im Keller an der Treppe und brabbelte halblaut vor sich hin, dass die Tür nicht verschlossen gewesen und sie gestolpert sei – so was in der Art. Gut verstehen konnte ich sie nicht. Ich wollte, dass sie mir sagt, was sie mit Moritz und Indi gemacht hatte, mehr nicht, nur die Wahrheit, verstehen Sie? Ich wollte einfach nur Frieden finden.«

»Ja, das verstehe ich. Wie hat sie reagiert?«

»Sie hat sich, obwohl sie schwer verletzt war, über mich lustig gemacht und mich auf unerträgliche Weise beschimpft ...« Mohr brach ab.

»Und weiter?«

»Ich habe mir eine Schaufel gegriffen und zugeschlagen. Es ging schneller, als ich denken konnte.«

Das glaube ich dir aufs Wort, dachte Johanna.

Karin Mohr trat an den Tisch. »Können Sie dafür sorgen, dass meine Katzen vernünftig untergebracht werden, dass sie es gut haben?«

ZWANZIG

Johanna war mit Emma Arnold und Annegret Kuhl in Braunschweig zum Essen verabredet gewesen. Es war zu viel geschehen, als dass trotz der Klärung des Falls unbeschwerte Freude hätte aufkommen können. Johanna konnte sich an keine Ermittlung erinnern, bei der sie derart viel Mitgefühl für einzelne Beteiligte einschließlich der Täterin empfunden hatte.

Das liegt an meiner eigenen Trauersituation, dachte sie – die macht mich irgendwie weich und sensibel. Aber das war wohl nur die halbe Wahrheit.

Sie fuhr über Königslutter und machte vor ihrer Rückkehr nach Berlin Station im Friedwald, um ein langes Zwiegespräch mit Käthe und Gertrud zu führen. Bevor sie in den Wagen stieg, blickte sie auf ihr Handy und entdeckte eine SMS von Emma.

»*Ich nehme die Katzen, und Tom kümmert sich darum, dass Karin einen guten Anwalt bekommt. Danke, Kommissarin. Sie sind große Klasse. Habe ich vorhin vielleicht nicht deutlich genug zum Ausdruck gebracht. Gefühle zu äußern ist ganz schön schwierig. LG Emma*«

Manuela Kuck
TOD IN WOLFSBURG
Broschur, 224 Seiten
ISBN 978-3-89705-752-4

»Manuela Kuck kennt sich aus. Mit Mädchen und mit Abgründen. Mit Männern und mit Gier. Und mit Krimis. Dem dichten Spurenlabyrinth, das sie spinnt, merkt man an, dass dieser Krimi nicht ihr erster ist.« Lesen

»Absolut empfehlenswert!« ekz

Manuela Kuck
WOLFSTAGE
Broschur, 272 Seiten
ISBN 978-3-89705-862-0

»Selbst wenn man Wolfsburg und den Elm nicht kennt, hat man sein Vergnügen an den Abenteuern der unermüdlichen Verbrecherjägerin vom BKA.« NDR 1

www.emons-verlag.de

Manuela Kuck
OSTBAHNHOF
Broschur, 224 Seiten
ISBN 978-3-89705-851-4

»Es dreht sich alles um die Hunde, dramatisch und blutig, und das große Stichwort heißt: Hundekampf. Und das in der Hundestadt Berlin. Spannend.« Radio Berlin 88,8

Manuela Kuck
BERLIN WOLFSBURG
Broschur, 240 Seiten
ISBN 978-3-89705-981-8

»Schonungslos realistisch.« Bücher Magazin

»Der Schwerpunkt des sprachlich anspruchsvollen Krimis liegt auf den unterschwelligen Ermittlungen und der Plausibilität des Falls. Der Band sollte aufgrund seiner Aktualität der Thematik in keiner Bibliothek fehlen und wird wärmstens zur Ergänzung der ›Krass‹-Reihe empfohlen!« ekz Bibliotheksservice

www.emons-verlag.de